西游記

〔明〕吴承恩·著

读·香山書院

·插图版·

第三册

吉林出版集团有限责任公司

魔王巧算困心猿

那孙大圣坐在中间，问道：『我儿，请我来有何事干？』魔头道：『母亲啊，连日儿等少礼，不曾孝顺得。今早愚兄弟拿得东土唐僧，不敢擅吃，请母亲来献献生，好蒸与母亲吃了延寿。』行者道：『我儿，唐僧的肉，我倒不吃；听见有个猪八戒的耳朵甚好，可割将下来整治整治我下酒。』

第三十四回　魔王巧算困心猿　大圣腾那骗宝贝

却说那两个小妖，将假葫芦拿在手中，争看一会，忽抬头不见了行者。伶俐虫道：『哥啊，神仙也会打诳语。他说换了宝贝，度我等成仙，怎么不辞就去了？』精细鬼道：『我们相应便宜的多哩，他敢去得成？拿过葫芦来，等我装装天，也试演试演看。』真个把葫芦往上一抛，扑的就落将下来。慌得个伶俐虫道：『怎么不装！不装！莫是孙行者假变神仙，将假葫芦换了我们的真的去耶？』精细鬼道：『不要胡说！孙行者是那三座山压住了，怎生得出？拿过来，等我念他那几句咒儿装了看。』这怪也把葫芦儿望空丢起，口中念道：『若有半声不肯，就上灵霄殿上，动起刀兵！』念不了，扑的又落将下来。两妖道：『不装，不装，一定是个假的！』

正嚷处，孙大圣在半空里听得明白，看得真实，恐怕他弄得时辰多了，紧要处走了风汛，将身一抖，把那变葫芦

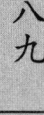

的毫毛，收上身来，弄得那两妖四手皆空。精细鬼道：『兄弟，拿葫芦来。』伶俐虫道：『你拿着的。——天呀！怎么不见了？』都去地下乱摸，草里胡寻，吞袖子，揣腰间，那里得有？二妖吓得呆呆挣挣道：『怎的好，怎的好！当时大王将宝贝付与我们，教拿孙行者；今行者既不曾拿得，连宝贝都不见了，我们怎敢去回话？这一顿直直的打死了也！怎的好！怎的好！』伶俐虫道：『我们走了罢。』精细鬼道：『往那里走么？』伶俐虫道：『不管那里走罢。若回去说没宝贝，断然是送命了。』精细鬼道：『不要走，还回去。二大王平日看你甚好，我推一句儿在你身上。他若肯将就，留得性命；说不过，就打死，还在此间。莫弄得两头不着。去来，去来！』那怪商议了，转步回山。

行者在半空中见他回去，又摇身一变，变作苍蝇儿。飞下去，跟着小妖。你道他既变了苍蝇，那宝贝却放在何处？如丢在路上，藏在草里，被人看见拿去，却不是劳而无功？他还带在身上。带在身上啊，苍蝇不过豆粒大小，如何容得？原来他那宝贝，与他金箍棒相同，叫做如意佛宝，随身变化，可以大，可以小，故身上亦可容得。他嘤的一声飞下去，跟定那怪。

不一时，到了洞里。只见那两个魔头，坐在那里饮酒。小妖朝上跪下。行者就钉在那门柜上，侧耳听着。小妖道：『大王。』二老魔即停杯道：『你们来了？』小妖道：『来了。』又问：『拿着孙行者否？』小妖叩头，不敢声言。老魔又问，又不敢应，只是叩头。问之再三，小妖俯伏在地：『赦小的万千死罪！赦小的万千死罪！我等执着宝贝，走到半山之中，忽遇着蓬莱山一个神仙。他问我们那里去，我们答道，拿孙行者去。那神仙听见说孙行者，他也恼他，要与我们帮功。是我们不曾叫他帮功，却将拿宝贝装人的情由，与他说了。那神仙也有个葫芦，善能装天。我们也是妄想之心，养家之意：他的装天，我的装人，与他换了罢。原说葫芦换葫芦，伶俐虫又贴他个净瓶。谁想他仙家之物，近不得凡人之手。正试演处，就连人都不见了。万望饶小的们死罪！』老魔听说，暴躁如雷道：『罢了，罢了！这就是孙行者假妆神仙骗哄去了！那猴头神通广大，处处人熟，不知那个毛神，放他出来，骗去宝贝！』

二魔道：『兄长息怒。叵耐那猴头着然无礼。既有手段，便走了也罢，怎么又骗宝贝？我若没本事拿他，永不在西方路上为怪！』老魔道：『怎生拿他？』二魔道：『我们有五件宝贝，去了两件，还有三件，务要拿住他。』老魔道：『还有那三件？』二魔道：『还有「七星剑」与「芭蕉扇」在我身边；那一条「幌金绳」，在压龙山压龙洞老母亲那里收着哩。如今差两个小妖去请母亲来吃唐僧肉，就教他带幌金绳来拿孙行者。』老魔道：『差那个去？』二魔道：『不差这样废物去！』将精细鬼、伶俐虫一声喝起。二人道：『造化！造化！打也不曾打，骂也不曾骂，却就饶了。』

二魔道：『叫那常随的伴当巴山虎、倚海龙来。』二人跪下。二魔吩咐道：『你却要小心。』俱应道：『小心。』『却要仔细。』俱应道：『仔细。』又问道：『你认得老奶奶家么？』又俱应道：『认得。』『你既认得，你快早走动，到老奶奶处，多多拜上，说请吃唐僧肉哩；就着带幌金绳来，要拿孙行者。』

二怪领命疾走，怎知那行者在旁，一一听得明白。他展开翅，飞将去，赶上巴山虎，钉在他身上。行经二三里，就要打杀他两个，又思道：『打死他，有何难事？但他奶奶身边有那幌金绳，又不知住在何处。等我且问他一问再打。』好行者，嘤的一声，躲离小妖，让他先行有百十步，却又摇身一变，也变做个小妖儿，戴一顶狐皮帽子，将虎皮裙子倒插上来勒住，赶上道：『走路的，等我一等。』那倚海龙回头问道：『是那里来的？』行者道：『好哥啊，连自家人也认不得？』小妖道：『我家没有你。』行者道：『怎么没我？你再认认看。』小妖道：『面生，面生，不曾相会。』行者道：『正是。你们不曾会着我，我是外班的。』小妖道：『外班长官，是不曾会。你往那里去？』行者道：『大王说差你二位请老奶奶来吃唐僧肉，教他就带幌金绳来，拿孙行者。恐你二位走得缓，有些贪顽，误了正事，又差我来催你们快去。』

小妖见说着海底眼，更不疑惑，把行者果认做一家人。急急忙忙，往前飞跑。一气又跑有八九里。行者道：『忒走快了些。我们离家有多少路了？』小怪道：『有十五六里了。』行者道：『还有多远？』倚海龙用手一指道：『乌林子里就是。』行者抬头见一带黑林不远，料得那老怪只在林子里外。却立定步，让那小怪前走，即取出铁棒，走上前，着脚后一刮；可怜忒不禁打，就把两个小妖刮做一团肉饼。却拖着脚，藏在路旁深草科里。即便拔下一根毫毛，吹口仙气，叫『变！』变做个巴山虎，自身却变做个倚海龙。假妆做两个小妖，径往那压龙洞请老奶奶。这叫做

七十二变神通大，指物腾那手段高。

三五步，跳到林子里，正找寻处，只见有两扇石门，半开半掩，不敢擅入。只得洋叫一声：『开门，开门！』早惊动那把门的一个女怪，将那半扇儿开了，道：『你是那里来的？』行者道：『我是平顶山莲花洞里差来请老奶奶的。』那女怪道：『进去。』到了二层门下，闪着头，往里观看，又见那正当中高坐着一个老妈妈儿。你道他怎生模样？但见：

雪鬓蓬松，星光晃亮。脸皮红润皱文多，牙齿稀疏神气壮。貌似菊残霜里色，形如松老雨余颜。头缠白练攒丝帕，耳坠黄金嵌宝环。

孙大圣见了，不敢进去，只在二门外仵着脸，脱脱的哭起来，你道他哭怎的，莫成是怕他？就怕也便不哭。况先哄了他的宝贝，又打杀他的小妖，却为何而哭？他当时曾下九鼎油锅，就煤了七八日也不曾有一点泪儿。只为想起唐僧取经的苦恼，他就泪出痛肠，放眼便哭；心却想道：『老孙既显手段，变做小妖，来请这老怪，没有个直直的站了说话之理，一定见他磕头才是。我为人做了一场好汉，止拜了三个人：西天拜佛祖；南海拜观音；两界山师父救了

我，我拜了他四拜。为他使碎六叶连肝肺，用尽三毛七孔心。一卷经能值几何？今日却教我去拜此怪。若不跪拜，必定走了风汛。苦啊！算来只为师父受困，故使我受辱于人！』到此际也没及奈何，撞将进去，朝上跪下道：『奶奶磕头。』

那怪道：『我儿，起来。』行者暗道：『好，好，好！叫得结实！』老怪问道：『你是那里来的？』行者道：『平顶山莲花洞，蒙二位大王有令，差来请奶奶去吃唐僧肉；教带幌金绳，要拿孙行者哩。』老怪大喜道：『好孝顺的儿子。』就去叫抬出轿来。行者道：『我的儿啊！妖精也抬轿！』后壁厢即有两个女怪，抬出一顶香藤轿，放在门外，挂上青绢纬幔。老怪起身出洞，坐在轿里。后有几个小女怪，捧着减妆，端着镜架，提着手巾，托着香盒，跟随左右。那老怪道：『你们来怎的？我往自家儿子去处，愁那里没人伏侍，要你们去献勤塌嘴？都回去！关了门看家！』那几个小妖果俱回去，止有两个抬轿的。老怪问道：『那差来的叫做甚么名字？』行者连忙答应道：『他叫做巴山虎，我叫做倚海龙。』老怪道：『你两个前走，与我开路。』行者暗想道：『可是晦气！经倒不曾取得，且来替他做皂隶。』却又不敢抵强，只得向前引路，大四声喝起。

行了五六里远近，他就坐在石崖上。等候那抬轿的到了，行者道：『略歇歇如何？压得肩头疼啊。』小怪那知甚么诀窍，就把轿子歇下。行者在轿后，胸脯上拔下一根毫毛，变做一个大烧饼，抱着啃。轿夫道：『长官，你吃的是甚么？』行者道：『不好说。这远的路，来请奶奶，没些儿赏赐，肚里饥了，原带来的干粮，等我吃些儿再走。』轿夫道：『把些儿我们吃吃。』行者笑道：『来么，都是一家人，怎么计较？』那小妖不知好歹，围着行者，分其干粮，被行者掣出棒，着实一磨，一个汤着的，打得稀烂；一个擦着的，不死还哼。那老怪听得人哼，轿子里伸出头来看时，被行者跳到轿前，劈头一棍，打了个窟窿，脑浆迸流，鲜血直冒。拖出轿来看处，原是个九尾狐狸。行者笑

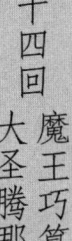

道：『造孽畜，叫甚么老奶奶！你叫老奶奶，就该称老孙做上太祖公公是！』好猴王，把他那幌金绳搜出来，笼在袖里，欢喜道：『那泼魔纵有手段，已此三件儿宝贝姓孙了！』却又拔两根毫毛变做个巴山虎、倚海龙；又拔两根变做两个抬轿的；他却变做老奶奶模样，坐在轿里。将轿子抬起，径回本路。

不多时，到了莲花洞口，那毫毛变的小妖，俱在前道：『开门！开门！』内有把门的小妖，开了门道：『巴山虎、倚海龙来了？』毫毛道：『来了。』『你们请的奶奶呢？』毫毛用手指道：『那轿内的不是？』小怪道：『你且住，等我进去先报。』报道：『大王，奶奶来耶。』两个魔头闻说，即命排香案来接。行者听得，暗喜道：『造化，也轮到我为人了！我先变小妖，去请老怪，磕了他一个头；这番来，我变老怪，是他母亲，定行四拜之礼。虽不怎的，好道也赚他两个头儿！』

好大圣，下了轿子，抖抖衣服，把那四根毫毛收在身上。那把门的小妖，把空轿抬入门里。他却随后徐行。那般娇娇啻啻，扭扭捏捏，就像那老怪的行动，径自进去。又只见大小群妖，都来跪接。鼓乐箫韶，一派响亮；博山炉里，霭霭香烟。他到正厅中，南面坐下。两个魔头，双膝跪倒，朝上叩头，叫道：『母亲，孩儿拜揖。』行者道：『我儿起来。』

却说猪八戒吊在梁上，哈哈的笑了一声。沙僧道：『二哥，好啊！吊出笑来也！』八戒道：『兄弟，我笑中有故。』沙僧道：『甚故？』八戒道：『我们只怕是奶奶来了，就要蒸吃；原来不是奶奶，是旧话来了。』沙僧道：『甚么旧话？』八戒笑道：『弼马温来了。』沙僧道：『你怎么认得是他？』八戒道：『弯倒腰，叫「我儿起来」，那后面就掬起猴尾巴了。我比你吊得高，所以看得明也。』沙僧道：『且不要言语，听他说甚么话。』八戒道：『正是，正是。』

那孙大圣坐在中间，问道：『我儿，请我来有何事干？』魔头道：『母亲啊，连日儿等少礼，不曾孝顺得。今早愚兄弟拿得东土唐僧，不敢擅吃，请母亲来献献生，好蒸与母亲吃了延寿。』行者道：『我儿，唐僧的肉，我倒不吃；听见有个猪八戒的耳朵甚好，可割将下来整治整治我下酒。』那八戒听见慌了道：『遭瘟的，你来为割我耳朵的，我喊出来不好听啊！』

噫！只为呆子一句通情话，走了猴王变化的风。那里有几个巡山的小怪，把门的众妖，都撞将进来，报道：『大王，祸事了！孙行者打杀奶奶，他妆来耶！』魔头闻此言，那容分说，掣七星宝剑，望行者劈脸砍来。好大圣，将身一幌，只见满洞红光，预先走了。似这般手段，着实好耍子。正是那聚则成形，散则成气。唬得个老魔头魂飞魄散，众群精噬指摇头。

魔王巧算困心猿
大圣腾那骗宝贝

早有游神急降大圣耳边道：『哪吒太子来助功了。』行者仰面观之，只见祥云缭绕，果是有神。却回头对小妖道：『装天罢。』小妖道：『要装就装，只管「阿绵花屎」怎的？』行者道：『我方才运神念咒来。』那小妖都睁着眼，看他怎么样装天。

老魔道：『兄弟，把唐僧与沙僧、八戒、白马、行李都送还那孙行者，闭了是非之门罢。』二魔道：『哥哥，你说那里话？我不知费了多少辛勤，施这计策，将那和尚都摄将来；如今似你这等怕惧孙行者的诡谲，就俱送去还他，真所谓畏刀避剑之人，岂大丈夫之所为也？你且请坐勿惧。我闻你说孙行者神通广大，我虽与他相会一场，却不曾与他比试。取披挂来，等我寻他交战三合。假若他三合胜我不过，唐僧还是我们之食；如三战我不能胜他，那时再送唐僧与他未迟。』老魔道：『贤弟说得是。』教：『取披挂。』

众妖抬出披挂，二魔结束齐整。执宝剑，出门外，叫声：『孙行者！你往那里走了？』此时大圣已在云端里，闻得叫他名字，急回头观看。原来是那二魔。你看他怎生打扮：

头戴凤盔欺腊雪，身披战甲幌镔铁。

腰间带是蟒龙筋，粉皮靴靿梅花折。

颜如灌口活真君，貌比巨灵无二别。

七星宝剑手中擎，怒气冲霄威烈烈。

二魔高叫道：『孙行者！快还我宝贝与我母亲来，我饶你唐僧取经去！』大圣忍不住骂道：『这泼怪物，错认了你孙外公！赶早儿送还我师父、师弟、白马、行囊，仍打发我些盘缠，往西走路。若牙缝里道半个「不」字，就自家搓根绳儿去罢，也免得你外公动手。』二魔闻言，急纵云，跳在空中，轮宝剑来刺。行者掣铁棒劈手相迎。他两个在半空中，这场好杀：

棋逢对手，将遇良才：棋逢对手难藏兴，将遇良才可用功。那两员神将相交，好便似南山虎斗，北海龙争。龙争处，鳞甲生辉；虎斗时，爪牙乱落。爪牙乱落撒银钩，鳞甲生辉支铁叶。这一个翻翻复复，有千般解数；那一个来来往往，无半点放闲。金箍棒，离顶门只隔三分；七星剑，向心窝惟争一。那个威风逼得斗牛寒，这个怒气胜如雷电险。

他两个战了有三十回合，不分胜负。

行者暗喜道：『这泼怪倒也架得住老孙的铁棒！我已得了他三件宝贝，却这般苦苦的与他厮杀，可不误了我的工夫？不若拿葫芦或净瓶装他去，多少是好。』又想道：『不好，不好，常言道：「物随主便。」倘若我叫他不答应，却又不误了事业？且使幌金绳扣头罢。』好大圣，一只手使棒，架住他的宝剑；一只手把那绳抛起，刷喇的扣了魔头。原来那魔头有个紧绳咒，有个松绳咒。若扣住别人，就念紧绳咒，莫能得脱；若扣住自家人，就念松绳咒，不得伤身。他认得是自家的宝贝，即念松绳咒，把绳松动，便脱出来。反望行者抛将去，却早扣住了大圣。大圣正要使『瘦身法』，想要脱身，却被那魔念动紧绳咒，紧紧扣住，怎能得脱？褪至颈项之下，原是一个金圈子套住。那怪将绳一扯，扯将下来，照光头上砍了七八宝剑，行者头皮儿也不曾红了一红。那魔道：『这猴子，你这等头硬，我不砍你，且带你回去，再打你。将我那两件宝贝趁早还我！』行者道：『我拿你甚么宝贝，你问我要？』那魔头将身上细细搜检，却将那葫芦、净瓶都搜出来；又把绳子牵着，带至洞里道：『兄长，拿将来了。』老魔道：『拿了谁来？』二魔道：『孙行者。你来看，你来看。』老魔一见，认得是行者，满面欢喜道：『是他！是他！把他长长的绳儿拴在柱料上耍子！』真个把行者拴住，两个魔头，却进后面堂里饮酒。

那大圣在柱根下爬蹉，忽惊动八戒。那呆子吊在梁上，哈哈的笑道：『哥哥啊，耳朵吃不成了！』行者道：『呆子！可吊得自在么？我如今就出去，管情救了你们。』八戒道：『不羞！不羞！本身难脱，还想救人，罢，罢，罢！师徒们都在一处死了，好到阴司里问路！』行者道：『不要胡说！你看我出去。』八戒道：『我看你怎么出去。』

大聖騰那騙寶貝

大圣腾那骗宝贝

行者暗喜道：『这泼怪倒也架得住老孙的铁棒！我已得了他三件宝贝，却这般苦苦的与他厮杀，可不误了我的工夫？不若拿葫芦或净瓶装他去，多少是好。』又想道：『不好，不好，常言道：「物随主便。」倘若我叫他不答应，却又不误了事业？且使幌金绳扣头罢。』

那大圣口里与八戒说话，眼里却抹着那些妖怪。见他在里边吃酒，有几个小妖拿盘拿盏，执壶酾酒，不住的两头乱跑，关防的略松了些儿。他见面前无人，就弄神通：顺出棒来，吹口仙气，叫『变！』即变做一个纯钢的锉儿；扳过那颈项的圈子，三五锉，锉做两段；扳开锉口，脱将出来，拔了一根毫毛，叫变做一个假身，拴在那里，真身却幌一幌，变做个小妖，立在旁边。八戒又在梁上喊道：『不好了！不好了！拴的是假货，吊的是正身！』老魔停杯便问：『那猪八戒吆喝的是甚么？』行者已变做小妖，上前道：『猪八戒撺道孙行者教变化走了罢，他不肯走，在那里吆喝哩。』二魔道：『还说猪八戒老实？原来这等不老实！该打二十多嘴棍！』

这行者就去拿条棍来打。八戒道：『你打轻些儿，若重了些儿，我又喊起。我认得你！』行者道：『老孙变化，也只为你们。你怎么倒走了风息？这一洞里妖精，都认不得，怎的偏你认得？』八戒道：『你虽变了头脸，还不曾变得屁股。那屁股上两块红不是？我因此认得是你。』行者随往后面，演到厨中，锅底上摸了一把，将两臀擦黑，行至前边。八戒看见，又笑道：『那个猴子去那里混了这一会，弄做个黑屁股来了。』

行者仍站在跟前，要偷他宝贝。真个甚有见识：走上厅，对那怪扯个腿子道：『大王，你看那孙行者拴在柱上，左右爬蹉，磨坏那根金绳，得一根粗壮些的绳子换将下来才好。』老魔道：『说得是。』即将腰间的狮蛮带解下，递与行者。行者接了带，把假妆的行者拴住。换下那条绳子，一窝儿窝儿笼在袖内；又拔一根毫毛，吹口仙气，变作一根假幌金绳，双手送与那怪。那怪只因贪酒，那曾细看，就便收下。这个是：大圣腾那弄本事，毫毛又换幌金绳。

得了这件宝贝，急转身跳出门外，现了原身。高叫：『妖怪！』那把门的小妖问道：『你是甚人，在此呼喝？』行者道：『你快早进去报与你那泼魔，说者行孙来了。』那小妖如言报告。老魔大惊道：『拿住孙行者，又怎么有个者行孙？』二魔道：『哥哥，怕他怎的？宝贝都在我手里，等我拿那葫芦出去，把他装将来。』老魔道：『兄弟仔细。』

二魔拿了葫芦，走出山门，忽看见与孙行者模样一般，只是略矮些儿。问道：『你是那里来的？』行者道：『我是孙行者的兄弟。闻说你拿了我家兄，却来与你寻事的。』二魔道：『是我拿了，锁在洞中。你今既来，必要索战；我也不与你交兵，我且叫你一声，你敢应我么？』行者道：『可怕你叫上千声，我就答应你万声！』那魔执了宝贝，跳在空中，把底儿朝天，口儿朝地，叫声：『者行孙。』行者却不敢答应，心中暗想道：『若是应了，就装进去哩。』那魔道：『你怎么不应我？』行者道：『我有些耳闭，不曾听见。你高叫。』那怪物又叫声『者行孙』。行者在底下掐着指头算了一算，道：『我真名字叫做孙行者，起的鬼名字叫做者行孙。真名字可以装得，鬼名字好道装不得。』却就忍不住，应了他一声。飕的被他吸进葫芦去，贴上帖儿。原来那宝贝，那管甚么名字真假，但绰个应的气儿，就装了去也。

大圣到他葫芦里，浑然乌黑。把头往上一顶，那里顶得动，且是塞得甚紧，却才心中焦躁道：『当时我在山上，遇着那两个小妖，他曾告诵我说：不拘葫芦、净瓶，把人装在里面，只消一时三刻，就化为脓了，敢莫化了我么？』一条心又想着道：『没事，化不得我。老孙五百年前大闹天宫，被太上老君放在八卦炉中炼了四十九日，炼成个金子心肝，银子肺腑，铜头铁背，火眼金睛，那里一时三刻就化得我？且跟他进去，看他怎的。』

二魔拿入里面道：『哥哥，拿来了。』老魔道：『拿了谁？』二魔道：『者行孙，是我装在葫芦里也。』老魔欢喜道：『贤弟，请坐。不要动，只等摇得响再揭帖儿。』行者听得道：『我这般一个身子，怎么便摇得响？只除化成稀汁，才摇得响是。等我撒泡溺罢，他若摇得响时，一定揭帖起盖，我乘空走他娘罢！』又思道，『不好，不好！溺虽可响，只是污了这直裰。等他摇时，我但聚些唾津漱口，稀漓呼喇的，哄他揭开，老孙再走罢。』大圣作了准备，那怪贪酒不摇。大圣作个法，意思只是哄他来摇，忽然叫道：『天呀，孤拐都化了！』那魔也不摇。大圣又叫道：『娘啊，连腰截骨都化了！』老魔道：『化至腰时，都化尽矣。揭起帖儿看看。』

那大圣闻言，就拔了一根毫毛，叫『变！』变作个半截的身子，在葫芦底上。真身却变做个蟭蟟虫儿，钉在那葫芦口边。只见那二魔揭起帖子看时，大圣早已飞出。打个滚，又变做个倚海龙。倚海龙却是原去请老奶奶的那个小妖。他变了，站在旁边。那老魔扳着葫芦口，张了一张，见是个半截身子动耽，他也不认真假，慌忙叫：『兄弟，盖上，盖上！还不曾化得了哩！』二魔依旧贴上。大圣在旁暗笑道：『不知老孙已在此矣！』

那老魔拿了壶，满满的斟了一杯酒，近前双手递与二魔道：『贤弟，我与你递个锺儿。』二魔道：『兄长，我们已吃了这半会酒，又递甚锺？』老魔道：『你拿住唐僧、八戒、沙僧犹可；又索了孙行者，装了者行孙，如此功劳，该与你多递几锺。』二魔见哥哥恭敬，怎敢不接，但一只手托着葫芦，一只手不敢去接，却把葫芦递与倚海龙，双手去接杯，不知那倚海龙是孙行者变的。你看他端葫芦，殷勤奉侍。二魔接酒吃了，也要回奉一杯。老魔道：『不消回酒，我这里陪你一杯罢。』

两人只管谦逊。行者顶着葫芦，眼不转睛，看他两个左右传杯，全无计较，他就把个葫芦掜入衣袖，拔根毫毛，变个假葫芦，一样无二，捧在手中。那魔递了一会酒，也不看真假，一把接过宝贝。各上席，安然坐下，依然叙饮。孙大圣撤身走过，得了宝贝，心中暗喜道：『饶这魔头有手段，毕竟葫芦还姓孙！』

毕竟不知向后怎样施为，方得救师灭怪，且听下回分解。

外道施威欺正性

行者笑道：『你且收起，轮到老孙该叫你哩。』急纵筋斗，跳起去，将葫芦底儿朝天，口儿朝地，照定妖魔，叫声『银角大王』。那怪不敢闭口，只得应了一声，倏的装在里面，被行者贴上『太上老君急急如律令奉敕』的帖子。心中暗喜道：『我的儿，你今日也来试试新了！』

第三十五回 外道施威欺正性 心猿获宝伏邪魔

本性圆明道自通，翻身跳出网罗中。
修成变化非容易，炼就长生岂俗同？
清浊几番随运转，辟开数劫任西东。
逍遥万亿年无计，一点神光永注空。

此诗暗合孙大圣的道妙。他自得了那魔真宝，笼在袖中。喜道：『泼魔苦苦用心拿我，诚所谓水中捞月；老孙若要擒你，就好似火上弄冰。』藏着葫芦，密密的溜出门外，现了本相，厉声高叫道：『精怪开门！』旁有小妖道：『你又是甚人，敢来吆喝？』行者道：『快报与你那老泼魔，吾乃行者孙来也。』

那小妖急入里报道：『大王，门外有个甚么行者孙来了。』老魔大惊道：『贤弟，不好了！惹动他一窝风了！幌金绳现拴着孙行者，葫芦里现装着者行孙，怎么又有个甚么行者孙？想是他几个兄弟都来了。』二魔道：『兄长放心。我这葫芦装下一千人哩。我才装了者行孙一个，又怕那甚么行者孙！等我出去看看，一发装来。』老魔道：『兄弟仔细。』

你看那二魔拿着个假葫芦，还像前番，雄纠纠，气昂昂，走出门高呼道：『你是那里人氏，敢在此间吆喝？』行者道：『你认不得我？

家居花果山，祖贯水帘洞。只为闹天宫，多时罢争竞。如今幸脱灾，弃道从僧用。秉教上雷音，求经归觉正。相逢野泼魔，却把神通弄。还我大唐僧，上西参佛圣。两家罢战争，各守平安境。休惹老孙焦，伤残老性命！』

那魔道：『你且过来，我不与你相打，但我叫你一声，你敢应么？』行者笑道：『你叫我，我就应了；我若叫你，你可应么？』那魔道：『我叫你，是我有个宝贝葫芦，可以装人；你叫我，却有何物？』行者道：『我也有个葫芦儿。』那魔道：『既有，拿出来我看。』行者就于袖中取出葫芦道：『泼魔，你看！』幌一幌，复藏在袖中，恐他来抢。

那魔见了大惊道：『他葫芦是那里来的？怎么就与我的一般？纵是一根藤上结的，也有个大小不同，偏正不一，却怎么一般不二？』他便正色叫道：『行者孙，你那葫芦是那里来的？』行者委的不知来历，接过口来，就问他一句道：『你那葫芦是那里来的？』那魔不知是个见识，只道是句老实言语，就将根本从头说出道：『我这葫芦是混沌初分，天开地辟，有一位太上老祖，解化女祸之名，炼石补天，普救阎浮世界。补到乾宫央地，见一座昆仑山脚下，有一缕仙藤，上结着这个紫金红葫芦，却便是老君留下到如今者。』

大圣闻言，就绰了他口气道：『我的葫芦，也是那里来的。』魔头道：『怎见得？』大圣道：『自清浊初开，天不满西北，地不满东南，太上道祖解化女祸，补完天缺，行至昆仑山下，有根仙藤，藤结有两个葫芦。我得一个是雄的，你那个却是雌的。』那怪道：『莫说雌雄；但只装得人的，就是好宝贝。』大圣道：『你也说得是，我就让你先装。』

那怪甚喜，急纵身跳将起去，到空中，执着葫芦，叫一声『行者孙』。大圣听得，却就不歇气连应了八九声，只是不能装去。那魔坠将下来，跌脚捶胸道：『天那！只说世情不改变哩！这样个宝贝，也怕老公，雌见了雄，就不敢装了！』

行者笑道：『你且收起，轮到老孙该叫你哩。』急纵筋斗，跳起去，将葫芦底儿朝天，口儿朝地，照定妖魔，叫声『银角大王』。那怪不敢闭口，只得应了一声，倏的装在里面，被行者贴上『太上老君急急如律令奉敕』的帖子。心中暗喜道：『我的儿，你今日也来试试新了！』

他就按落云头，拿着葫芦，心心念念，只是要救师父，又往莲花洞口而来。那山上都是些洼踏不平之路，况他又是个圈盘腿，拐呀拐的走着，摇的那葫芦里漷漷索索，响声不绝。你道他怎么便有响声？原来孙大圣是熬炼过的身体，急切化他不得；那怪虽也能腾云驾雾，不过是些法术，大端是凡胎未脱，到于宝贝里就化了。行者还不当他就化了，笑道：『我儿子啊，不知是撒尿耶，不知是漱口哩。这是老孙干过的买卖。不等到七八日，化成稀汁，我也不揭盖来看。忙怎的？有甚要紧？想着我出来的容易，就该千年不看才好！』他拿着葫芦，说着话，不觉的到了洞口，把那葫芦摇摇，一发响了。他道：『这个像发课的筒子响，倒好发课。等老孙发一课，看师父甚么时才得出门。』你看他手里不住的摇，口里不住的念道：『周易文王、孔子圣人、桃花女先生、鬼谷子先生。』

那洞里小妖看见道：『大王，祸事了！行者孙把二大王爷爷装在葫芦里发课哩！』那老魔闻得此言，唬得魂飞魄散，骨软筋麻，扑的跌倒在地，放声大哭道：『贤弟呀！我和你私离上界，转托尘凡，指望同享荣华，永为山洞之主；怎知为这和尚，伤了你的性命，断吾手足之情！』满洞群妖，一齐痛哭。

猪八戒吊在梁上，听得他一家子齐哭，忍不住叫道：『妖精，你且莫哭，等老猪讲与你听。先来的孙行者，次来的者行孙，后来的行者孙，返复三字，都是我师兄一人。他有七十二变化，腾那进来，盗了宝贝，装了令弟。令弟已是死了，不必这等扛丧，快些儿刷净锅灶，办些香蕈、蘑菇、茶芽、竹笋、豆腐、面筋、木耳、蔬菜，请我师徒们下来，与你令弟念卷《受生经》。』那老魔闻言，心中大怒道：『只说猪八戒老实，原来甚不老实！他倒作笑话儿打觑我！』叫：『小妖，且休举哀，把猪八戒解下来，蒸得稀烂，等我吃饭了，再去拿孙行者报仇。』沙僧埋怨八戒道：『好么！我说教你莫多话，多话的要先蒸吃哩！』那呆子也尽有几分悚惧。旁一小妖道：『大王，猪八戒不好蒸。』八戒道：『阿弥陀佛！是那位哥哥积阴德的？果是不好蒸。』又有一个妖道：『将他皮剥了，就好蒸。』八戒慌了道：『好蒸，好蒸！皮骨虽然粗糙，汤滚就烂。木圈户！木圈户！』

正嚷处，只见前门外一个小妖报道：『行者孙又骂上门来了！』那老魔又大惊道：『这厮轻我无人！』叫：『小的们，且把猪八戒照旧吊起，查一查还有几件宝贝。』管家的小妖道：『洞中还有三件宝贝哩。』老魔问：『是那三件？』管家的道：『还有「七星剑」、「芭蕉扇」与「净瓶」。』老魔道：『那瓶子不中用：原是叫人，人应了就装得，转把个口诀儿教了那孙行者，倒把自家兄弟装去了。不用他，放在家里。快将剑与扇子拿来。』那管家的即将两件宝贝献与老魔。老魔将芭蕉扇插在后项衣领，把七星剑提在手中，又点起大小群妖，有三百多名，都教一个个拈枪弄棒，理索轮刀。这老魔却顶盔贯甲，罩一领赤焰焰的丝袍。群妖摆出阵去，要拿孙大圣。那孙大圣早已知二魔化在葫芦里面，却将他紧紧拴扣停当，撒在腰间，手持着金箍棒，准备厮杀。只见那老妖红旗招展，跳出门来。却怎生打扮？

头上盔缨光焰焰，腰间带束彩霞鲜。身穿铠甲龙鳞砌，上罩红袍烈火然。圆眼睁开光掣电，钢须飘起乱飞烟。七星宝剑轻提手，芭蕉扇子半遮肩。行似流云离海岳，声如霹雳震山川。威风凛凛欺天将，怒帅群妖出洞前。

那老魔急令小妖摆开阵势，骂道：『你这猴子，十分无礼！害我兄弟，伤我手足，着然可恨！』行者骂道：『你这讨死的怪物！你一个妖精的性命舍不得，似我师父、师弟、连马四个生灵，平白的吊在洞里，我心何忍，情理何甘！快快的送将出来还我，多多贴些盘费，喜喜欢欢打发老孙起身，还饶了你这个老妖的狗命！』那怪那容分说，举宝剑劈头就砍。这大圣使铁棒举手相迎。这一场在洞门外好杀！咦！

金箍棒与七星剑，对撞霞光如闪电。悠悠冷气逼人寒，荡荡昏云遮岭堰。那个皆因手足情，些儿不放善；这个只为取经僧，毫厘不容缓。两家各恨一般仇，二处每怀生怒怨。只杀得天昏地暗鬼神惊，日淡烟浓龙虎战。这个咬牙锉玉钉，那个怒目飞金焰。一来一往逞英雄，不住翻腾棒与剑。

这老魔与大圣战经二十回合，不分胜负。他把那剑梢一指，叫声：『小妖齐来！』那三百余精，一齐拥上，把行者围在垓心。好大圣，公然无惧，使一条棒，左冲右撞，后抵前遮。那小妖都有手段，越打越上，一似绵絮缠身，搂腰扯腿，莫肯退后。大圣慌了，即使个身外身法，将左胁下毫毛，拔了一把，嚼碎喷去，喝声叫『变！』一根根都变做行者。你看他长的使棒，短的轮拳，再小的没处下手，抱着孤拐啃筋，把那小妖都打得星落云散，齐声喊道：『大王啊，事不谐矣！难矣乎哉！满地盈山，皆是孙行者了！』被这身外法把群妖打退，止撇得老魔围困中间，赶得东奔西走，出路无门。

那魔慌了，将左手擎着宝剑，右手伸于项后，取出芭蕉扇子，望东南丙丁火，正对离宫，唿喇的一扇子，搧将下来，只见那就地上，火光焰焰。原来这般宝贝，平白地搧出火来。那怪物着实无情：一连搧了七八扇子，熯天炽地，烈火飞腾。好火：

那火不是天上火，不是炉中火，也不是山头火，也不是灶底火，乃是五行中自然取出的一点灵光火。这扇也不是凡间常有之物，也不是人工造就之物，乃是自开辟混沌以来产成的珍宝之物。用此扇，搧此火，煌煌烨烨，就如电掣红绡；灼灼辉辉，却似霞飞绛绮。更无一缕青烟，尽是满山赤焰，只烧得岭上松翻成火树，崖前柏变作

外道施威欺正性
心猿获宝伏邪魔

大圣见此恶火，却也心惊胆颤；道声『不好了！我本身可处，毫毛不济，一落这火中，岂不真如燎毛之易？』将身一抖，遂将毫毛收上身来。只将一根变作假身子，避火逃灾，他的真身，捻着避火诀，纵筋斗，跳将起去，脱离了大火之中，径奔他莲花洞里，想着要救师父。

灯笼。那窝中走兽贪性命，西撞东奔；这林内飞禽惜羽毛，高飞远举。这场神火飘空燎，只烧得石烂溪干遍地红！

大圣见此恶火，却也心惊胆颤；道声『不好了！我本身可处，毫毛不济，一落这火中，岂不真如燎毛之易？』将身一抖，遂将毫毛收上身来。只将一根变作假身子，避火逃灾，他的真身，捻着避火诀，纵筋斗，跳将起去，脱离了大火之中，径奔他莲花洞里，想着要救师父。

急到门前，把云头按落。又见那洞门外有百十个小妖，都破头折脚，肉绽皮开。原来都是他分身法打伤了的，都在这里声声唤唤，忍疼而立。大圣见了，按不住恶性凶顽，轮起铁棒，一路打将进去。可怜把那苦炼人身的功果息，依然是块旧皮毛！

那大圣打绝了小妖，撞入洞里，要解师父，又见那内面有火光焰焰，唬得他手慌脚忙道：『罢了！罢了！这火从后门口烧起来，老孙却难救师父也！』正悚惧处，仔细看时，呀！原来不是火光，却是一道金光。他正了性，往里视之，乃羊脂玉净瓶放光，却自心中欢喜道：『好宝贝耶！这瓶子曾是那小妖拿在山上放光，老孙得了，不想那怪又复搜去；今日藏在这里，原来也放光。』你看他窃了这瓶子，喜喜欢欢，且不救师父，急抽身往洞外而走。才出门，只见那妖魔提着宝剑，拿着扇子，从南而来。孙大圣回避不及，被那老魔举剑劈头就砍。大圣急纵筋斗云，跳将起去，无影无踪的逃了不题。

却说那怪到得门口，但见尸横满地，——就是他手下的群精——慌得仰天长叹，止不住放声大哭道：『苦哉！痛哉！』有诗为证，诗曰：

可恨猿乖马劣顽，灵胎转托降尘凡。

只因错念离天阙，致使忘形落此山。

鸿雁失群情切切，妖兵绝族泪潺潺。

何时孽满开愆锁，返本还原上御关？

那老魔惭惶不已，一步一声，哭入洞内。只见那什物家火俱在，只落得静悄悄，没个人形；悲切切，愈加凄惨。独自个坐在洞中，蹋伏在那石案之上，将宝剑斜倚案边，把扇子插于肩后，昏昏默默睡着了。这正是『人逢喜事精神爽，闷上心来瞌睡多』。

话说孙大圣拨转筋斗云，伫立山前，想着要救师父，把那净瓶儿牢扣腰间，径来洞口打探。见那门开两扇，静悄悄的不闻消耗，随即轻轻移步，潜入里边。只见那魔斜倚石案，呼呼睡着，芭蕉扇褪出肩衣，半盖着脑后，七星剑还斜倚案边；却被他轻轻的走上前拔了扇子，急回头，呼的一声，跑将出去。原来这扇柄儿刮着那怪的头发，早惊醒他。抬头看时，是孙行者偷了，急慌忙执剑来赶。那大圣早已跳出门前，将扇子撒在腰间，双手轮开铁棒，与那魔抵敌。这一场好杀：

恼坏泼妖王，怒发冲冠志。恨不过挝来囫囵吞，难解心头气。恶口骂猢狲：『你老大将人戏，伤我若干生，还来偷宝贝。这场决不容，定见存亡计！』大圣喝妖魔：『你好不知趣！徒弟要与老孙争，累卵焉能击石碎？』宝剑来，铁棒去，两家更不留仁义。一翻二复赌输赢，三转四回施武艺。盖为取经僧，灵山参佛位，致令金火不相投，五行拨乱伤和气；扬威耀武显神通，走石飞沙弄本事。交锋渐渐日将晡，魔头力怯先回避。

那老魔与大圣战经三四十合，天将晚矣，抵敌不住，败下阵来；径往西南上，投奔压龙洞去不题。

这大圣才按落云头，闯入莲花洞里，解下唐僧与八戒、沙和尚来。他三人脱得灾危，谢了行者，却问：『妖魔那里去了？』行者道：『二魔已装在葫芦里，想是这会子已化了；大魔才然一阵战败，往西南压龙山去讫。概洞小妖，被老孙分身法打死一半，还有些败残回的，又被老孙杀绝，方才得入此处，解放你们。』唐僧谢之不尽道：『徒弟啊，多亏你受了劳苦！』行者笑道：『诚然劳苦。你们还只是吊着受疼，我老孙再不曾住脚，比急递铺的铺兵还甚，反复里外，奔波无已。因是偷了他的宝贝，方能平退妖魔。』猪八戒道：『师兄，你把那葫芦儿拿出来与我们看看。只怕那二魔已化了也。』大圣先将净瓶解下，又将金绳与扇子取出，然后把葫芦儿拿在手道：『莫看！莫看！他先曾装了老孙，被老孙漱口，哄得他扬开盖子，老孙方得走了。我等切莫揭盖，只怕他也会弄喧走了。』师徒们喜喜欢欢，将他那洞中的米面菜蔬寻出，烧刷了锅灶，安排些素斋吃了。饱餐一顿，安寝洞中，一夜无词。早又天晓。

却说那老魔径投压龙山，会聚了大小女怪，备言打杀母亲，装了兄弟，绝灭妖兵，偷骗宝贝之事。众女怪一齐大哭。哀痛多时道：『你等且休凄惨。我身边还有这口七星剑，欲会汝等女兵，都去压龙山后，会借外家亲戚，断要拿住那孙行者报仇。』

说不了，有门外小妖报道：『大王，山后老舅爷帅领若干兵卒来也。』老魔闻言，急换了缟素孝服，躬身迎接。原来那老舅爷是他母亲之弟，名唤狐阿七大王。因闻得哨山的妖兵报道，他姐姐被孙行者打死，假变姐形，盗了外甥宝贝，连日在平顶山拒敌。他却帅本洞妖兵二百余名，特来助阵；故此先拢姐家问信。才进门，见老魔挂了孝服，二人大哭。哭久，老魔拜下，备言前事。那阿七大怒，即命老魔换了孝服，提了宝剑，尽点女妖，合同一处，纵风云，径投东北而来。

这大圣却教沙僧整顿早斋，吃了走路。忽听得风声，走出门看，乃是一伙妖兵，自西南上来。行者大惊，急抽身，忙呼八戒道：『兄弟，妖精又请救兵来也。』三藏闻言，惊恐失色道：『徒弟，似此如何？』行者笑道：『放心！放心！把他这宝贝都拿来与我。』大圣将葫芦、净瓶系在腰间，金绳笼于袖内，芭蕉扇插在肩后，双手轮着铁棒，教沙僧保守师父，稳坐洞中；着八戒执钉钯，同出洞外迎敌。

那怪物摆开阵势，只见当头的是阿七大王。他生的玉面长髯，钢眉刀耳；头戴金炼盔，身穿锁子甲，手执方天戟，高声骂道：『我把你个大胆的泼猴！怎敢这等欺人！偷了宝贝，伤了眷族，杀了妖兵，又敢久占洞府！赶早儿一个个引颈受死，雪我姐家之仇！』行者骂道：『你这伙作死的毛团，不识你孙外公的手段！不要走！领吾一棒！』那怪物侧身躲过，使方天戟劈面相迎。两个在山头一来一往，战经三四回合，那怪力软，败阵回走。行者赶来，却被老魔接住。又斗了三合，只见那狐阿七复转来攻。这壁厢八戒见了，急掣九齿钯挡住。一个抵一个，战经多时，不分胜败。那老魔喝了一声，众妖兵一齐围上。

却说那三藏坐在莲花洞里，听得喊声振地，便叫：『沙和尚，你出去看你师兄胜负何如。』沙僧果举降妖杖出来，喝一声，撞将出去，打退群妖。阿七见事势不利，回头就走；被八戒赶上，照背后一钯，就筑得九点鲜红往外冒，可怜一灵真性赴前程。急拖来剥了衣服看处，原来也是个狐狸精。

那老魔见伤了他老舅，丢了行者，提宝剑，就劈八戒。八戒使钯架住。正赌斗间，沙僧撞近前来，举杖便打。那妖抵敌不住，纵风云往南逃走。八戒、沙僧紧紧赶来。大圣见了，急纵云跳在空中，解下净瓶，罩定老魔，叫声：『金角大王。』那怪只道是自家败残的小妖呼叫，就回头应了一声；飕的装将进去，被行者贴上『太上老君急急如律令奉敕』的帖子。只见那七星剑坠落尘埃，也归了行者。八戒迎着道：『哥哥，宝剑你得了，精怪何在？』行者笑道：『了了！已装在我这瓶儿里也。』沙僧听说，与八戒十分欢喜。

当时通扫净诸邪，回至洞里，与三藏报喜道：『山已净，妖已无矣，请师父上马走路。』三藏喜不自胜。师徒们

心猿获宝伏邪魔

你看他窃了这瓶子，喜喜欢欢，且不救师父，急抽身往洞外而走。才出门，只见那妖魔提着宝剑，拿着扇子，从南而来。孙大圣回避不及，被那老魔举剑劈头就砍。大圣急纵筋斗云，跳将起去，无影无踪的逃了不题。

吃了早斋，收拾了行李、马匹，奔西找路。

正行处，猛见路旁闪出一个瞽者，走上前扯住三藏马，道：『和尚，那里去？还我宝贝来！』八戒大惊道：『罢了！这是老妖来讨宝贝了！』行者仔细观看，原来是太上李老君，慌得近前施礼道：『老官儿，那里去？』那老祖急升玉局宝座，九霄空里伫立，叫：『孙行者，还我宝贝。』大圣起到空中道：『甚么宝贝？』老君道：『葫芦是我盛丹的，净瓶是我盛水的，宝剑是我炼魔的，扇子是我搧火的，绳子是我一根勒袍的带。那两个怪：一个是我看金炉的童子，一个是我看银炉的童子。只因他偷了我的宝贝，走下界来，正无觅处，却是你今拿住，得了功绩。』大圣道：『你这老官儿，着实无礼。纵放家属为邪，该问个钤束不严的罪名。』老君道：『不干我事，不可错怪了人。此乃海上菩萨问我借了三次，送他在此托化妖魔，看你师徒可有真心往西去也。』大圣闻言，心中作念道：『这菩萨也老大惫懒！当时解脱老孙，教保唐僧西去取经，我说路途艰涩难行，他曾许我到急难处亲来相救；如今反使精邪掯害，语言不的，该他一世无夫！若不是老官儿亲来，我决不与他；既是你这等说，拿去罢。』

那老君收得五件宝贝，揭开葫芦与净瓶盖口，倒出两股仙气，用手一指，仍化为金银二童子，相随左右。只见那霞光万道。咦！

缥缈同归兜率院，逍遥直上大罗天。

毕竟不知此后又有甚事，孙大圣怎生保护唐僧，几时得到西天，且听下回分解。

心猿正处诸缘伏

行者闻言暗笑，押着众僧，出山门下跪下。那僧官磕头高叫道：『唐老爷，请方丈里坐。』八戒看见道：『师父老大不济事。你进去时，泪汪汪，嘴上挂得油瓶。师兄怎么就有此獐智，教他们磕头来接？』三藏道：『你这个呆子，好不晓礼！常言道：「鬼也怕恶人哩。」』

第三十六回　心猿正处诸缘伏　劈破傍门见月明

却说孙行者按落云头，对师父备言菩萨借童子，老君收去宝贝之事。三藏称谢不已，死心塌地，办虔诚，舍命投西。攀鞍上马，猪八戒挑着行李，沙和尚拢着马头，孙行者执了铁棒，剖开路，径下高山前进。说不尽那水宿风餐，披霜冒露。师徒们行罢多时，前又一山阻路。

三藏在那马上高叫：『徒弟啊，你看那里山势崔巍，须是要仔细提防，恐又有魔障侵身也。』行者道：『师父休要胡思乱想，只要定性存神，自然无事。』三藏道：『徒弟呀，西天怎么这等难行？我记得离了长安城，在路上春尽夏来，秋残冬至，有四五个年头，怎么还不能得到？』行者闻言，呵呵笑道：『早哩，早哩，还不曾出大门哩！』八戒道：『哥哥不要扯谎。人间就有这般大门？』行者道：『兄弟，我们还在堂屋里转哩！』沙僧笑道：『师兄，少说大话吓我。那里就有这般大堂屋，却也没处买这般大过梁啊。』行者道：『兄弟，若依老孙看时，把这青天为屋瓦，日月作窗棂；四山五岳为梁柱，天地犹如一敞厅！』八戒听说道：『罢了，罢了！我们只当转些时回去罢！』行者道：『不必乱谈，只管跟着老孙走路。』

好大圣，横担了铁棒，领定了唐僧，剖开山路，一直前进。那师父在马上遥观，好一座山景。真个是：

山顶嵯峨摩斗柄，树梢仿佛接云霄。青烟堆里，时闻得谷口猿啼；乱翠阴中，每听得松间鹤唳。啸风山魅立溪间，戏弄樵夫；成器狐狸坐崖畔，惊张猎户。好山！看那八面崔巍，四围崄峻。古怪乔松盘翠盖，枯摧老树挂藤萝。泉水飞流，寒气透人毛发冷；巅峰屹立，清风射眼梦魂惊。时听大虫哮吼，每闻山鸟时鸣。麂鹿成群穿荆棘，往来跳跃；獐犯结党寻野食，前后奔跑。伫立草坡，一望并无客旅；行来深凹，四边俱有豺狼。应非佛祖修行处，尽是飞禽走兽场。

那师父战战兢兢，进此深山，心中凄惨，兜住马，叫声『悟空啊！我

自从益智登山盟，王不留行送出城。
路上相逢三棱子，途中催趱马兜铃。
寻坡转涧求荆芥，迈岭登山拜茯苓。
防己一身如竹沥，茴香何日拜朝廷？』

孙大圣闻言，呵呵冷笑道：『师父不必挂念，少要心焦。且自放心前进，还你个「功到自然成」也。』师徒们玩着山景，信步行时，早不觉红轮西坠。正是：

十里长亭无客走，九重天上现星辰。

八河船只皆收港，七千州县尽关门。
六宫五府回官宰，四海三江罢钓纶。
两座楼头钟鼓响，一轮明月满乾坤。

那长老在马上遥观，只见那山凹里有楼台叠叠，殿阁重重。三藏道：『徒弟，此时天色已晚，幸得那壁厢有楼阁不远，想必是庵观寺院，我们都到那里借宿一宵，明日再行罢。』行者道：『师父说得是。不要忙，等我且看好歹如何。』那大圣跳在空中，仔细观看，果然是座山门。但见：

八字砖墙泥红粉，两边门上钉金钉。
叠叠楼台藏岭畔，层层宫阙隐山中。
万佛阁对如来殿，朝阳楼应大雄门。
七层塔屯云宿雾，三尊佛神现光荣。
文殊台对伽蓝舍，弥勒殿靠大慈厅。
看山楼外青光舞，步虚阁上紫云生。
松关竹院依依绿，方丈禅堂处处清。
雅雅幽幽供乐事，川川道道喜回迎。
参禅处有禅僧讲，演乐房多乐器鸣。
妙高台上昙花坠，说法坛前贝叶生。
正是那林遮三宝地，山拥梵王宫。

半壁灯烟光闪灼，一行香霭雾朦胧。

孙大圣按下云头，报与三藏道：『师父，果然是一座寺院，却好借宿，我们去来。』

这长老放开马，一直前来，径到了山门之外。行者道：『师父，这一座是甚么寺？』三藏道：『我的马蹄才然停住，脚尖还未出镫，就问我是甚么寺，好没分晓！』行者道：『你老人家自幼为僧，须曾讲过儒书，方才去演经法；文理皆通，然后受唐王的恩宥。门上有那般大字，如何不认得？』长老骂道：『泼猢狲，说话无知！我才面西催马，被那太阳影射，奈何门虽有字，又被尘垢朦胧，所以未曾看见。』行者闻言，把腰儿躬一躬，长了二丈余高，用手展去灰尘道：『师父，请看。』上有五个大字，乃是『敕建宝林寺』。行者收了法身。道：『师父，这寺里谁进去借宿？』三藏道：『我进去。你们的嘴脸丑陋，言语粗疏，性刚气傲，倘或冲撞了本处僧人，不容借宿，反为不美。』行者道：『既如此，请师父进去，不必多言。』

那长老却丢了锡杖，解下斗篷，整衣合掌，径入山门。只见两边红漆栏杆里面，高坐着一对金刚，装塑的威仪恶丑：

一个铁面钢须似活容，一个燥眉圜眼若玲珑。左边的拳头骨突如生铁，右边的手掌崚嶒赛赤铜。金甲连环光灿烂，明盔绣带映飘风。西方真个多供佛，石鼎中间香火红。

三藏见了，点头长叹道：『我那东土，若有人也将泥胎塑这等大菩萨，烧香供养啊，我弟子也不往西天去矣。』正叹息处，又到了二层山门之内。见有四大天王之相，乃是持国、多闻、增长、广目，按东北西南风调雨顺之意。进了二层门里，又见有乔松四树，一树树翠盖蓬蓬，却如伞状。忽抬头，乃是大雄宝殿。那长老合掌皈依，舒身下拜。拜罢起来，转过佛台，到于后门之下。又见有倒座观音普度南海之相。那壁上都是良工巧匠装塑的那些虾、鱼、蟹、鳖，出头露尾，跳海水波潮耍子。长老又点头三五度，感叹万千声道：『可怜啊！鳞甲众生都拜佛，为人何不肯修行！』

正赞叹间，又见三门里走出一个道人。那道人忽见三藏相貌稀奇，丰姿非俗，急趋步上前施礼道：『师父那里来的？』三藏道：『弟子是东土大唐驾下差来，上西天拜佛求经的。今到宝方，天色将晚，告借一宿。』那道人道：『师父莫怪，我做不得主。我是这里扫地撞钟打勤劳的道人。里面还有个管家的老师父哩，待我进去禀他一声。他若留你，我就出来奉请；若不留你，我却不敢羁迟。』三藏道：『累及你了。』

那道人急到方丈报道：『老爷，外面有个人来了。』那僧官即起身，换了衣服，按一按毗卢帽，披上袈裟，急开门迎接，问道人：『那里人来？』道人用手指定道：『那正殿后边不是一个人？』那三藏光着一个头，穿一领二十五条达摩衣，足下登一双拖泥带水的达公鞋，斜倚在那后门首。僧官见了，大怒道：『道人少打！你岂不知我是僧官，但只有城上来的士夫降香，我方出来迎接。这等个和尚，你怎么多虚少实，报我接他！看他那嘴脸，不是个诚实的，多是云游方上僧，今日天晚，想是要来借宿。我们方丈中，岂容他打搅！教他往前廊下蹲罢了，报我怎么！』抽身转去。

长老闻言，满眼垂泪道：『可怜！可怜！这才是「人离乡贱」！我弟子从小儿出家，做了和尚，又不曾拜忏吃荤生歹意，看经怀怒坏禅心；又不曾丢瓦抛砖伤佛殿，阿罗脸上剥真金。噫，可怜啊！不知是那世里触伤天地，教我今生常遇不良人！和尚，你不留我们宿便罢了，怎么又说这等惫懒话，教我们在前道廊下去「蹲」？此话不与行者说还好，若说了，那猴子进来，一顿铁棒，把孤拐都打断你的！』长老道：『也罢，也罢。常言道：「人将礼乐为先。」我且进去问他一声，看意下如何。』

那师父踏脚迹，跟他进方丈门里。只见那僧官脱了衣服，气呼呼的坐在那里，不知是念经，又不知是与人家写法事，见那桌案上有些纸札堆积。唐僧不敢深入，就立于天井里，躬身高叫道：『老院主，弟子问讯了！』那和尚就有些不耐烦他进里边来的意思，半答不答的还了个礼，道：『你是那里来的？』三藏道：『弟子乃东土大唐驾下差来，上西天拜活佛求经的。经过宝方，天晚，求借一宿，明日不犯天光就行了。万望老院主方便，方便。』那僧官才欠起身来道：『你是那唐三藏么？』三藏道：『不敢，弟子便是。』僧官道：『你既往西天取经，怎么路也不会走？』三藏道：『弟子更不曾走贵处的路。』他道：『正西去，只有四五里远近，有一座三十里店，店上有卖饭的人家，方便好宿。我这里不便，不好留你们远来的僧。』三藏合掌道：『院主，古人有云：「庵观寺院，都是我方上人的馆驿，见山门就有三升米分。」你怎么不留我，却是何情？』僧官怒声叫道：『你这游方的和尚，便是有些油嘴油舌的说话！』三藏道：『何为油嘴油舌？』僧官道：『古人云：「老虎进了城，家家都闭门。虽然不咬人，日前坏了名。」』三藏道：『怎么「日前坏了名」？』他道：『向年有几众行脚僧，来于山门口坐下，是我见他寒薄，一个个衣破鞋无，光头赤脚，我叹他那般褴褛，即忙请入方丈，延之上坐；款待了斋饭，又将故衣各借一件与他，就留他住了几日。怎知他贪图自在衣食，更不思量起身，就住了七八个年头。住便也罢，又干出许多不公的事来。』三藏道：『有甚么不公的事？』僧官道：『你听我说：

闲时沿墙抛瓦，闷来壁上扳钉。冷天向火折窗棂，夏日拖门拦径。幡布扯为脚带，牙香偷换蔓菁。常将琉璃把油倾，夺碗夺锅赌胜。』

三藏听言，心中暗道：『可怜啊！我弟子可是那等样没脊骨的和尚？』欲待要哭；又恐那寺里的老和尚笑他，但暗暗扯衣揩泪，忍气吞声，急走出去，见了三个徒弟。那行者见师父面上含怒，向前问：『师父，寺里和尚打你来？』唐僧道：『不曾打。』八戒说：『一定打来。不是，怎么还有些哭包声？』那行者道：『骂你来？』唐僧道：『也不曾骂。』行者道：『既不曾打，又不曾骂，你这般苦恼怎么？好道是思乡哩？』唐僧道：『徒弟，他这里不方便。』行者笑道：『这里想是道士？』唐僧怒道：『观里才有道士，寺里只是和尚。』行者道：『你不济事；但是和尚，即与我们一般。常言道：「既在佛会下，都是有缘人。」你且坐，等我进去看看。』

好行者，按一按顶上金箍，束一束腰间裙子，执着铁棒，径到大雄宝殿上，指着那三尊佛像道：『你本是泥塑金装假象，内里岂无感应？我老孙保领大唐圣僧往西天拜佛求取真经，今晚特来此处投宿，趁早与我报名！假若不留我等，就一顿棍打碎金身，教你还现本相泥土！』

这大圣正在前边发狠，捣叉子乱说。只见一个烧晚香的道人，点了几枝香，来佛前炉里插；被行者咄的一声，唬了一跌；爬起来看见脸，又是一跌；吓得滚滚蹡蹡，跑入方丈里，报道：『老爷！外面有个和尚来了！』那僧官道：『你这伙道人都少打！一行说教他往前廊下去「蹲」，又报甚么！再说打二十！』道人说：『老爷，这个和尚，比那个和尚不同：生得恶躁，没脊骨。』僧官道：『怎的模样？』道人道：『是个圆眼睛，查耳朵，满面毛，雷公嘴。手执一根棍子，咬牙恨恨的，要寻人打哩。』僧官道：『等我出去看。』

他即开门，只见行者撞进来了。真个生得丑陋：七高八低孤拐脸，两只黄眼睛，一个磕额头；獠牙往外生，就像属螃蟹的，肉在里面，骨在外面。那老和尚慌得把方丈门关了。行者赶上，扑的打破门扇，道：『赶早将干净房子打扫一千间，老孙睡觉！』僧官躲在房里，对道人说：『怪他生得丑么？原来是说大话，折作的这般嘴脸。我这里连方丈、佛殿、钟鼓楼、两廊，共总也不上三百间，他却要一千间睡觉。却打那里来？』道人说：『师父，我也是吓破胆的人了，凭你怎么答应他罢。』那僧官战索索的高叫道：『那借宿的长老，我这小荒山不方便，不敢奉留，往别处去宿罢。」

行者将棍子变得盆来粗细，直壁壁的竖在天井里，道：『和尚，不方便，你就搬出去！』僧官道：『我们从小儿住的寺，师公传与师父，师父传与我辈，我辈要远继儿孙。他不知是那里勾当，冒冒实实的，教我们搬哩。』道人说：『老爷，十分不尴尬，搬出去也罢。杠子打进门来了。』僧官道：『你莫胡说！我们老少众大四五百名和尚，往那里搬？搬出去，却也没处住。』行者听见道：『和尚，没处搬，便着一个出来打样棍！』老和尚叫：『道人你出去与我打个样棍来。』那道人慌了道：『爷爷呀！那等个大杠子，教我去打样棍！』老和尚道：『「养军千日，用军一朝。」你怎么不出去？』道人说：『那杠子莫说打来，若倒下来，压也压个肉泥！』老和尚道：『也莫要说压，只道竖在天井里，夜晚间走路，不记得啊，一头也撞个大窟窿！』道人说：『师父，你晓得这般重，却教我出去打甚么样

心猿正处诸缘伏
劈破傍门见月明

那些道人听命，各各整顿齐备。却来请唐老爷安寝。他师徒们牵马挑担，出方丈，径至禅堂门首看处，只见那里面灯火光明，两梢间铺着四张藤屉床。行者见了，唤那办草料的道人，将草料抬来，放在禅堂里面，拴下白马，教道人都出去。

棍？』他自家里面转闹起来。

行者听见道：『是也禁不得。假若就一棍打杀一个，我师父又怪我行凶了。且等我另寻一个甚么打与你看看。』忽抬头，只见方丈门外有一个石狮子，却就举起棍来，乒乓一下，打得粉乱麻碎。那和尚在窗眼儿里看见，就吓得骨软筋麻，慌忙往床下拱；道人就往锅门里钻，口中不住叫：『爷爷！棍重，棍重！禁不得！方便，方便！』

行者道：『和尚，我不打你。我问你：这寺里有多少和尚？』僧官战索索的道：『前后是二百八十五房头，共有五百个有度牒的和尚。』行者道：『你快去把那五百个和尚都点得齐齐整整，穿了长衣服出去，把我那唐朝的师父接进来，就不打你了。』僧官道：『爷爷，若是不打，便抬也抬进来。』行者道：『趁早去！』僧官叫：『道人，你莫说吓破了胆，就是吓破了心，便也去与我叫这些人来接唐僧老爷爷来。』

那道人没奈何，舍了性命，不敢撞门，从后边狗洞里钻将出去，径到正殿上，东边打鼓，西边撞钟。钟鼓一齐响处，惊动了两廊大小僧众，上殿问道：『这早还不晚哩，撞钟打鼓做甚？』道人说：『快换衣服，随老师父排班，出山门外迎接唐朝来的老爷。』那众和尚，真个齐齐整整，摆班出门迎接。有的披了袈裟，有的着了偏衫，无的穿着个一口钟直裰。十分穷的，没有长衣服，就把腰裙接起两条披在身上。行者看见道：『和尚，你穿的是甚么衣服？』和尚见他丑恶，道：『爷爷，不要打，等我说。这是我们城中化的布。此间没有裁缝，是自家做的个「一裹穷」。』

行者闻言暗笑，押着众僧，出山门下跪下。那僧官磕头高叫道：『唐老爷，请方丈里坐。』八戒看见道：『师父老大不济事。你进去时，泪汪汪，嘴上挂得油瓶。师兄怎么就有此獐智，教他们磕头来接？』三藏道：『你这个呆子，好不晓礼！常言道：「鬼也怕恶人哩。」』

唐僧见他们磕头礼拜，甚是不过意，上前叫：『列位请起。』众僧叩头道：『老爷，若和你徒弟说声方便，不动杠子，就跪一个月也罢。』唐僧叫：『悟空，莫要打他。』行者道：『不曾打，若打，这会已打断了根矣。』那些和尚却才起身，牵马的牵马，挑担的挑担，抬着唐僧，驮着八戒，挽着沙僧，一齐都进山门里去。却到后面方丈中，依叙坐下。

众僧却又礼拜。三藏道：『院主请起，再不必行礼，作践贫僧。我和你都是佛门弟子。』僧官道：『老爷是上国钦差，小和尚有失迎接。今到荒山，奈何俗眼不识尊仪，与老爷邂逅相逢。动问老爷：一路上是吃素？是吃荤？我们好去办饭。』三藏道：『吃素。』僧官道：『徒弟，这个爷爷好的吃荤。』行者道：『我们也吃素。都是胎里素。』那和尚道：『爷爷呀，这等凶汉也吃素！』有一个胆量大的和尚，近前又问：『老爷既然吃素，煮多少米的饭方彀吃？』八戒道：『小家子和尚！问甚么！一家煮上一石米。』那和尚都慌了，便去刷洗锅灶，各房中安排茶饭。高掌明灯，调开桌椅，管待唐僧。

师徒们都吃罢了晚斋，众僧收拾了家火，三藏称谢道：『老院主，打搅宝山了。』僧官道：『不敢，不敢。怠慢，怠慢。』三藏道：『我师徒却在那里安歇？』僧官道：『老爷不要忙，小和尚自有区处。』叫：『道人，那壁厢有几个人听使令的？』道人说：『师父，有。』僧官吩咐道：『你们着两个去安排草料，与唐老爷喂马；着几个去前面把那三间禅堂，打扫干净，铺设床帐，快请老爷安歇。』

那些道人听命，各各整顿齐备。却来请唐老爷安寝。他师徒们牵马挑担，出方丈，径至禅堂门首看处，只见那里面灯火光明，两梢间铺着四张藤屉床。行者见了，唤那办草料的道人，将草料抬来，放在禅堂里面，拴下白马，教道人都出去。三藏坐在中间。灯下，两班儿，立五百个和尚，都伺候着，不敢侧离。三藏欠身道：『列位请回，贫僧好自在安寝也。』众僧决不敢退。僧官上前，吩咐大众：『伏侍老爷安置了再回。』三藏道：『即此就是安置了，都就

劈破傍门见月明

唐僧举步出门小解，只见明月当天，叫：『徒弟。』行者、八戒、沙僧都出来侍立。因感这月清光皎洁，玉宇深沉，真是一轮高照，大地分明。对月怀归，口占一首古风长篇。

请回。』众人却才敢散，去讫。

唐僧举步出门小解，只见明月当天，叫：『徒弟。』行者、八戒、沙僧都出来侍立。因感这月清光皎洁，玉宇深沉，真是一轮高照，大地分明。对月怀归，口占一首古风长篇。诗云：

皓魄当空宝镜悬，山河摇影十分全。
琼楼玉宇清光满，冰鉴银盘爽气旋。
万里此时同皎洁，一年今夜最明鲜。
浑如霜饼离沧海，却似冰轮挂碧天。
别馆寒窗孤客闷，山村野店老翁眠。

乍临汉苑惊秋鬓，才到秦楼促晚奁。
庚亮有诗传晋史，袁宏不寐泛江船。
光浮杯面寒无力，清映庭中健有仙。
处处窗轩吟白雪，家家院宇弄冰弦。
今宵静玩来山寺，何日相同返故园？

行者闻言，近前答曰：『师父啊，你只知月色光华，心怀故里，更不知月中之意，乃先天法象之规绳也。月至三十日，阳魂之金散尽，阴魄之水盈轮，故纯黑而无光，乃曰「晦」。此时与日相交，在晦朔两日之间，感阳光而有孕。至初三日一阳现，初八日二阳生，魄中魂半，其平如绳，故曰「上弦」。至今十五日，三阳备足，是以团圆，故曰「望」。至十六日一阴生，二十二日二阴生，此时魂中魄半，其平如绳，故曰「下弦」。至三十日三阴备足，亦当晦。此乃先天采炼之意。我等若能温养二八，九九成功，那时节，见佛容易，返故田亦易也。诗曰：

前弦之后后弦前，药味平平气象全。
采得归来炉里炼，志心功果即西天。』

那长老听说，一时解悟，明彻真言。满心欢喜，称谢了悟空。沙僧在旁笑道：『师兄此言虽当，只说的是弦前属阳，弦后属阴，阴中阳半，得水之金；更不道：

水火相搀各有缘，全凭土母配如然。
三家同会无争竞，水在长江月在天。』

那长老闻得，亦开茅塞。正是理明一窍通千窍，说破无生即是仙。八戒上前扯住长老道：『师父，莫听乱讲，误了睡觉。这月啊：

缺之不久又团圆，似我生来不十全。

吃饭嫌我肚子大，拿碗又说有粘涎。

他都伶俐修来福，我自痴愚积下缘。

我说你取经还满三涂业，摆尾摇头直上天！』

三藏道：『也罢，徒弟们走路辛苦，先去睡下。等我把这卷经来念一念。』行者道：『师父差了。你自幼出家，做了和尚，小时的经文，那本不熟？却又领了唐王旨意，上西天见佛，求取「大乘真典」。如今功未完成，佛未得见，经未曾取，你念的是那卷经儿？』三藏道：『我自出长安，朝朝跋涉，日日奔波，小时的经文恐怕生了；幸今夜得闲，等我温习温习。』行者道：『既这等说，我们先去睡也。』他三人各往一张藤床上睡下。长老掩上禅堂门，高剔银缸，铺开经本，默默看念。正是那：

楼头初鼓人烟静，野浦渔舟火灭时。

毕竟不知那长老怎么样离寺，且听下回分解。

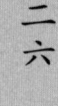

鬼王夜谒唐三藏

那长老昏梦中听着风声一时过处，又闻得禅堂外，隐隐的叫一声『师父！』忽抬头梦中观看，门外站着一条汉子：浑身上下，水淋淋的，眼中垂泪，口里不住叫：『师父，师父！』

第三十七回　鬼王夜谒唐三藏　悟空神化引婴儿

却说三藏坐于宝林寺禅堂中，灯下念一会《梁皇水忏》，看一会《孔雀真经》，只坐到三更时候，却才把经本包在囊里。正欲起身去睡，只听得门外扑刺刺一声响亮，淅零零刮阵狂风。那长老恐吹灭了灯，慌忙将偏衫袖子遮住。又见那灯或明或暗，便觉有些心惊胆战。此时又困倦上来，伏在经案上盹睡。虽是合眼朦胧，却还心中明白，耳内嘤嘤听着那窗外阴风飒飒。好风，真个那：

淅淅潇潇，飘飘荡荡：淅淅潇潇飞落叶，飘飘荡荡卷浮云。满天星斗皆昏昧，遍地尘沙尽洒纷。一阵家猛，一阵家纯。纯时松竹敲清韵，猛处江湖波浪浑。刮得那山鸟难栖声哽哽，海鱼不定跳喷喷。东西馆阁门窗脱，前后房廊神鬼　。佛殿花瓶吹堕地，琉璃摇落慧灯昏。香炉敧倒香灰迸，烛架歪斜烛焰横。幢幡宝盖都摇折，钟鼓楼台撼动根。

那长老昏梦中听着风声一时过处，又闻得禅堂外，隐隐的叫一声『师父！』忽抬头梦中观看，门外站着一条汉子：浑身上下，水淋淋的，眼中垂泪，口里不住叫：『师父，师父！』三藏欠身道：『你莫是魍魉妖魅，神怪邪魔，至夜深时，来此戏我？我却不是那贪欲贪嗔之类。我本是个光明正大之僧，奉东土大唐旨意，上西天拜佛求经者。我手下有三个徒弟，都是降龙伏虎之英豪，扫怪除魔之壮士。他若见了你，碎尸粉骨，化作微尘。此是我大慈悲之意、方便之心。你趁早儿潜身远遁，莫上我的禅门来。』那人倚定禅堂道：『师父，我不是妖魔鬼怪，亦不是魍魉邪神。』三藏道：『你既不是此类，却深夜来此何为？』那人道：『师父，你舍眼看我一看。』长老果仔细定睛看处，——呀！只见他：

头戴一顶冲天冠，腰束一条碧玉带，身穿一领飞龙舞凤赭黄袍，足踏一双云头绣口无忧履，手执一柄列斗罗星白玉珪。面如东岳长生帝，形似文昌开化君。

三藏见了，大惊失色。急躬身厉声高叫道：『是那一朝陛下？请坐。』用手忙搀，扑了个空虚，回身坐定。再看处，还是那个人。

长老便问：『陛下，你是那里皇王？何邦帝主？想必是国土不宁，谗臣欺虐，半夜逃生至此。有何话说，说与我听。』这人才泪滴腮边谈旧事，愁攒眉上诉前因，道：『师父啊，我家住在正西，离此只有四十里远近。那厢有座城池，便是兴基之处。』三藏道：『叫做甚么地名？』那人道：『不瞒师父说，便是朕当时创立家邦，改号乌鸡国。』三藏道：『陛下这等惊慌，却因甚事至此？』那人道：『师父啊，我这里五年前，天年干旱，草子不生，民皆饥死，甚是伤情。』三藏闻言，点头叹道：『陛下啊，古人云：「国正天心顺。」想必是你不慈恤万民。既遭荒歉，怎么就躲离城郭？且去开了仓库，赈济黎民；悔过前非，重兴今善，放赦了那枉法冤人；自然天心和合，雨顺风调。』那人道：『我国中仓廪空虚，钱粮尽绝。文武两班停俸禄，寡人膳食亦无荤。仿效禹王治水，与万民同受甘苦，沐浴斋戒，昼夜焚香祈祷。如此三年，只干得河枯井涸。正都在危急之处，忽然钟南山来了一个全真，能呼风唤雨，点石成金。先见我文武多官，后来见朕，当即请他登坛祈祷，果然有应，只见令牌响处，顷刻间大雨滂沱。寡人只望三尺雨足矣，他说久旱不能润泽，又多下了二寸。朕见他如此尚义，就与他八拜为交，以「兄弟」称之。』三藏道：『此陛下万千之喜也。』那人道：『喜自何来？』三藏道：『那全真既有这等本事，若要雨时，就教他下雨；若要金时，就教他点金。还有那些不足，却离了城阙来此？』那人道：『朕与他同寝食者，只得二年。又遇着阳春天气，红杏夭桃，开花绽蕊，家家士女，处处王孙，俱去游春赏玩。那时节，文武归衙，嫔妃转院。朕与那全真携手缓步，至御花园里，忽行到八角琉璃井边，不知他抛下些甚么物件，井中有万道金光。哄朕到井边看甚么宝贝，他陡起凶心，扑通的把寡人推下井内；将石板盖住井口，拥上泥土，移一株芭蕉栽在上面。可怜我啊，已死去三年，是一个落井伤生的冤屈之鬼也！』

唐僧见说是鬼，唬得筋力酥软，毛骨耸然。没奈何，只得将言又问他道：『陛下，你说的这话，全不在理。既死三年，那文武多官，三宫皇后，遇三朝见驾殿上，怎么就不寻你？』那人道：『师父啊，说起他的本事，果然世间罕有！自从害了朕，他当时在花园内摇身一变，就变做朕的模样，更无差别。现今占了我的江山，暗侵了我的国土。他把我两班文武，四百朝官，三宫皇后，六院嫔妃，尽属了他矣。』

三藏道：『陛下，你忒也懦。』那人道：『何懦？』三藏道：『陛下，那怪倒有些神通，变作你的模样，侵占你的乾坤，文武不能识，后妃不能晓，只有你死的明白，你何不在阴司阎王处具告，把你的屈情伸诉伸诉。』那人道：

『他的神通广大，官吏情熟——都城隍常与他会酒，海龙王尽与他有亲；东岳天齐是他的好朋友，十代阎罗是他的异兄弟。因此这般，我也无门投告。』

三藏道：『陛下，你阴司里既没本事告他，却来我阳世间作甚？』那人道：『师父啊，我这一点冤魂，怎敢上你的门来？山门前有那护法诸天、六丁六甲、五方揭谛、四值功曹、一十八位护教伽蓝，紧随鞍马。却才被夜游神一阵神风，把我送将进来。他说我三年水灾该满，着我来拜谒师父。他说你手下有一个大徒弟，是齐天大圣，极能斩怪降魔。今来志心拜恳，千乞到我国中，拿住妖魔，辨明邪正。朕当结草衔环，报酬师恩也！』

三藏道：『陛下，你此来是请我徒弟与你去除却那妖怪么？』那人道：『正是！正是！』三藏道：『我徒弟干别的事不济，但说降妖捉怪，正合他宜。陛下啊，虽是着他拿怪，但恐理上难行。』那人道：『怎么难行？』三藏道：『那怪既神通广大，变得与你相同；满朝文武，一个个言和心顺；三宫妃嫔，一个个意合情投；我徒弟纵有手段，决不敢轻动干戈。倘被多官拿住，说我们欺邦灭国，问一款大逆之罪，困陷城中，却不是画虎刻鹄也？』

那人道：『我朝中还有人哩。』三藏道：『却好，却好！想必是一代亲王侍长，发付何处镇守去了？』那人道：『不是，我本宫有个太子，是我亲生的储君。』三藏道：『那太子想必被妖魔贬了？』那人道：『不曾。他只在金銮殿上，五凤楼中，或与学士讲书，或共全真登位。自此三年，禁太子不入皇宫，不能彀与娘娘相见。』三藏道：『此是何故？』那人道：『此是妖怪使下的计策。只恐他母子相见，闲中论出长短，怕走了消息；故此两不会面，他得永住常存也。』

三藏道：『你的灾屯，想应天付，却与我相类。当时我父曾被水贼伤生。我母被水贼欺占，经三个月，分娩了我。我在水中逃了性命，幸金山寺恩师，救养成人。记得我幼年无父母，此间那太子失双亲，惭惶不已！』

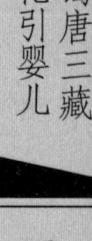

又问道：『你纵有太子在朝，我怎的与他相见？』那人道：『如何不得见？』三藏道：『他被妖魔拘辖，连一个生身之母尚不得见，我一个和尚，欲见何由？』那人道：『他明早出朝来也。』三藏问：『出朝作甚？』那人道：『明日早朝，领三千人马，架鹰犬，出城采猎，师父断得与他相见。见时肯将我的言语说与他，他便信了。』三藏道：『他本是肉眼凡胎，被妖魔哄在殿上，那一日不叫他几声父王？他怎肯信我的言语？』那人道：『既恐他不信，我留下一件表记与你罢。』三藏问：『是何物件？』那人把手中执的金厢白玉珪放下道：『此物可以为记。』三藏道：『此物何如？』那人道：『全真自从变作我的模样，只是少变了这件宝贝。他到宫中，说那求雨的全真拐了此珪去了。自此三年，还没此物。我太子若看见，他睹物思人，此仇必报。』三藏道：『也罢，等我留下，着徒弟与你处置。却在那里等么？』那人道：『我也不敢等。我这去，还央求夜游神，再使一阵神风，把我送进皇宫内院，托一梦与我那正宫皇后，教他母子们合意，你师徒们同心。』三藏点头应承道：『你去罢。』

那冤魂叩头拜别，举步相送，不知怎么蹋了脚，跌了一个筋斗，把三藏惊醒，却原来是南柯一梦。慌得对着那盏昏灯，连忙叫：『徒弟，徒弟！』八戒醒来道：『甚么「土地土地」？当时我做好汉，专一吃人度日，受用腥膻，其实快活；偏你出家，教我们保护你跑路！原说只做和尚，如今拿做奴才，日间挑包袱牵马，夜间提尿瓶务脚！这早晚不睡，又叫徒弟作甚？』

三藏道：『徒弟，我刚才伏在案上打盹，做了一个怪梦。』行者跳将起来道：『师父，梦从想中来。你未曾上山，先怕妖怪；又愁雷音路远，不能得到；思念长安，不知何日回程；所以心多梦多。俺老孙一点真心，专要西方见佛，更无一个梦儿到我。』三藏道：『徒弟，我这桩梦，不是思乡之梦。才然合眼，见一阵狂风过处，禅房门外有一朝皇帝，自言是乌鸡国王。浑身水湿，满眼泪垂。』这等这等，如此如此，将那梦中话一一的说与行者。行者笑道：

鬼王夜谒唐三藏
悟空神化引婴儿

长老便问：『陛下，你是那里皇王？何邦帝主？想必是国土不宁，谗臣欺虐，半夜逃生至此。有何话说，说与我听。』这人才泪滴腮边谈旧事，愁攒眉上诉前因，道：『师父啊，我家住在正西，离此只有四十里远近。那厢有座城池，便是兴基之处。』

『不消说了，他来托梦与你，分明是照顾老孙一场生意。必然是个妖怪在那里篡位谋国。等我与他辨个真假。想那妖魔，棍到处，立业成功。』三藏道：『徒弟，他说那怪神通广大哩。』行者道：『怕他甚么广大！早知老孙到，教他即走无方！』三藏道：『我又记得留下一件宝贝做表记。』八戒答道：『师父莫要胡缠；做个梦便罢了，怎么只管当真？』沙僧道：『「不信直中直，须防仁不仁」。我们打起火，开了门，看看如何便是。』

行者果然开门。一齐看处，只见星月光中，阶檐上，真个放着一柄金厢白玉珪。八戒近前拿起道：『哥哥，这是甚么东西？』行者道：『这是国王手中执的宝贝，名唤玉珪。师父啊，既有此物，想此事是真。明日拿妖，全都在老孙身上。只是要你三桩儿造化低哩。』八戒道：『好，好，好！做个梦罢了，又告诵他。他那些儿不会作弄人哩？就教你三桩儿造化低。』三藏回入里面道：『是那三桩？』行者道：『明日要你顶缸、受气、遭瘟。』八戒笑道：『一

桩儿也是难的，三桩儿却怎么耽得？』唐僧是个聪明的长老，便问：『徒弟啊，此三事如何讲？』行者道：『也不消讲，等我先与你二件物。』

好大圣，拔了一根毫毛，吹口仙气，叫声『变』！变做一个红金漆匣儿，把白玉珪放在内盛着，道：『师父，你将此物捧在手中，到天晓时，穿上锦襕袈裟，去正殿坐着念经，等我去看看他那城池。端的是个妖怪，就打杀他，也在此间立个功绩；假若不是，且休撞祸。』三藏道：『正是，正是。』行者道：『那太子不出城便罢；若真个应梦出城来，我定引他来见你。』三藏道：『见了我如何迎答？』行者道：『来到时，我先报知，你把那匣盖儿扯开些，等我变作二寸长的一个小和尚，钻在匣儿里，你连我捧在手中。那太子进了寺来，必然拜佛；你尽他怎的下拜，只是不睬他。他见你不动身，一定教拿你；你凭他拿下去，打也由他，绑也由他，杀也由他。』三藏道：『呀！他的军令大，真个杀了我，怎么好？』行者道：『没事，有我哩。若到那紧关处，我自然护你。他若问时，你说是东土钦差上西天拜佛取经进宝的和尚。他道：「有甚宝贝？」你却把锦襕袈裟对他说一遍，说道：「此是三等宝贝。还有头一等、第二等的好物哩。」但问处，就说这匣内有一件宝贝，上知五百年，下知五百年，中知五百年，共一千五百年过去未来之事，俱尽晓得。却把老孙放出来。我将那梦中话告诵那太子，他若肯信，就去拿了那妖魔，一则与他父王报仇，二来我们立个名节；他若不信，再将白玉珪拿与他看。只恐他年幼，还不认得哩。』三藏闻言，大喜道：『徒弟啊，此计绝妙！但说这宝贝，一个叫做锦襕袈裟，一个叫做白玉珪；你变的宝贝却叫做甚名？』行者道：『就叫做「立帝货」罢。』三藏依言，记在心上。师徒们一夜那曾得睡，盼到天明，恨不得点头唤出扶桑日，喷气吹散满天星。

不多时，东方发白。行者又吩咐了八戒、沙僧，教他两个：『不可搅扰僧人，出来乱走。待我成功之后，共汝等同行。』才别了唐僧，打了唿哨，一筋斗跳在空中。睁火眼平西看处，果见有一座城池。你道怎么就看见了？当时说那城池离寺只有四十里，故此凭高就望见了。

行者近前仔细看处，又见那怪雾愁云漠漠，妖风怨气纷纷。行者在空中赞叹道：

若是真王登宝座，自有祥光五色云；
只因妖怪侵龙位，腾腾黑气锁金门。

行者正然感叹，忽听得炮声响亮，又只见东门开处，闪出一路人马，真个是采猎之军，果然势勇。但见：

晓出禁城东，分围浅草中。彩旗开映日，白马骤迎风。鼍鼓冬冬擂，标枪对对冲。架鹰军猛烈，牵犬将骁雄。火炮连天振，粘竿映日红。人人支弩箭，个个挎雕弓。张网山坡下，铺绳小径中。一声惊霹雳，千骑拥貔熊。狡兔身难保，乖獐智亦穷。狐狸该命尽，麋鹿丧当终。山雉难飞脱，野鸡怎避凶？他都要捡占山场擒猛兽，摧残林木射飞虫。

那些人出得城来，散步东郊，不多时，有二十里向高田地，又只见中军营里，有小小的一个将军：顶着盔，贯着甲，果肚花，十八札，手执青锋宝剑，坐下黄骠马，腰带满弦弓。真个是：

隐隐君王像，昂昂帝主容。
规模非小辈，行动显真龙。

行者在空暗喜道：『不须说，那就是皇帝的太子了。等我戏他一戏。』

好大圣，按落云头，撞入军中太子马前，摇身一变，变作一个白兔儿，只在太子马前乱跑。太子看见，正合欢心，拈起箭，拽满弓，一箭正中了那兔儿。原来是那大圣故意教他中了，却眼乖手疾，一把接住那箭头，把箭翎花落在前边，丢开脚步跑了。那太子见箭中了玉兔，兜开马，独自争先来赶。不知马行的快，行者如风；马行的迟，行者慢走；只在他面前不远。看他一程一程，将太子哄到宝林寺山门之下，行者现了本身，——不见兔儿，只见一枝箭插在门槛上。——径撞进去，见唐僧道：『师父，来了！来了！』却又一变，变做二寸长短的小和尚儿，钻在红匣之内。

却说那太子赶到山门前，不见了白兔，只见门槛上插住一枝雕翎箭。太子大惊失色道：『怪哉！怪哉！分明我箭中了玉兔，玉兔怎么不见，只见箭在此间！想是年多日久，成了精魅也。』拔了箭，抬头看处，山门上有五个大字，写着『敕建宝林寺』。太子道：『我知之矣。向年间曾记得我父王在金銮殿上差官赍些金帛与这和尚修理佛殿佛像，不期今日到此。正是「因过道院逢僧话，又得浮生半日闲」。我且进去走走。』

那太子跳下马来，正要进去。只见那保驾的官将与三千人马赶上，簇簇拥拥，都入山门里面。慌得那本寺众僧，都来叩头拜接。接入正殿中间，参拜佛像。却才举目观瞻，又欲游廊玩景，忽见正当中坐着一个和尚，太子大怒道：『这个和尚无礼！我今半朝銮驾进山，虽无旨意知会，不当远接，此时军马临门，也该起身；怎么还坐着不动？』教：『拿下来！』说声『拿』字，两边校尉，一齐下手，把唐僧抓将下来，急理绳索便捆。行者在匣里默默的念咒，教道：『护法诸天、六丁六甲，我今设法降妖，这太子不能知识，将绳要捆我师父，汝等即早护持；若真捆了，汝等都该有罪！』那大圣暗中吩咐，谁敢不遵，却将三藏护持定了；有些人摸也摸不着他光头，好似一壁墙挡住，难拢其身。

那太子道：『你是那方来的，使这般隐身法欺我！』三藏上前施礼道：『贫僧无隐身法，乃是东土唐僧，上雷音寺拜佛求经进宝的和尚。』太子道：『你那东土虽是中原，其穷无比，有甚宝贝，你说来我听。』三藏道：『我身上穿的这袈裟，是第三样宝贝。还有第一等，第二等更好的物哩！』太子道：『你那衣服，半边苦身，半边露臂，能值多少物，敢称宝贝！』三藏道：『这袈裟虽不全体，有诗几句。诗曰：

佛衣偏袒不须论，内隐真如脱世尘。
万线千针成正果，九珠八宝合元神。
仙娥圣女恭修制，遗赐禅僧静垢身。
见驾不迎犹自可，你的父冤未报枉为人！』

太子闻言，心中大怒道：『这泼和尚胡说！你那半片衣，凭着你口能舌便，夸好夸强。我的父冤从何未报，你说来我听。』

三藏进前一步，合掌问道：『殿下，为人生在天地之间，能有几恩？』太子道：『有四恩。』三藏道：『那四恩？』太子道：『感天地盖载之恩，日月照临之恩，国王水土之恩，父母养育之恩。』三藏笑曰：『殿下言之有失。人只有天地盖载，日月照临，国王水土，那得个父母养育来？』太子怒道：『和尚是那游手游食削发逆君之徒！人不得父母养育，身从何来？』三藏道：『殿下，贫僧不知；但只这红匣内有一件宝贝，叫做「立帝货」，他上知五百年，中知五百年，下知五百年，共知一千五百年过去未来之事，便知无父母养育之恩，令贫僧在此久等多时矣。』

太子闻说，教：『拿来我看。』三藏扯开匣盖儿，那行者跳将出来，跋呀跋的，两边乱走。太子道：『这星星小人儿，能知甚事？』行者闻言嫌小，却就使个神通，把腰伸一伸，就长了有三尺四五寸。众军士吃惊道：『若是这般快长，不消几日，就撑破天也。』行者长到原身，就不长了。太子才问道：『立帝货，这老和尚说你能知未来过去吉凶，你却有龟作卜，有蓍作筮？凭书句断人祸福？』行者道：『我一毫不用，只是全凭三寸舌，万事尽皆知。』太子道：『这厮又是胡说。自古以来，《周易》之书，极其玄妙，断尽天下吉凶，使人知所趋避；故龟所以卜，蓍所以筮。听汝之言，凭据何理？妄言祸福，扇惑人心！』

行者道：『殿下且莫忙，等我说与你听。你本是乌鸡国王的太子。你那里五年前，年程荒旱，万民遭苦，你家皇帝共臣子，秉心祈祷。正无点雨之时，钟南山来了一个道士，他善呼风唤雨，点石为金。君王忒也爱小，就与他拜为兄弟。这桩事有么？』太子道：『有！有！有！你再说说。』行者道：『后三年不见全真，称孤的却是谁？』太子道：『果是有个全真，父王与他拜为兄弟，食则同食，寝则同寝。三年前在御花园里玩景，被他一阵神风，把父王手中金厢白玉珪，摄回钟南山去了。至今父王还思慕他。因不见他，遂无心赏玩，把花园紧闭了，已三年矣。做皇帝的，非我父王而何？』

行者闻言，哂笑不绝。太子再问不答，只是哂笑。

太子怒道：『这厮当言不言，如何这等哂笑？』行者又道：『还有许多话哩；奈何左右人众，不是说处。』太子见他言语有因，将袍袖一展，教军士且退。那驾上官将，急传令，将三千人马，都出门外住札。此时殿上无人，太子坐在上面，长老立在前边，左手旁立着行者。本寺诸僧皆退。行者才正色上前道：『殿下，化风去的是你生身之父母，见坐位的，是那祈雨之全真。』太子道：『胡说，胡说！我父自全真去后，风调雨顺，国泰民安，照依你说，就不是我父王了。还是我年穉，容得你；若我父王听见你这番话，拿了去，碎尸万段！』把行者咄的喝下来。

行者对唐僧道：『何如？我说他不信。果然，果然！如今却拿那宝贝进与他，倒换关文，往西方去罢。』三藏即将红匣子递与行者。行者接过来，将身一抖，那匣儿卒不见了，原是他毫毛变的，被他收上身去。却将白玉珪双手捧上，献与太子。

悟空神化引婴儿

好大圣，按落云头，撞入军中太子马前，摇身一变，变作一个白兔儿，只在太子马前乱跑。太子看见，正合欢心，拈起箭，拽满弓，一箭正中了那兔儿。原来是那大圣故意教他中了，却眼乖手疾，一把接住那箭头，把箭翎花落在前边，丢开脚步跑了。那太子见箭中了玉兔，兜开马，独自争先来赶。

太子见了道：『好和尚，好和尚！你五年前本是个全真，来骗了我家的宝贝，如今又妆做和尚来进献！』叫：『拿了！』一声传令，把长老唬得慌忙指着行者道：『你这弼马温！专撞空头祸，带累我哩！』行者近前一齐拦住道：『休嚷，莫走了风！我不叫做立帝货，还有真名哩。』太子怒道：『你上来！我问你个真名字，好送法司定罪！』

行者道：『我是那长老的大徒弟，名唤悟空孙行者。因与我师父上西天取经，昨宵到此觅宿。我师父夜读经卷，至三更时分，得一梦。梦见你父王道，他被那全真欺害，推在御花园八角琉璃井内，全真变作他的模样。满朝官不能知，你年幼亦无分晓，禁你入宫，关了花园，大端怕漏了消息。你父王今夜特来请我降魔，我恐不是妖邪；自空中看了，果然是个妖精。正要动手拿他，不期你出城打猎。你箭中的玉兔，就是老孙。老孙把你引到寺里，见师父，诉此衷肠，句句是实。你既然认得白玉，怎么不念鞠养恩情，替亲报仇？』

那太子闻言，心中惨戚，暗自伤愁道：『若不信此言语，他却有三分儿真实；若信了，怎奈殿上见是我父王。』这才是进退两难心问口，三思忍耐口问心。行者见他疑惑不定，又上前道：『殿下不必心疑，请殿下驾回本国，问你国母娘娘一声，看他夫妻恩爱之情，比三年前如何。只此一问，便知真假矣。』那太子回心道：『正是！且待我问我母亲去来。』

他跳起身，笼了玉珪就走。行者扯住道：『你这些人马都回，却不走漏消息，我难成功？但要你单人独马进城，不可扬名卖弄。莫入正阳门，须从后宰门进去。到宫中见你母亲，切休高声大气，须是悄语低言：恐那怪神通广大，一时走了消息，你娘儿们性命俱难保也。』太子谨遵教命，出山门吩咐将官：『稳在此扎营，不得移动。我有一事，待我去了就来一同进城。』看他：

　　指挥号令屯军士，上马如飞即转城。

这一去，不知见了娘娘，有何话说，且听下回分解。

婴兒問母知邪正

婴儿问母知邪正

好太子，夹一夹马，撞入里面，忽至锦香亭下。只见那正宫娘娘坐在锦香亭上，两边有数十个嫔妃掌扇，那娘娘倚雕栏儿流泪哩。你道他流泪怎的？原来他四更时也做了一梦，记得一半，含糊了一半，沉沉思想。这太子下马，跪于亭下，叫：『母亲！』

第三十八回　婴儿问母知邪正　金木参玄见假真

逢君只说受生因，便作如来会上人。
一念静观尘世佛，十方同看降威神。
欲知今日真明主，须问当年嫡母身。
别有世间曾未见，一行一步一花新。

却说那乌鸡国王太子，自别大圣，不多时，回至城中。果然不奔朝门，不敢报传宣诏，径至后宰门首，见几个太监在那里把守。见太子来，不敢阻滞，让他进去了。好太子，夹一夹马，撞入里面，忽至锦香亭下。只见那正宫娘娘坐在锦香亭上，两边有数十个嫔妃掌扇，那娘娘倚雕栏儿流泪哩。

你道他流泪怎的？原来他四更时也做了一梦，记得一半，含糊了一半，沉沉思想。这太子下马，跪于亭下，叫：『母亲！』那娘娘强整欢容，叫声：『孩儿，喜呀，喜呀！这二三年在前殿与你父王开讲，不得相见，我甚思量；今日如何得暇来看我一面？诚万千之喜，诚万千之喜！孩儿，你怎么声音悲惨？你父王年纪高迈，有一日龙归碧海，凤返丹霄，你就传了帝位，还有甚么不悦？』太子叩头道：『母亲，我问你：即位登龙是那个？称孤道寡果何人？』娘娘闻言道：『这孩儿发风了！做皇帝的是你父王，你问怎的？』太子叩头道：『万望母亲赦子无罪，敢问；不赦，不敢问。』娘娘道：『子母家有何罪？赦你，赦你，快快说来。』太子道：『母亲，我问你三年前夫妻宫里之事与后三年恩爱同否，如何？』

娘娘见说，魂飘魄散，急下亭抱起，紧搂在怀，眼中滴泪道：『孩儿！我与你久不相见，怎么今日来宫问此？』太子发怒道：『母亲有话早说；不说时，且误了大事。』娘娘才喝退左右，泪眼低声道：『这桩事，孩儿不问，我到九泉之下，也不得明白。既问时，听我说：

三载之前温又暖，三年之后冷如冰。
枕边切切将言问，他说老迈身衰事不兴！』

太子闻言，撒手脱身，攀鞍上马。那娘娘一把扯住道：『孩儿，你有甚事，话不终就走？』太子跪在面前道：『母亲，不敢说。今日早朝，蒙钦差架鹰逐犬，出城打猎，偶遇东土驾下来的个取经圣僧，有大徒弟乃孙行者，极善降妖。原来我父王死在御花园八角琉璃井内，这全真假变父王，侵了龙位。今夜三更，父王托梦，请他到城捉怪。孩儿不敢尽信，特来问母。母亲才说出这等言语，必然是个妖精。』那娘娘道：『儿啊，外人之言，你怎么就信为实？』太子道：『儿还不敢认实，父王遗下表记与他了。』娘娘问是何物，太子袖中取出那金厢白玉珪，递与娘娘。

那娘娘认得是当时国王之宝，止不住泪如泉涌，叫声：『主公！你怎么死去三年，不来见我，却先见圣僧，后来见我？』太子道：『母亲，这话是怎的说？』娘娘道：『儿啊，我四更时分，也做了一梦，梦见你父王水淋淋的，站在我跟前，亲说他死了，鬼魂儿拜请了唐僧，降假皇帝，救他前身。记便记得是这等言语，只是一半儿不得分明。正在这里狐疑，怎知今日你又来说这话，又将宝贝拿出。我且收下，你且去请那圣僧急急为之。果然扫荡妖氛，辨明邪正，庶报你父王养育之恩也。』

太子急忙上马，出后宰门，躲离城池。真个是噙泪叩头辞国母，含悲顿首复唐僧。不多时，出了城门，径至宝林寺山门前下马。众军士接着太子，又见红轮将坠。太子传令，不许军士乱动。他又独自个入了山门，整束衣冠，拜请行者。

只见那猴王从正殿摇摇摆摆走来。那太子双膝跪下道：『师父，我来了。』行者上前搀住道：『请起，你到城中，可曾问谁么？』太子道：『问母亲来。』将前言尽说了一遍。行者微微笑道：『若是那般冷啊，想是个甚么冰冷的东西变的。不打紧，不打紧，等我老孙与你扫荡。却只是今日晚了，不好行事。你先回去，待明早我来。』太子跪地叩拜道：『师父，我只在此伺候，到明日同师父一路去罢。』行者道：『不好，不好！若是与你一同入城，那怪物生疑，不说是我撞着你，却说是你请老孙，却不惹他反怪你也？』太子道：『我如今进城，他也怪我。』行者道：『怪你怎么？』太子道：『我自早朝蒙差，带领若干人马鹰犬出城，今一日更无一件野物，怎么见驾？若问我个不才之罪，监陷羑里，你明日进城，却将何倚？况那班部中更没个相知人也。』行者道：『这甚打紧？你肯早说时，却不寻下些等你。』

好大圣！你看他就在太子面前，显个手段，将身一纵，跳在云端里。捻着诀，念一声『唵蓝净法界』的真言，拘得那山神、土地在半空中施礼道：『大圣，呼唤小神，有何使令？』行者道：『老孙保护唐僧至此，欲拿邪魔，奈何那太子打猎无物，不敢回朝；问汝等讨个人情，快将獐犯鹿兔，走兽飞禽，各寻些来，打发他回去。』山神、土地闻言，敢不承命；又问各要几何。大圣道：『不拘多少，取些来便罢。』那各神即着本处阴兵，刮一阵聚兽阴风，捉了些野鸡山雉，角鹿肥獐，狐貛狢兔，虎豹狼虫，共有百千余只，献与行者。行者道：『老孙不要。你可把他都捻就了筋，单摆在那四十里路上两旁，教那些人不纵鹰犬，拿回城去，算了汝等之功。』众神依言，散了阴风，摆在左右。

行者才按云头，对太子道：『殿下请回，路上已有物了，你自收去。』太子见他在半空中弄此神通，如何不信，只得叩头拜别。出山门传了令，教军士们回城。只见那路旁果有无限的野物，军士们不放鹰犬，一个个俱着手擒捉，喝采，俱道是千岁殿下的洪福，怎知是老孙的神功？你听凯歌声唱，一拥回城。

这行者保护了三藏。那本寺中的和尚，见他们与太子这样绸缪，怎不恭敬。却又安排斋供，管待了唐僧，依然还歇在禅堂里。将近有一更时分，行者心中有事，急睡不着。他一毂辘爬起来，到唐僧床前，叫：『师父。』此时长老还未睡哩。他晓得行者会失惊打怪的，推睡不应。行者摸着他的光头，乱摇道：『师父怎睡着了？』唐僧怒道：『这个顽皮！这早晚还不睡，吆喝甚么？』行者道：『师父，有一桩事儿，和你计较计较。』长老道：『甚么事？』行者道：『我日间与那太子夸口，说我的手段比山还高，比海还深，拿那妖精如探囊取物一般，伸了手去就拿将转来，却也睡不着，想起来，有些难哩。』唐僧道：『你说难，便就不拿了罢。』行者道：『拿是还要拿，只是理上不顺。』唐僧道：『这猴头乱说！妖精夺了人君位，怎么叫做理上不顺！』行者道：『你老人家只知念经拜佛，打坐参禅，那曾见那萧何的律法？常言道：「拿贼拿赃。」那怪物做了三年皇帝，又不曾走了马脚，漏了风声。他与三宫妃后同眠，又和两班文武共乐，我老孙就有本事拿住他，也不好定个罪名。』唐僧道：『怎么不好定罪？』行者道：『他就是个没嘴的葫芦，也与你滚上几滚。他敢道：「我是乌鸡国王。有甚逆天之事，你来拿我？」将甚执照与他折辩？』唐僧道：『凭你怎生裁处？』

行者笑道：『老孙的计已成了。只是干碍着你老人家，有些儿护短。』唐僧道：『我怎么护短？』行者道：『八戒生得夯，你有些儿偏向他。』唐僧道：『我怎么向他？』行者道：『你若不向他啊，且如今把胆放大些，与沙僧只在这里。待老孙与八戒趁此时先入那乌鸡国城中，寻着御花园，打开琉璃井，把那皇帝尸首捞将上来，包在我们包袱里。明日进城，且不管甚么倒换文牒，见了那怪，掣棍子就打。他但有言语，就将骨様与他看，说：「你杀的是这个人！」却教太子上来哭父，皇后出来认夫，文武多官见主，我老孙与兄弟们动手；这才是有对头的官事好打。』唐僧闻言，暗喜道：『只怕八戒不肯去。』行者笑道：『如何？我说你护短。你怎么就知他不肯去？你只像我叫你时不答应，半个时辰便了！我这去，但凭三寸不烂之舌，莫说是猪八戒，就是「猪九戒」，也有本事教他跟着我走。』唐僧道：『也罢，随你去叫他。』

行者离了师父，径到八戒床边。叫：『八戒，八戒！』那呆子是走路辛苦的人，丢倒头，只情打呼，那里叫得醒。行者揪着耳朵，抓着鬃，把他一拉，拉起来，叫声『八戒』。那呆子还打挍挣。行者又叫一声，呆子道：『睡了罢，莫顽，明日要走路哩！』行者道：『不是顽，有一桩买卖，我和你做去。』八戒道：『甚么买卖？』行者道：『你可曾听得那太子说么？』八戒道：『我不曾见面，不曾听见说甚么。』行者道：『那太子告诵我说，那妖精有件宝贝，万夫不当之勇。我们明日进朝，不免与他争敌；倘那怪执了宝贝，降倒我们，却不反成不美，我想着打人不过，不如先下手。我和你去偷他的来，却不是好？』八戒道：『哥哥，你哄我去做贼哩。这个买卖，我也去得，果是晓得实实的帮寸。我也与你讲个明白：偷了宝贝，降了妖精，我却不奈烦甚么小家罕气的分宝贝，我就要了。』行者道：『你要作甚？』八戒道：『我不如你们乖巧能言，人面前化得出斋来；老猪身子又夯，言语又粗，不能念经，若到那无济无生处，可好换斋吃么？』行者道：『老孙只要图名，那里图甚宝贝，就与你罢便了。』那呆子听见说都与他，他就满心欢喜，一毂辘爬将起来，套上衣服，就和行者走路。这正是清酒红人面，黄金动道心。两个密密的开了门，躲离三藏，纵祥光，径奔那城。

不多时到了，按落云头，只听得楼头方二鼓矣。行者道：『兄弟，二更时分了。』八戒道：『正好，正好，人都在头觉里正浓睡也。』二人不奔正阳门，径到后宰门首，只听得梆铃声响。行者道：『兄弟，前后门皆紧急，如何得入？』八戒道：『那见做贼的从门里走么？瞒墙跳过便罢。』行者依言，将身一纵，跳上里罗城墙。八戒也跳上去。二人潜入里面，找着门路，径寻那御花园。

正行时，只见有一座三檐白簇的门楼，上有三个亮灼灼的大字，映着那星月光辉，乃是『御花园』。行者近前看了，有几重封皮，公然将锁门锈住了。即命八戒动手，那呆子掣铁钯，尽力一筑，把门筑得粉碎。行者先举步跤入，忍不住跳将起来，大呼小叫。唬得八戒上前扯住道：『哥呀，害杀我也！那见做贼的乱嚷，似这般吆喝！惊醒了人，把我们拿住，送入官司，就不该死罪，也要解回原籍充军。』行者道：『兄弟啊，你却不知我发急为何？你看这：

彩画雕栏狼狈，宝妆亭阁攲歪。莎汀蓼岸尽尘埋，芍药荼蘼俱败。茉莉玫瑰香暗，牡丹百合空开。芙蓉木槿草垓垓，异卉奇葩壅坏。巧石山峰俱倒，池塘水涸鱼衰。青松紫竹似干柴，满路茸茸蒿艾。丹桂碧桃枝损，海榴棠棣根歪。桥头曲径有苍苔，冷落花园境界！』

八戒道：『且叹他做甚？快干我们的买卖去来！』行者虽然感慨，却留心想起唐僧的梦来，说芭蕉树下方是井。正行处，果见一株芭蕉，生得茂盛，比众花木不同。真是：

金木参玄见假真

那唐僧与沙僧开门看处，那皇帝容颜未改，似活的一般。长老忽然惨凄道：『陛下，你不知那世里冤家，今生遇着他，暗丧其身，抛妻别子，致令文武不知，多官不晓！可怜你妻子昏蒙，谁曾见焚香献茶？』忽失声泪如雨下。

一种灵苗秀，天生体性空。枝枝抽片纸，叶叶卷芳丛。翠缕千条细，丹心一点红。凄凉愁夜雨，憔悴怯秋风。长养元丁力，栽培造化工。缄书成妙用，挥洒有奇功。凤翎宁得似，鸾尾迥相同。薄露瀼瀼滴，轻烟淡淡笼。青阴遮户牖，碧影上帘栊。不许栖鸿雁，何堪系玉骢。霜天形槁悴，月夜色朦胧。仅可消炎暑，犹宜避日烘。愧无桃李色，冷落粉墙东。

行者道：『八戒，动手么！宝贝在芭蕉树下埋着哩。』那呆子双手举钯，筑倒了芭蕉，然后用嘴一拱，拱了有三四尺深，见一块石板盖住。呆子欢喜道：『哥呀，造化了，果有宝贝！是一片石板盖着哩！不知是坛儿盛着，是柜儿装着哩。』行者笑道：『你掀起来看看。』那呆子果又一嘴，拱开看处，又见有霞光灼灼，白气明明。八戒笑道：『造化！造化！宝贝放光哩！』又近前细看时，呀！原来是星月之光，映得那井中水亮。八戒道：『哥呀，你但干事，便要留根。」行者道：『我怎留根？』八戒道：『这是一眼井。你在寺里，早说是井中有宝贝，我却带将两条捆包袱的绳来，怎么作个法儿，把老猪放下去；如今空手，这里面东西，怎么得下去上来耶？』行者道：『你下去么？』八戒道：『正是要下去，只是没绳索。』行者笑道：『你脱了衣服，我与你个手段。』八戒道：『有甚么好衣服？解了这直裰子就是了。』

好大圣，把金箍棒拿出来，两头一扯，叫：『长！』足有七八丈长。教：『八戒，你抱着一头儿，把你放下井去。』八戒道：『哥呀，放便放下去，若到水边，就住了罢。』行者道：『我晓得。』那呆子抱着铁棒，被行者轻轻提将起来，将他放下去。不多时，放至水边。八戒道：『到水了！』行者听见他说，却将棒往下一按。那呆子扑通的一个没头蹲，丢了铁棒，便就负水，口里哺哺的嚷道：『这天杀的！我说到水莫放，他却就把我一按！』行者掣上棒来，笑道：『兄弟，可有宝贝么？』八戒道：『见甚么宝贝，只是一井水！』行者道：『宝贝沉在水底下哩。你下去摸一摸来。』呆子真个深知水性，却就打个猛子，淬将下去。呀！那井底深得紧，他却着实又一淬，忽睁眼见有一座牌楼，上有『水晶宫』三个字。八戒大惊道：『罢了，罢了，错走了路了！蹡下海来也！海内有个水晶宫，井里如何有之？』原来八戒不知此是井龙王的水晶宫。

八戒正叙话处，早有一个巡水的夜叉，开了门，看见他的模样，急抽身进去报道：『大王，祸事了！井上落一个长嘴大耳的和尚来了！赤淋淋的，衣服全无，还不死，逼法说话哩。』那井龙王忽闻此言，心中大惊道：『这是天蓬元帅来也。昨夜夜游神奉上敕旨，来取乌鸡国王魂灵去拜见唐僧，请齐天大圣降妖。这怕是齐天大圣、天蓬元帅来了。却不可怠慢他，快接他去也。』

那龙王整衣冠，领众水族，出门来厉声高叫道：『天蓬元帅，请里面坐。』八戒却才欢喜道：『原来是个故

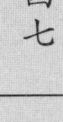

知。』那呆子不管好歹，径入水晶宫里。其实不知上下，赤淋淋的，就坐在上面。龙王道：『元帅，近闻你得了性命，皈依释教，保唐僧西天取经，如何得到此处？』八戒道：『正为此说。我师兄孙悟空多多拜上，着我来问你取甚么宝贝哩。』龙王道：『可怜，我这里怎么得个宝贝！比不得那江、河、淮、济的龙王，飞腾变化，便有宝贝。我久困于此，日月且不能长见，宝贝果何自而来也？』八戒道：『不要推辞，有便拿出来罢。』龙王道：『有便有一件宝贝，只是拿不出来；就元帅亲自来看看，何如？』八戒道：『妙，妙，妙！须是看看来也。』

那龙王前走，这呆子随后。转过了水晶宫殿，只见廊庑下，横身单着一个六尺长躯。龙王用手指定道：『元帅，那厢就是宝贝了。』八戒上前看了，呀！原来是个死皇帝，戴着冲天冠，穿着赭黄袍，踏着无忧履，系着蓝田带，直挺挺睡在那厢。八戒笑道：『难，难，难！算不得宝贝。想老猪在山为怪时，时常将此物当饭；且莫说见的多少，吃也吃够无数，那里叫做甚么宝贝。』龙王道：『元帅原来不知。他本是乌鸡国王的尸首；自到井中，我与他定颜珠定住，不曾得坏。你若肯驮他出去，见了齐天大圣，假有起死回生之意啊，莫说宝贝，凭你要甚么东西都有。』八戒道：『既这等说，我与你驮出去，只说把多少烧埋钱与我？』龙王道：『其实无钱。』八戒道：『你好白使人？果然没钱，不驮！』龙王道：『不驮，请行。』八戒就走。龙王差两个有力量的夜叉，把尸抬将出去，送到水晶宫门外，丢在那厢，摘了辟水珠，就有水响。

八戒急回头看，不见水晶宫门，一把摸着那皇帝的尸首，慌得他脚软筋麻，撺出水面，扳着井墙，叫道：『师兄！伸下棒来救我一救！』行者道：『可有宝贝么？』八戒道：『那里有！只是水底下有一个井龙王，教我驮死人；我不曾驮，他就把我送出门来，就不见那水晶宫了，只摸着那个尸首。唬得我手软筋麻，挣搓不动了！哥呀，好歹救我救儿！』行者道：『那个就是宝贝，如何不驮上来？』八戒道：『知他死了多少时了，我驮他怎的？』行者道：

『你不驮，我回去耶。』八戒道：『你回那里去？』行者道：『我回寺中，同师父睡觉去。』八戒道：『我就不去了？』行者道：『你爬得上来，便带你去，爬不上来，便罢。』八戒慌了：『怎生爬得动！你想，城墙也难上，这井肚子大，口儿小，壁陡的圈墙，又是几年不曾打水的井，团团都长的是苔痕，好不滑也，教我怎爬？哥哥，不要失了兄弟们和气，等我驮上来罢。』行者道：『正是。快快驮上来，我同你回去睡觉。』那呆子又一个猛子，淬将下去，摸着尸首，拽过来，背在身上，撺出水面，扶井墙道：『哥哥，驮上来了。』那行者睁睛看处，真个的背在身上。却才把金箍棒伸下井底，那呆子着了恼的人，张开口，咬着铁棒，被行者轻轻的提将出来。

八戒将尸放下，捞过衣服穿了。行者看时，那皇帝容颜依旧，似生时未改分毫。行者道：『兄弟啊，这人死了三年，怎么还容颜不坏？』八戒道：『你不知之。这井龙王对我说，他使了定颜珠定住了，尸首未曾坏得。』行者道：『造化，造化！一则是他的冤仇未报，二来该我们成功。兄弟快把他驮了去。』八戒道：『驮往那里去？』行者道：『驮了去见师父。』八戒口中作念道：『怎的起，怎的起！好好睡觉的人，被这猢狲花言巧语，哄我教做甚么买卖，如今却干这等事，教我驮死人！驮着他，腌臜臭水淋将下来，污了衣服，没人与我浆洗。上面有几个补丁，天阴发潮，如何穿么？』行者道：『你只管驮了去，到寺里，我与你换衣服。』八戒道：『不羞！连你穿的也没有，又替我换！』行者道：『这般弄嘴，便不驮罢！』八戒道：『不驮！』——『便伸过孤拐来，打二十棒！』八戒慌了道：『哥哥，那棒子重，若是打上二十，我与这皇帝一般了。』行者道：『怕打时，趁早儿驮着走路！』八戒果然怕打。没好气，把尸首拽将过来，背在身上，拽步出园就走。

好大圣，捻着诀，念声咒语，往巽地上吸一口气，吹将去，就是一阵狂风，把八戒撮出皇宫内院，躲离了城池，息了风头，二人落地，徐徐却走将来。那呆子心中暗恼，算计要恨报行者，道：『这猴子捉弄我，我到寺里也捉弄他

金木参玄见假真

那呆子又一个猛子，淬将下去，摸着尸首，拽过来，背在身上，撺出水面，扶井墙道：『哥哥，驮上来了。』那行者睁睛看处，真个的背在身上。却才把金箍棒伸下井底，那呆子着了恼的人，张开口，咬着铁棒，被行者轻轻的提将出来。

捉弄，撺唆师父，只说他医得活；医不活，教师父念紧箍儿咒，把这猴子的脑浆勒出来，方趁我心！』走着路，再再寻思道：『不好！不好！若教他医人，却是容易：他去阎王家讨将魂灵儿来，就医活了。只说不许赴阴司，阳世间就能医活，这法儿才好。』

说不了，却到了山门前，径直进去，将尸首丢在那禅堂门前，道：『师父，起来看邪。』那唐僧睡不着，正与沙僧讲行者哄了八戒去久不回之事。忽听得他来叫了一声，唐僧连忙起身道：『徒弟，看甚么？』八戒道：『行者的外公，教老猪驮将来了。』行者道：『你这馕糟的呆子！我那里有甚么外公。』八戒道：『哥，不是你外公，却教老猪驮他来怎么？也不知费了多少力了！』

那唐僧与沙僧开门看处，那皇帝容颜未改，似活的一般。长老忽然惨凄道：『陛下，你不知那世里冤家，今生遇着他，暗丧其身，抛妻别子，致令文武不知，多官不晓！可怜你妻子昏蒙，谁曾见焚香献茶？』忽失声泪如雨下。八戒笑道：『师父，他死了可干你事？又不是你家父祖，哭他怎的！』三藏道：『徒弟啊，出家人慈悲为本，方便为门。你怎的这等心硬？』八戒道：『不是心硬；师兄和我说来，他能医得活。若是医不活，我也不驮他来了。』那长老原来是一头水的，被那呆子摇动了，也便就叫：『悟空，若果有手段医活这个皇帝，正是「救人一命，胜造七级浮图」。我等也强似灵山拜佛。』行者道：『师父，你怎么信这呆子乱谈！人若死了，或三七五七，尽七七日，受满了阳间罪过，就转生去了。如今已死三年，如何救得！』三藏闻其言道：『也罢了。』八戒苦恨不息。道：『师父，你莫被他瞒了。他有些夹脑风。你只念念那话儿，管他还你一个活人。』真个唐僧就念紧箍儿咒，勒得那猴子眼胀头疼。

毕竟不知怎生医救，且听下回分解。

一粒金丹天上得

行者笑道：『嘴脸，小家子样，那个吃你的哩！能值几个钱！虚多实少的。在这里不是？』原来那猴子颏下有嗉袋儿。他把那金丹噙在嗉袋里，被老祖捻着道：『去罢，去罢！再休来此缠绕！』这大圣才谢了老祖，出离了兜率天宫。

第三十九回　一粒金丹天上得　三年故主世间生

话说那孙大圣头痛难禁，哀告道：『师父，莫念！莫念！等我医罢！』长老问：『怎么医？』行者道：『只除过阴司，查勘那个阎王家有他魂灵，请将来救他。』八戒道：『师父莫信他。他原说不用过阴司，阳世间就能医治，方见手段哩。』那长老信邪风，又念紧箍儿咒，慌得行者满口招承道：『阳世间医罢！阳世间医罢！』八戒道：『莫要住，只管念！只管念！』行者骂道：『你这呆孽畜，撺道师父咒我哩！』八戒笑得打跌道：『哥耶，哥耶，你只晓得捉弄我，不晓得我也捉弄你捉弄！』行者道：『师父，莫念！莫念！待老孙阳世间医罢。』三藏道：『阳世间怎么医？』行者道：『我如今一筋斗云，撞入南天门里，不进斗牛宫，不入灵霄殿，径到那三十三天之上，离恨天宫兜率院内，见太上老君，把他「九转还魂丹」求得一粒来，管取救活他也。』

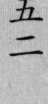

三藏闻言，大喜道：『就去快来。』行者道：『如今有三更时候罢了，投到回来，好天明了。只是这个人睡在这里，冷淡冷淡，不像个模样；须得举哀人看着他哭，便才好哩。』八戒道：『不消讲，这猴子一定是要我哭哩。』行者道：『怕你不哭！你若不哭，我也医不成！』八戒道：『哥哥，你自去，我自哭罢了。』行者道：『哭有几样：若干着口喊，谓之嚎；扭搜出些眼泪儿来，谓之啕。又要哭得有眼泪，又要哭得有心肠，才算着嚎啕痛哭哩。』

八戒道：『我且哭个样子你看看。』他不知那里扯个纸条，拈作一个纸拈儿，往鼻孔里通了两通，打了几个涕喷，你看他眼泪汪汪，粘涎答答的，哭将起来。口里不住的絮絮叨叨，数黄道黑，真个像死了人的一般。哭到那伤情之处，唐长老也泪滴心酸。行者笑道：『正是那样哀痛，再不许住声。你这呆子哄得我去了，你就不哭。我还听哩！若是这等哭便罢；若略住住声儿，定打二十个孤拐！』八戒笑道：『你去，你去！我这一哭动头，有两日哭哩。』沙僧见他数落，便去寻几枝香来烧献。行者笑道：『好，好，好！一家儿都有些敬意，老孙才好用功。』

好大圣，此时有半夜时分，别了他师徒三众，纵筋斗云，只入南天门里。果然也不谒灵霄宝殿，不上那斗牛天宫，一路云光，径来到三十三天离恨天兜率宫中。才入门，只见那太上老君正坐在那丹房中，与众仙童执芭蕉扇搧火炼丹哩。他见行者来时，即吩咐看丹的童儿：『各要仔细。偷丹的贼又来也！』

行者作礼笑道：『老官儿，这等没搭撒。防备我怎的？我如今不干那样事了。』老君道：『你那猴子，五百年前大闹天宫，把我灵丹偷吃无数，着小圣二郎捉拿上界，送在我丹炉炼了四十九日，炭也不知费了多少。你如今幸得脱身，皈依佛果，保唐僧往西天取经，前者在平顶山上降魔，弄刁难，不与我宝贝，今日又来做甚？』行者道：『前日事，老孙更没稽迟，将你那五件宝贝当时交还，你反疑心怪我？』

老君道：『你不走路，潜入吾宫怎的？』行者道：『自别后，西过一方，名乌鸡国。那国王被一妖精假妆道士，呼风唤雨，阴害了国王，那妖假变国王相貌，现坐金銮殿上。是我师父夜坐宝林寺看经，那国王鬼魂参拜我师，敦请老孙与他降妖，辨明邪正。正是老孙思无指实，与弟八戒夜入园中，打破花园，寻着埋藏之所，乃是一眼八角琉璃井内。捞上他的尸首，容颜不改。到寺中见了我师，他发慈悲，着老孙医救，不许去赴阴司里求索灵魂，只教在阳世间救治。我想着无处回生，特来参谒。万望道祖垂怜，把『九转还魂丹』借得一千丸儿，与我老孙，搭救他也。』老君道：『这猴子胡说！甚么一千丸，二千丸，当饭吃哩！是那里土块捘的，这等容易？咄！快去，没有！』行者笑道：『百十丸儿也罢。』老君道：『也没有。』行者道：『十来丸也罢。』老君怒道：『这泼猴却也缠账！没有，没有！出去，出去！』行者笑道：『真个没有，我问别处去救罢。』老君喝道：『去，去，去！』这大圣拽转步，往前就走。

老君忽的寻思道：『这猴子惫懒哩，说去就去，只怕溜进来就偷。』即命仙童叫回来道：『你这猴子，手脚不稳，我把这「还魂丹」送你一丸罢。』行者道：『老官儿，既然晓得老孙的手段，快把金丹拿出来，与我四六分分，还是你的造化哩；不然，就送你个「皮笊篱，——一捞个罄尽」。』那老祖取过葫芦来，倒吊过底子，倾出一粒金丹，递与行者道：『止有此了。拿去，拿去！送你这一粒，医活那皇帝，只算你的功果罢。』行者接了道：『且休忙，等我尝尝看。只怕是假的，莫被他哄了。』扑的往口里一丢，慌得那老祖上前扯住，一把揪着顶瓜皮，揝着拳头，骂道：『这泼猴若要咽下去，就直打杀了！』行者笑道：『嘴脸，小家子样，那个吃你的哩！能值几个钱！虚多实少的。在这里不是？』原来那猴子颏下有嗉袋儿。他把那金丹噙在嗉袋里，被老祖捻着道：『去罢，去罢！再休来此缠绕！』这大圣才谢了老祖，出离了兜率天宫。

你看他千条瑞霭离瑶阙，万道祥云降世尘。须臾间，下了南天门，回到东观，早见那太阳星上。按云头，径至宝林寺山门外，只听得八戒还哭哩。忽近前叫声：『师父。』三藏喜道：『悟空来了，可有丹药？』行者道：『有。』八戒道：『怎么得没有？他偷也去偷人家些来！』行者笑道：『兄弟，你过去罢，用不着你了。你揩揩眼泪，别处哭去。』

教：『沙和尚，取些水来我用。』沙僧急忙往后面井上，有个方便吊桶，即将半钵盂水递与行者。行者接了水，口中吐出丹来，安在那皇帝唇里；两手扳开牙齿，用一口清水，把金丹冲灌下肚。有半个时辰，只听他肚里呼呼的乱响，只是身体不能转移。行者道：『师父，弄我金丹也不能救活，可是掯杀老孙么？』三藏道：『岂有不活之理。似这般久死之尸，如何吞得水下？此乃金丹之仙力也。自金丹入腹，却就肠鸣了；肠鸣乃血脉和动，但气绝不能回伸。莫说人在井里浸了三年，就是生铁也上锈了。只是元气尽绝，得个人度他一口气便好。』那八戒上前就要度气，三藏一把扯住道：『使不得！还教悟空来。』那师父甚有主张：原来猪八戒自幼儿伤生作孽吃人，是一口浊气；惟行者从小修持，咬松嚼柏，吃桃果为生，是一口清气。这大圣上前，把个雷公嘴，噙着那皇帝口唇，呼的一口气，吹入咽喉，度下重楼，转明堂，径至丹田，从涌泉倒返泥垣宫。呼的一声响亮，那君王气聚神归，便翻身，轮拳曲足，叫了一声：『师父！』双膝跪在尘埃道：『记得昨夜鬼魂拜谒，怎知道今朝天晓返阳神！』三藏慌忙搀起道：『陛下，不干我事，你且谢我徒弟。』行者笑道：『师父说那里话？常言道：「家无二主。」你受他一拜儿不亏。』

三藏甚不过意，搀起那皇帝来，同入禅堂。又与八戒、行者、沙僧拜见了，方才按座。只见那本寺的僧人，整顿了早斋，却欲来奉献；忽见那个水衣皇帝，个个惊张，人人疑说。孙行者跳出来道：『那和尚，不要这等惊疑。这本是乌鸡国王，乃汝之真主也。三年前被怪害了性命，是老孙今夜救活。如今进他城去，要辨明邪正。若有了斋，摆将来，等我们吃了走路。』众僧即奉献汤水，与他洗了面，换了衣服。把那皇帝赭黄袍脱了，本寺僧官，将两领布直裰，与他穿了；解下蓝田带，将一条黄丝绦子与他系了；褪下无忧履，与他一双旧僧鞋撒了；却才都吃了早斋，扣背马匹。

行者问：『八戒，你行李有多重？』八戒道：『哥哥，这行李日逐挑着，倒也不知有多重。』行者道：『你把那一担儿分为两担，将一担儿你挑着，将一担儿与这皇帝挑。我们赶早进城干事。』八戒欢喜道：『造化！造化！当时驮他来，不知费了多少力；如今医活了，原来是个替身。』

那呆子就弄玄虚，将行李分开，就问寺中取条匾担，轻些的自己挑了，重些的教那皇帝挑着。行者笑道：『陛下，着你那般打扮，挑着担子，跟我们走走，可亏你么？』那国王慌忙跪下道：『师父，你是我重生父母一般，莫说挑担，情愿执鞭坠镫，伏侍老爷，同行上西天去也。』行者道：『不要你去西天。我内中有个缘故。你只挑得四十里进城。待捉了妖精，你还做你的皇帝，我们还取我们的经也。』八戒听言道：『这等说，他只挑四十里路，我老猪还是长工！』行者道：『兄弟，不要胡说，趁早外边引路。』

真个八戒领那皇帝前行，沙僧伏侍师父上马，行者随后。只见那本寺五百僧人，齐齐整整，吹打着细乐，都送出山门之外。行者笑道：『和尚们不必远送，但恐官家有人知觉，泄漏我的事机，反为不美。快回去，快回去！但把那皇帝的衣服冠带，整顿干净，或是今晚明早，送进城来，我讨些封赠赏赐谢你。』众僧依命各回讫。行者搀开大步，赶上师父，一直前来。正是：

西方有诀好寻真，金木和同却炼神。
丹母空怀懞懂梦，婴儿长恨杌樗身。
必须井底求明主，还要天堂拜老君。

悟得色空还本性，诚为佛度有缘人。

师徒们在路上，那消半日，早望见城池相近。三藏道：『悟空，前面想是乌鸡国了。』行者道：『正是，我们快赶进城干事。』那师徒进得城来，只见街市上人物齐整，风光闹热，早又见凤阁龙楼，十分壮丽。有诗为证，诗曰：

海外宫楼如上邦，人间歌舞若前唐。

花迎宝扇红云绕，日照鲜袍翠雾光。

孔雀屏开香霭出，珍珠帘卷彩旗张。

太平景象真堪贺，静列多官没奏章。

三藏下马道：『徒弟啊，我们就此进朝倒换关文，省得又拢那个衙门费事。』行者道：『说得有理。我兄弟们都进去，人多才好说话。』唐僧道：『都进去，莫要撒村，先行了君臣礼，然后再讲。』行者道：『行君臣礼，就要下拜哩。』三藏道：『正是，要行五拜三叩头的大礼。』行者笑道：『师父不济。若是对他行礼，诚为不智。你且让我先走到里边，自有处置。等他若有言语，让我对答。我若拜，你们也拜；我若蹲，你们也蹲。』

你看那惹祸的猴王，引至朝门，与阁门大使言道：『我等是东土大唐驾下差来，上西天拜佛求经者。今到此倒换关文，烦大人转达，是谓不误善果。』那黄门官即入端门，跪下丹墀，启奏道：『朝门外有五众僧人，言是东土唐国钦差上西天拜佛求经。今至此倒换关文，不敢擅入，现在门外听宣。』

那魔王即令传宣。唐僧却同入朝门里面。那回生的国主随行。正行，忍不住腮边堕泪，心中暗道：『可怜！我的铜斗儿江山，铁围的社稷，谁知被他阴占了！』行者道：『陛下切莫伤感，恐走漏消息。这棍子在我耳朵里跳哩，如今决要见功。管取打杀妖魔，扫荡邪物。这江山不久就还归你也。』那君王不敢违言，只得扯衣揩泪，舍死相从，径

一粒金丹天上得
三年故主世间生

那君王气聚神归，便翻身，轮拳曲足，叫了一声：『师父！』双膝跪在尘埃道：『记得昨夜鬼魂拜谒，怎知道今朝天晓返阳神！』三藏慌忙搀起道：『陛下，不干我事，你且谢我徒弟。』行者笑道：『师父说那里话？常言道：「家无二主。」你受他一拜儿不亏。』

来到金銮殿下。

又见那两班文武，四百朝官，一个个威严端肃，象貌轩昂。这行者引唐僧站立在白玉阶前，挺身不动。那阶下众官，无不悚惧，道：『这和尚十分愚浊！怎么见我王便不下拜，亦不开言呼祝？喏也不唱一个，好大胆无礼！』说不了，只听得那魔王开口问道：『那和尚是那方来的？』行者昂然答道：『我是南赡部洲东土大唐国奉钦差前往西域天竺国大雷音寺拜活佛求真经者。今到此方，不敢空度，特来倒换通关文牒。』那魔王闻说，心中作怒道：『你东土便怎么！我不在你朝进贡，不与你国相通，你怎么见吾抗礼，不行参拜！』行者笑道：『我东土古立天朝，久称上国，汝等乃下土边邦。自古道：「上邦皇帝，为父为君；下邦皇帝，为臣为子。」你倒未曾接我，且敢争我不拜？』那魔王大怒，教文武官：『拿下这野和尚去！』说声叫『拿』，你看那多官一齐踊跃。这行者喝了一声，用手一指，教：

『莫来！』那一指，就使个定身法，众官俱莫能行动。真个是校尉阶前如木偶，将军殿上似泥人。

那魔王见他定住了文武多官，急纵身，跳下龙床，就要来拿。猴王暗喜道：『好！正合老孙之意。这一来就是个生铁铸的头，汤着棍子，也打个窟窿！』正动身，不期旁边转出一个救命星来。你道是谁，原来是乌鸡国王的太子，急上前扯住那魔王的朝服，跪在面前道：『父王息怒。』

妖精问：『孩儿怎么说？』太子道：『启父王得知。三年前闻得人说，有个东土唐朝驾下钦差圣僧往西天拜佛求经，不期今日才来到我邦。父王尊性威烈，若将这和尚拿去斩首，只恐大唐有日得此消息，必生嗔怒。你想那李世民自称王位，一统江山，心尚未足，又兴过海征伐；若知我王害了他御弟圣僧，一定兴兵发马，来与我王争敌。奈何兵少将微，那时悔之晚矣。父王依儿所奏，且把那四个和尚，问他个来历分明，先定他一段不参王驾，然后方可问罪。』

这一篇，原来是太子小心，恐怕来伤了唐僧，故意留住妖魔，更不知行者安排着要打。那魔王果信其言，立在龙床前面，大喝一声道：『那和尚是几时离了东土，唐王因甚事着你求经？』行者昂然而答道：『我师父乃唐王御弟，号曰三藏。因唐王驾下有一丞相，姓魏名徵，奉天条梦斩泾河老龙。大唐王梦游阴司地府，复得回生之后，大开水陆道场，普度冤魂孽鬼。因我师父敷演经文，广运慈悲，忽得南海观世音菩萨指教来西。我师父大发弘愿，情欣意美，报国尽忠，蒙唐王赐与文牒。那时正是大唐贞观十三年九月望前三日。离了东土，前至两界山，收了我做大徒弟，姓孙，名悟空行者；又到乌斯国界高家庄，收了二徒弟，姓猪，名悟能八戒；流沙河界，又收了三徒弟，姓沙，名悟净和尚；前日在敕建宝林寺，又新收个挑担的行童道人。』

魔王闻说，又没法搜检那唐僧，弄巧计盘诘行者，怒目问道：『那和尚，你起初时，一个人离东土，又收了四众，那三僧可让，这一道难容。那行童断然是拐来的。他叫做甚么名字？有度牒是无度牒？拿他上来取供。』唬得那皇帝战战兢兢道：『师父啊！我却怎的供？』孙行者捻他一把道：『你休怕，等我替你供。』

好大圣，趋步上前，对怪物厉声高叫道：『陛下，这老道是一个暗痖之人，却又有些耳聋。只因他年幼间曾走过西天，认得道路。他的一节儿起落根本，我尽知之，望陛下宽恕，待我替他供罢。』魔王道：『趁早实实的替他供来，免得取罪。』行者道：

『供罪行童年且迈，痴聋暗痖家私坏。祖居原是此间人，五载之前遭破败。天无雨，民干坏，君王黎庶都斋戒。焚香沐浴告天公，万里全无云叆叇。百姓饥荒若倒悬，钟南忽降全真怪。呼风唤雨显神通，然后暗将他命害。推下花园水井中，阴侵龙位人难解。幸吾来，功果大，起死回生无挂碍。情愿皈依作行童，与僧同去朝西界。假变君王是道人，道人转是真王代。』

那魔王在金銮殿上，闻得这一篇言语，唬得他心头撞小鹿，面上起红云。急抽身就要走路，奈何手内无一兵器；转回头，只见一个镇殿将军，腰挎一口宝刀，被行者使了定身法，直挺挺如痴如痖，立在那里，他近前，夺了这宝刀，就驾云头望空而去。气得沙和尚爆躁如雷，猪八戒高声喊叫，埋怨行者是一个急猴子：『你就慢说些儿，却不稳住他了？如今他驾云逃走，却往何处追寻？』行者笑道：『兄弟们且莫乱嚷。我等叫那太子下来拜父，嫔后出来拜夫。』却又念个咒语，解了定身法。『教那多官苏醒回来拜君，方知是真实皇帝。教诉前情，才见分晓，我再去寻他。』好大圣，吩咐八戒、沙僧：『好生保护他君臣父子嫔后，与我师父！』只听说声去，就不见形影。

他原来跳在九霄云里，睁眼四望，看那魔王哩。只见那畜果逃了性命，径往东北上走哩。行者赶得将近，喝道：『那怪物，那里去！老孙来了也！』那魔王急回头，掣出宝刀，高叫道：『孙行者，你好惫懒！我来占别人的帝位，与你无干，你怎么来抱不平，泄漏我的机密！』行者呵呵笑道：『我把你大胆的泼怪！皇帝又许你做？你既知我是老孙，就该远遁；怎么还刁难我师父，要取甚么供状！适才那供状是也不是？你不要走，好汉吃我老孙这一棒！』那魔侧身躲过，掣宝刀劈面相还。他两个搭上手，这一场好杀，真是：

猴王猛，魔王强，刀迎棒架敢相当。
一天云雾迷三界，只为当朝立帝王。

他两个战经数合，那妖魔抵不住猴王，急回头复从旧路跳入城里，闯在白玉阶前两班文武丛中，摇身一变，即变得与唐三藏一般模样，并搀手，立在阶前。

这大圣赶上，就欲举棒来打，那怪道：『徒弟莫打，是我！』急掣棒要打那个唐僧，却又道：『徒弟莫打，是我！』一样两个唐僧，实难辨认。『倘若一棒打杀妖怪变的唐僧，这个也成了功果；假若一棒打杀我的真实师父，却怎么好！……』只得停手，叫八戒、沙僧问道：『果然那一个是怪，那一个是我的师父？你指与我，我好打他。』八戒道：『你在半空中相打相嚷，我瞥瞥眼就见两个师父，也不知谁真谁假。』

行者闻言，捻诀念声咒语，叫那护法诸天、六丁六甲、五方揭谛、四值功曹、一十八位护驾伽蓝、当坊土地、本境山神道：『老孙至此降妖，妖魔变作我师父，气体相同，实难辨认。汝等暗中知会者，请师父上殿，让我擒魔。』

原来那妖怪善腾云雾，听得行者言语，急撒手跳上金銮宝殿。这行者举起棒望唐僧就打。可怜！若不是唤那几位神来，这一下，就是二十个唐僧，也打为肉酱！多亏众神架住铁棒道：『大圣，那怪会腾云，先上殿去了。』行者赶上殿，他又跳将下来扯住唐僧，在人丛里又混了一混，依然难认。

行者心中不快；又见那八戒在旁冷笑，行者大怒道：『你这夯货怎的？如今有两个师父，你有得叫，有得应，有得伏侍哩，你这般欢喜得紧！』八戒笑道：『哥啊，说我呆，你比我又呆哩！师父既不认得，何劳费力？你且忍些头疼，叫我师父念念那话儿，我与沙僧各搀一个听着。若不会念的，必是妖怪，有何难也？』行者道：『兄弟，亏你也。正是，那话儿只有三人记得。原是我佛如来心苗上所发，传与观世音菩萨，菩萨又传与我师父，便再没人知道。也罢，师父，念念。』真个那唐僧就念起来。那魔王怎么知得，口里胡哼乱哼。八戒道：『这哼的却是妖怪了！』他放了手，举钯就筑。那魔王纵身跳起，踏着云头便走。

好八戒，喝一声，也驾云头赶上，慌得那沙和尚丢了唐僧，也掣出宝杖来打。唐僧才停了咒语。孙大圣忍着头疼，揝着铁棒，赶在空中。呀！这一场，三个狠和尚，围住一个泼妖魔。那魔王被八戒、沙僧使钉钯宝杖左右攻住了。行者笑道：『我要再去，当面打他，他却有些怕我，只恐他又走了；等我老孙跳高些，与他个捣蒜打，结果了他罢。』

这大圣纵祥光，起在九霄，正欲下个切手，只见那东北上，一朵彩云里面，厉声叫道：『孙悟空，且休下手！』行者回头看处，原来文殊菩萨。急收棒，上前施礼道：『菩萨，那里去？』文殊道：『我来替你收这个妖怪的。』行者谢道：『累烦了。』那菩萨袖中取出照妖镜，照住了那怪的原身。行者才招呼八戒、沙僧齐来见了菩萨。却将镜子里看处，那魔王生得好不凶恶：

眼似琉璃盏，头若炼炒缸。浑身三伏靛，四爪九秋霜。搭拉两个耳，一尾扫帚长。青毛生锐气，红眼放金光。匾牙排玉板，圆须挺硬枪。镜里观真象，原是文殊一个狮猁王。

行者道：『菩萨，这是你坐下的一个青毛狮子，却怎么走将来成精，你就不收服他？』菩萨道：『悟空，他不曾走，他是佛旨差来的。』行者道：『这畜类成精，侵夺帝位，还奉佛旨差来。似老孙保唐僧受苦，就该领几道敕书！』

菩萨道：『你不知道。当初这乌鸡国王，好善斋僧，佛差我来度他归西，早证金身罗汉。因是不可原身相见，变做一种凡僧，问他化些斋供。被吾几句言语相难，他不识我是个好人，把我一条绳捆了，送在那御水河中，浸了我三日三夜。多亏六甲金身救我归西，奏与如来，如来将此怪令到此处推他下井，浸他三年，以报吾三日水灾之恨。「一饮一啄，莫非前定。」今得汝等来此，成了功绩。』

行者道：『你虽报了甚么「一饮一啄」的私仇，但那怪物不知害了多少人也。』菩萨道：『也不曾害人。自他到后，这三年间，风调雨顺，国泰民安，何害人之有？』行者道：『固然如此，但只三宫娘娘，与他同眠同起，点污了他的身体，坏了多少纲常伦理，还叫做不曾害人？』菩萨道：『点污他不得。他是个骟了的狮子。』八戒闻言，走近

三年故主世间生

这大圣纵祥光，起在九霄，正欲下个切手，只见那东北上，一朵彩云里面，厉声叫道：『孙悟空，且休下手！』行者回头看处，原来文殊菩萨。急收棒，上前施礼道：『菩萨，那里去？』文殊道：『我来替你收这个妖怪的。』行者谢道：『累烦了。』那菩萨袖中取出照妖镜，照住了那怪的原身。

前，就摸了一把。笑道："这妖精真个是「糟鼻子不吃酒——枉担其名」了！"行者道："既如此，收了去罢。若不是菩萨亲来，决不饶他性命。"那菩萨却念个咒，喝道："畜生，还不皈正，更待何时！"那魔王才现了原身。菩萨放莲花罩定妖魔，坐在背上，踏祥光辞了行者。咦！

径转五台山上去，宝莲座下听谈经。

毕竟不知那唐僧师徒怎的出城，且听下回分解。

婴儿戏化禅心乱

还未曾坐得稳，只听又叫『师父救人啊！』，长老抬头看时，原来是个小孩童，赤条条的，吊在那树上，兜住缰，便骂行者道：『这泼猴多大惫懒！全无有一些儿善良之意，心心只是要撒泼行凶哩！我那般说叫唤的是个人声，他就千言万语只嚷是妖怪！你看那树上吊的不是个人么？』

第四十回　婴儿戏化禅心乱　猿马刀圭木母空

却说那孙大圣，兄弟三人，按下云头，径至朝内。只见那君臣储后，几班儿拜接谢恩。行者将菩萨降魔收怪的那一节，陈诉与他君臣听了，一个个顶礼不尽。正都在贺喜之间，又听得黄门官来奏：『主公，外面又有四个和尚来也。』八戒慌了道：『哥哥，莫是妖精弄法，假捏文殊菩萨，哄了我等，却又变作和尚，来与我们斗智哩？』行者道：『岂有此理！』即命宣进来看。

众文武传令，着他进来。行者看时，原来是那宝林寺僧人，捧着那冲天冠、碧玉带、赭黄袍、无忧履进得来也。行者大喜道：『来得好，来得好！』且教道人过来，摘下包巾，戴上冲天冠；脱了布衣，穿上赭黄袍；解了绦子，系上碧玉带；褪了僧鞋，登上无忧履；教太子拿出白玉珪来，与他执在手里，早请上殿称孤。正是自古道：『朝廷不可一日无君。』那皇帝那里肯坐，哭啼啼，跪在阶心道：『我已死三年，今蒙师父救我回生，怎么又敢妄自称尊；请那一位师父为君，我情愿领妻子城外为民足矣。』那三藏那里肯受，一心只是要拜佛求经。又请行者，行者笑道：『不瞒列位说。老孙若肯要做皇帝，天下万国九州皇帝，都做遍了。只是我们做惯了和尚，是这般懒散。若做了皇帝，就要留头长发，黄昏不睡，五鼓不眠；听有边报，心神不安；见有灾荒，忧愁无奈。我们怎么弄得惯？你还做你的皇帝，我还做我的和尚，修功行去也。』那国王苦让不过，只得上了宝殿，南面称孤，大赦天下，封赠了宝林寺僧人回去。却才开东阁，筵宴唐僧。一壁厢传旨宣召丹青，写下唐僧师徒四位喜容，供养在金銮殿上。

那师徒们安了邦国，不肯久停，欲辞王驾投西。那皇帝与三宫妃后、太子、诸臣，将镇国的宝贝，金银缎帛，献与师父酬恩。那三藏分毫不受，只是倒换关文，催悟空等背马早行。那国王甚不过意，摆整朝銮驾请唐僧上坐，着两班文武引导，他与三宫妃后并太子一家儿，捧毂推轮，送出城廓，却才下龙辇，与众相别。国王道：『师父啊，到西天经回之日，是必还到寡人界内一顾。』三藏道：『弟子领命。』那皇帝阁泪汪汪，遂与众臣回去了。

那唐僧一行四僧，上了羊肠大路，一心里专拜灵山。正值秋尽冬初时节，但见：

霜凋红叶林林瘦，雨熟黄粱处处盈。
日暖岭梅开晓色，风摇山竹动寒声。

师徒们离了乌鸡国，夜住晓行，将半月有余。忽又见一座高山，真个是摩天碍日。三藏马上心惊，急兜缰忙呼行者。行者道：『师父有何吩咐？』三藏道：『你看前面又有大山峻岭，须要仔细堤防，恐一时又有邪物来侵我也。』行者笑道：『只管走路，莫再多心。老孙自有防护。』那长老只得宽怀，加鞭策马，奔至山岩，果然也十分险峻。但见得：

高不高，顶上接青霄；深不深，涧中如地府。山前常见骨都都白云，扢腾腾黑雾。红梅翠竹，绿柏青松。山后有千万丈挟魂灵台，台后有古古怪怪藏魔洞。洞中有叮叮当当滴水泉，泉下更有弯弯曲曲流水涧。又见那跳天搠地献果猿，丫丫叉叉带角鹿，呢呢痴痴看人獐。至晚巴山寻穴虎，待晓翻波出水龙。登得洞门唿喇的响，惊得飞禽扑鲁的起，看那林中走兽鞠律律的行。见此一伙禽和兽，吓得人心扢磴磴惊。堂倒洞堂堂倒洞，洞当当倒洞当仙。青石染成千块玉，碧纱笼罩万堆烟。

师徒们正当悚惧，又只见那山凹里有一朵红云，直冒到九霄空内，结聚了一团火气。行者大惊，走近前，把唐僧搊着脚，推下马来，叫：『兄弟们，不要走了，妖怪来矣。』慌得个八戒急掣钉钯，沙僧忙轮宝杖，把唐僧围护在当中。

话分两头。却说红光里，真是个妖精。他数年前，闻得人讲：『东土唐僧往西天取经，乃是金蝉长老转生，十世修行的好人。有人吃他一块肉，延生长寿，与天地同休。』他朝朝在山间等候，不期今日到了。他在那半空里，正然观看，只见三个徒弟，把唐僧围护在马上，各各准备。这精灵夸赞不尽道：『好和尚！我才看着一个白面胖和尚骑了马，真是那唐朝圣僧，却怎么被三个丑和尚护持住了！一个个伸拳敛袖，各执兵器，似乎要与人打的一般。噫！不知是那个有眼力的，想应认得我了。似此模样，莫想得那唐僧的肉吃。』沉吟半晌，以心问心的自家商量道：『若要倚势而擒，莫能得近；或者以善迷他，却到得手。但哄得他心迷惑，待我在善内生机，断然拿了。且下去戏他一戏。』

好妖怪，即散红光，按云头落下。去那山坡里，摇身一变，变作七岁顽童，赤条条的，身上无衣，将麻绳捆了手足，高吊在那松树梢头，口口声声，只叫：『救人！救人！』

却说那孙大圣忽抬头再看处，只见那红云散尽，火气全无，便叫：『师父，请上马走路。』唐僧道：『你说妖怪来了，怎么又敢走路？』行者道：『我才然间，见一朵红云从地而起，到空中结做一团火气，断然是妖精。这一会红云散了，想是个过路的妖精，不敢伤人。我们去耶！』八戒笑道：『师兄说话最巧，妖精又有个甚么过路的。』行者道：『你那里知道。若是那山那洞的魔王设宴，邀请那诸山各洞之精赴会，却就有东南西北四路的精灵都来赴会；故此他只有心赴会，无意伤人。此乃过路之妖精也。』

三藏闻言，也似信不信的，只得攀鞍在马，顺路奔山前进。正行时，只听得叫声『救人！』长老大惊道：『徒弟呀，这半山中，是那里甚么人叫？』行者上前道：『师父只管走路，莫缠甚么「人轿」、「骡轿」、「明轿」、「睡轿」。这所在，就有轿，也没个人抬你。』唐僧道：『不是扛抬之轿，乃是叫唤之叫。』行者笑道：『我晓得，莫管闲事，且走路。』

三藏依言，策马又进。行不上一里之遥，又听得叫声『救人！』长老道：『徒弟，这个叫声，不是鬼魅妖邪；若是鬼魅妖邪，但有出声，无有回声。你听他叫一声，又叫一声，想必是个有难之人。我们可去救他一救。』行者道：『师父，今日且把这慈悲心略收起收起，待过了此山，再发慈悲罢。这去处凶多吉少。你知道那倚草附木之说，是物可以成精。诸般还可，只有一般蟒蛇，但修得年远日深，成了精魅，善能知人小名儿。他若在草科里，或山凹中，叫人一声，人不答应还可；若答应一声，他就把人元神绰去，当夜跟来，断然伤人性命。且走，且走！古人云：「脱得去，谢神明。」切不可听他。』长老只得依他，又加鞭催马而去。

行者心中暗想：『这泼怪不知在那里，只管叫阿叫的，等我老孙送他一个「卯酉星法」，教他两不见面。』好大圣，叫沙和尚前来：『拢着马，慢慢走着，让老孙解解手。』你看他让唐僧先行几步，却念个咒语，使个移山缩地之法，把金箍棒往后一指，他师徒过此峰头，往前走了，却把那怪物撇下。他再拽开步，赶上唐僧，一路奔山。只见那三藏又听得那山背后叫声『救人！』长老道：『徒弟呀，那有难的人，大没缘法，不曾得遇着我们。我们走过他了；你听他在山后叫哩。』八戒道：『在便还在山前，只是如今风转了也。』行者道：『管他甚么转风不转风，且走路。』因此，遂都无言语，恨不得一步跁过此山，不题话下。

却说那妖精在山坡里，连叫了三四声，更无人到。他心中思量道：『我等唐僧在此，望见他离不上三里，却怎么这半晌还不到？……想是抄下路去了。』他抖一抖身躯，脱了绳索，又纵红光，上空再看。不觉孙大圣仰面回观，识得是妖怪，又把唐僧撮着脚推下马来道：『兄弟们，仔细，仔细！那妖精又来也！』慌得那八戒、沙僧各持兵刀，将唐僧又围护在中间。

那精灵见了，在半空中称羡不已道：『好和尚！我才见那白面和尚坐在马上，却怎么又被他三人藏了？这一去见面方知。先把那有眼力的弄倒了，方才捉得唐僧。不然啊，徒费心机难获物，枉劳情兴总成空。』却又按下云头，恰似前番变化，高吊在松树山头等候。这番却不上半里之地。

却说那孙大圣抬头再看，只见那红云又散，复请师父上马前行。三藏道：『你说妖精又来，如何又请走路？』行者道：『这还是个过路的妖精，不敢惹我们。』长老又怀怒道：『这个泼猴，十分弄我！正当有妖魔处，却说无事；似这般清平之所，却又恐吓我，不时的嚷道有甚妖精。虚多实少，不管轻重，将我搯着脚，捽下马来，如今却解说甚么过路的妖精。假若跌伤了我，却也过意不去！这等，这等！……』行者道：『师父莫怪。若是跌伤了你的手足，却还好医治；若是被妖精捞了去，却何处跟寻？』三藏大怒，哏哏的，要念紧箍儿咒，却是沙僧苦劝，只得上马又行。

还未曾坐得稳，只听又叫『师父救人啊！』，长老抬头看时，原来是个小孩童，赤条条的，吊在那树上，兜住缰，便骂行者道：『这泼猴多大惫懒！全无有一些儿善良之意，心心只是要撒泼行凶哩！我那般说叫唤的是个人声，他就千言万语只嚷是妖怪！你看那树上吊的不是个人么？』大圣见师父怪下来了，却又觌面看见模样，一则做不得手脚，二来又怕念紧箍儿咒，低着头，再也不敢回言。让唐僧到了树下。那长老将鞭梢指着问道：『你是那家孩儿？因有甚事，吊在此间？说与我，好救你。』噫！分明他是个精灵，变化得这等，那师父却是个肉眼凡胎，不能相识。

那妖魔见他下问，越弄虚头，眼中噙泪，叫道：『师父呀，山西去有一条枯松涧。涧那边有一庄村。我是那里人家。我祖公公姓红，只因广积金银，家私巨万，混名唤做红百万。年老归世已久，家产遗与我父。近来人事奢侈，家私渐废，改名唤做红十万，专一结交四路豪杰，将金银借放，希图利息。怎知那无籍之人，设骗了去啊，本利无归。我父发了洪誓，分文不借。那借金银人，身贫无计，结成凶党，明火执仗，白日杀上我门，将我财帛尽情劫掳，把我父亲杀了；见我母亲有些颜色，拐将去做甚么压寨夫人。那时节，我母亲舍不得我，把我抱在怀里，哭哀哀，战兢兢，跟随贼寇；不期到此山中，又要杀我，多亏我母亲哀告，免教我刀下身亡，却将绳子吊我在树上，只教冻饿而死。那些贼将我母亲不知掠往那里去了。我在此已吊三日三夜，更没一个人来行走。不知那世里修积，今生得遇老师父。若肯舍大慈悲，救我一命回家，就典身卖命，也酬谢师恩。致使黄沙盖面，更不敢忘也。』

三藏闻言，认了真实，就教八戒解放绳索，救他下来。那呆子也不识人，便要上前动手。行者在旁，忍不住喝了一声道：『那泼物！有认得你的在这里哩！莫要只管架空捣鬼，说谎哄人！你既家私被劫，父被贼伤，母被人掳，救你去交与谁人？你将何物与我作谢？这谎脱节了耶！』

那怪闻言，心中害怕，就知大圣是个能人，暗将他放在心上；却又战战兢兢，滴泪而言曰：『师父，虽然我父母空亡，家财尽绝，还有些田产未动，亲戚皆存。』行者道：『你有甚么亲戚？』妖怪道：『我外公家在山南，姑娘住居岭北。涧头李四，是我姨夫；林内红三，是我族伯。还有堂叔、堂兄都住在本庄左右。老师父若肯救我，到了庄上，见了诸亲，将老师父拯救之恩，一一对众言说，典卖些田产，重重酬谢也。』

八戒听说，扛住行者道：『哥哥，这等一个小孩子家，你只管盘诘他怎的！他说得是，强盗只打劫他些浮财，莫成连房屋田产也劫得去？若与他亲戚们说了，我们纵有广大食肠，也吃不了他十亩田价。救他下来罢。』呆子只是想着吃食，那里管甚么好歹，使戒刀挑断绳索，放下怪来。

那怪对唐僧马下，泪汪汪只情磕头。长老心慈，便叫：『孩儿，你上马来，我带你去。』那怪道：『师父啊，我手脚都吊麻了，腰胯疼痛，一则是乡下人家，不惯骑马。』唐僧叫八戒驮着，那妖怪抹了一眼道：『师父，我的皮肤都冻熟了，不敢要这位师父驮。他的嘴长耳大，脑后鬃硬，搠得我慌。』唐僧道：『教沙和尚驮着。』那怪也抹了一眼道：『师父，那些贼来打劫我家时，一个个都搽了花脸，带假胡子，拿刀弄杖的。我被他唬怕了，见这位晦气脸的

猿马刀圭木母空

那行者打了一会，打出一伙穷神来。都披一片，挂一片，裩无裆，裤无口的，跪在山前，叫：『大圣，山神、土地来见。』行者道：『怎么就有许多山神、土地？』众神叩头道：『上告大圣。此山唤做「六百里钻头号山」。我等是十里一山神，十里一土地，共该三十名山神，三十名土地。

师父，一发没了魂了，也不敢要他驮。』唐僧教孙行者驮着。行者呵呵笑道：『我驮，我驮！』

那怪物暗自欢喜。顺顺当当的要行者驮他。行者把他扯在路旁边，试了一试，只好有三斤十来两重。行者笑道：『你这个泼怪物，今日该死了；怎么在老孙面前捣鬼！我认得你是个「那话儿」呵。』妖怪道：『师父，我是好人家儿女，不幸遭此大难，我怎么是个甚么「那话儿」？』行者道：『你既是好人家儿女，怎么这等骨头轻？』妖怪道：『我骨格儿小。』行者道：『你今年几岁了？』那怪道：『我七岁了。』行者笑道：『一岁长一斤，也该七斤。你怎么不满四斤重么？』那怪道：『我小时失乳。』行者说：『也罢，我驮着你；若要尿尿把把，须和我说。』三藏才与八戒、沙僧前走，行者背着孩儿随后，一行径投西去。有诗为证，诗曰：

道德高隆魔障高，禅机本静静生妖。
心君正直行中道，木母痴顽躧外趫。
意马不言怀爱欲，黄波无语自忧焦。
客邪得志空欢喜，毕竟还从正处消。

孙大圣驮着妖魔，心中埋怨唐僧，不知艰苦，『行此险峻山场，空身也难走，却教老孙驮人。这厮莫说他是妖怪，就是好人，他没了父母，不知将他驮与何人，倒不如掼杀他罢。』那怪物却早知觉了。便就使个神通，往四下里吸了四口气，吹在行者背上，便觉重有千斤。行者笑道：『我儿啊，你弄重身法压我老爷哩！』那怪闻言，恐怕大圣伤他，却就解尸，出了元神，跳将起去，伫立在九霄空里。这行者背上越重了。猴王发怒，抓过他来，往那路旁边赖石头上滑辣的一掼，将尸骸掼得像个肉饼一般。还恐他又无礼，索性将四肢扯下，丢在路两边，俱粉碎了。

那物在空中，明明看着，忍不住心头火起道：『这猴和尚，十分惫懒！就作我是个妖魔，要害你师父，却还不曾

见怎么下手哩，你怎么就把我这等伤损！早是我有算计，出神走了。不然，是无故伤生也。若不趁此时拿了唐僧，再让一番，越教他停留长智。』好怪物，就在半空里弄了一阵旋风，呼的一声响亮，走石扬沙，诚然凶狠。好风：

淘淘怒卷水云腥，黑气腾腾闭日明。
岭树连根通拔尽，野梅带干悉皆平。
黄沙迷目人难走，怪石伤残路怎平。
滚滚团团平地暗，遍山禽兽发哮声。

刮得那三藏马上难存，八戒不敢仰视，沙僧低头掩面。孙大圣情知是怪物弄风，急纵步来赶时，那怪已骋风头，将唐僧摄去了，无踪无影，不知摄向何方，无处跟寻。

一时间，风声暂息，日色光明。行者上前观看，只见白龙马，战兢兢发喊声嘶；行李担，丢在路下；八戒伏于崖下呻吟，沙僧蹲在坡前叫唤。行者喊：『八戒！』那呆子听见是行者的声音，却抬头看时，狂风已静。爬起来，扯住行者道：『哥哥，好大风啊！』沙僧却也上前道：『哥哥，这是一阵旋风。』又问：『师父在那里？』八戒道：『风来得紧，我们都藏头遮眼，各自躲风，师父也伏在马上的。』行者道：『如今却往那里去了？』沙僧道：『是个灯草做的，想被一风卷去也。』

行者道：『兄弟们，我等自此就该散了！』八戒道：『正是，趁早散了，各寻头路，多少是好。那西天路无穷无尽，几时能到得！』沙僧闻言，打了一个失惊，浑身麻木道：『师兄，你都说的是那里话。我等因为前生有罪，感蒙观世音菩萨劝化，与我们摩顶受戒，改换法名，皈依佛果，情愿保护唐僧上西方拜佛求经，将功折罪。今日到此，一旦俱休，说出这等各寻头路的话来，可不违了菩萨的善果，坏了自己的德行，惹人耻笑，说我们有始无终也！』行者道：『兄弟，你说的也是。奈何师父不听人说。我老孙火眼金睛，认得好歹。才然这风，是那树上吊的孩儿弄的。我认得他是个妖精，你们不识，那师父也不识，认作是好人家儿女，教我驮着他走。是老孙算计要摆布他，他就弄个重身法压我。是我把他掼得粉碎，他想是又使解尸之法，弄阵旋风，把我师父摄去也。因此上怪他每每不听我说，故我意懒心灰，说各人散了。既是贤弟有此诚意，教老孙进退两难。八戒，你端的要怎的处？』八戒道：『我才自失口乱说了几句，其实也不该散。哥哥，没及奈何，还信沙弟之言，去寻那妖怪救师父去。』行者却回嗔作喜道：『兄弟们，还要来结同心，收拾了行李、马匹，上山找寻怪物，搭救师父去。』

三个人附葛扳藤，寻坡转涧，行经有五七十里，却也没个音信。那山上飞禽走兽全无，老柏乔松常见。孙大圣着实心焦，将身一纵，跳上那巅险峰头，喝一声叫『变！』变作三头六臂，似那大闹天宫的本象。将金箍棒，幌一幌，变作三根金箍棒，劈哩扑辣的，往东打一路，往西打一路，两边不住的乱打。八戒见了道：『沙和尚，不好了。师兄是寻不着师父，恼出气心风来了。』

那行者打了一会，打出一伙穷神来。都披一片，挂一片，裩无裆，裤无口的，跪在山前，叫：『大圣，山神、土地来见。』行者道：『怎么就有许多山神、土地？』众神叩头道：『上告大圣。此山唤做「六百里钻头号山」。我等是十里一山神，十里一土地，共该三十名山神，三十名土地。昨日已此闻大圣来了，只因一时会不齐，故此接迟，致令大圣发怒。万望恕罪。』行者道：『我且饶你罪名。我问你：这山上有多少妖精？』众神道：『爷爷呀，只有得一个妖精，把我们头也摩光了；弄得我们少香没纸，血食全无，一个个衣不充身，食不充口，还吃得有多少妖精哩！』行者道：『这妖精在山前住，是山后住？』众神道：『他也不在山前山后。这山中有一条涧，叫做枯松涧。涧边有一座洞，叫做火云洞。那洞里有一个魔王，神通广大，常常的把我们山神、土地拿了去，烧火顶门，黑夜与他提铃喝

号。小妖儿又讨甚么常例钱。』行者道：『汝等乃是阴鬼之仙，有何钱钞？』众神道：『正是没钱与他，只得捉几个山獐、野鹿，早晚间打点群精；若是没物相送，就要来拆庙宇，剥衣裳，搅得我等不得安生！万望大圣与我等剿除此怪，拯救山上生灵。』行者道：『你等既受他节制，常在他洞下，可知他是那里妖精，叫做甚么名字？』众神道：『说起他来，或者大圣也知道。他是牛魔王的儿子，罗刹女养的。他曾在火焰山修行了三百年，炼成「三昧真火」，却也神通广大。牛魔王使他来镇守号山，乳名叫做红孩儿，号叫做圣婴大王。』

行者闻言，满心欢喜。喝退了土地、山神，却现了本象，跳下峰头，对八戒、沙僧道：『兄弟们放心，再不须思念。师父决不伤生。妖精与老孙有亲。』八戒笑道：『哥哥，莫要说谎。你在东胜神洲，他这里是西牛贺洲，路程遥远，隔着万水千山，海洋也有两道，怎的与你有亲？』行者道：『刚才这伙人都是本境土地、山神。我问他妖怪的原因，他道是牛魔王的儿子，罗刹女养的，名字唤做红孩儿，号圣婴大王。想我老孙五百年前大闹天宫时，遍游天下名山，寻访大地豪杰，那牛魔王曾与老孙结七弟兄。一般五六个魔王，止有老孙生得小巧，故此把牛魔王称为大哥。这妖精是牛魔王的儿子，我与他父亲相识，若论将起来，还是他老叔哩。他怎敢害我师父？我们趁早去来。』沙和尚笑道：『哥啊，常言道：「三年不上门，当亲也不亲」哩。你与他相别五六百年，又不曾往还杯酒，又没有个节礼相邀，他那里与你认甚么亲耶？』行者道：『你怎么这等量人！常言道：「一叶浮萍归大海，为人何处不相逢！」纵然他不认亲，好道也不伤我师父。不望他相留酒席，必定也还我个囫囵唐僧。』三兄弟各办虔心，牵着白马，马上驮着行李，找大路一直前进。

无分昼夜，行了百十里远近，忽见一松林，林中有一条曲涧，涧下有碧澄澄的活水飞流，那涧梢头有一座石板桥，通着那厢洞府。行者道：『兄弟，你看那壁厢有石崖磷磷，想必是妖精住处了。我等从众商议：那个管看守行李、马匹，那个肯跟我过去降妖。』八戒道：『哥哥，老猪没甚坐性，我随你去罢。』行者道：『好，好！』教沙僧：『将马匹、行李俱潜在树林深处，小心守护，待我两个上门去寻师父耶。』那沙僧依命，八戒相随，与行者各持兵器前来。正是：

未炼婴儿邪火胜，心猿木母共扶持。

毕竟不知这一去吉凶何如，且听下回分解。

心猿遭火败

那雨淙淙大小，莫能止息那妖精的火势。原来龙王私雨，只好泼得凡火；妖精的三昧真火，如何泼得？好一似火上浇油，越泼越灼。大圣道：『等我捻着诀，钻入火中！』轮铁棒，寻妖要打。那妖见他来到，将一口烟，劈脸喷来。行者急回头，煼得眼花雀乱，忍不住泪落如雨。

第四十一回 心猿遭火败 木母被魔擒

善恶一时忘念，荣枯都不关心。晦明隐现任浮沉，随分饥餐渴饮。神静湛然常寂，昏冥便有魔侵。五行蹭蹬破禅林，风动必然寒凛。

却说那孙大圣引八戒别了沙僧，跳过枯松涧，径来到那怪石崖前。果见有一座洞府，真个也景致非凡。但见：

回銮古道幽还静，风月也听玄鹤弄。
白云透出满川光，流水过桥仙意兴。
猿啸鸟啼花木奇，藤萝石磴芝兰胜。
苍摇崖壑散烟霞，翠染松篁招彩凤。

远列巅峰似插屏，山朝洞绕真仙洞。
昆仑地脉发来龙，有分有缘方受用。

将近行到门前，见有一座石碣，上镌八个大字，乃是『号山枯松涧火云洞』。那壁厢一群小妖，在那里轮枪舞剑的，跳风顽耍。孙大圣厉声高叫道：『那小的们，趁早去报与洞主知道，教他送出我唐僧师父来，免你这一洞精灵的性命！牙迸半个「不」字，我就掀翻了你的山场，躧平了你的洞府！』那些小妖，闻得此言，慌忙急转身，各归洞里，关了两扇石门，到里边来报：『大王，祸事了！』

却说那怪自把三藏拿到洞中，先剥了衣服，四马攒蹄，捆在后院里，着小妖打干净水刷洗，要上笼蒸吃哩。忽听得报声祸事，且不刷洗，便来前庭上问：『有何祸事？』小妖道：『有个毛脸雷公嘴的和尚，带一个长嘴大耳的和尚，在门前要甚么唐僧师父哩。但若牙迸半个「不」字，就要掀翻山场，躧平洞府。』魔王微微冷笑道：『这是孙行者与猪八戒。他却也会寻哩。我拿他师父，自半山中到此，有百五十里，却怎么就寻上门来？』教：『小的们，把管车的，推出车去！』那一班几个小妖，推出五辆小车儿来，开了前门。

八戒望见道：『哥哥，这妖精想是怕我们，推出车子，往那厢搬哩。』行者道：『不是，且看他放在那里。』只见那小妖将车子按金、木、水、火、土安下，着五个看着，五个进去通报。那魔王问：『停当了？』答应：『停当了。』教：『取过枪来。』有那一伙管兵器的小妖，着两个抬出一杆丈八长的火尖枪，递与妖王。妖王轮枪拽步，也无甚么盔甲，只是腰间束一条锦绣战裙，赤着脚，走出门前。行者与八戒，抬头观看，但见那怪物：

面如傅粉三分白，唇若涂朱一表才。鬓挽青云欺靛染，眉分新月似刀裁。战裙巧绣盘龙凤，形比哪吒更富胎。双手绰枪威凛冽，祥光护体出门来。哏声响若春雷吼，暴眼明如掣电乖。要识此魔真姓氏，名扬千古唤红孩。

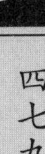

那红孩儿怪，出得门来，高叫道：『是甚么人，在我这里吆喝！』行者近前笑道：『我贤侄，莫弄虚头。你今早在山路旁，高吊在松树梢头，是那般一个瘦怯怯的黄病孩儿，哄了我师父。我倒好意驮着你，你就弄风儿把我师父摄将来。你如今又弄这个样子，我岂不认得你？趁早送出我师父，不要白了面皮，失了亲情；恐你令尊知道，怪我老孙以长欺幼，不像模样。』那怪闻言，心中大怒，咄的一声喝道：『那泼猴头！我与你有甚亲情？你在这里满口胡柴，绰甚声经儿！那个是你贤侄？』行者道：『哥哥，是你也不晓得。当年我与你令尊做弟兄时，你还不知在那里哩。』那怪道：『这猴子一发胡说！你是那里人，我是那里人，怎么得与我父亲做兄弟？』行者道：『你是不知。我乃五百年前大闹天宫的齐天大圣孙悟空是也。我当初未闹天宫时，遍游海角天涯，四大部洲，无方不到。那时节，专慕豪杰。你令尊叫做牛魔王，称为平天大圣，与我老孙结为七弟兄，让他做了大哥；还有个蛟魔王，称为复海大圣，做了二哥；又有个大鹏魔王，称为混天大圣，做了三哥；又有个狮狔王，称为移山大圣，做了四哥；又有个猕猴王，称为通风大圣，做了五哥；又有个㺃狨王，称为驱神大圣，做了六哥；惟有老孙身小，称为齐天大圣，排行第七。我老弟兄们，那时节耍子时，还不曾生你哩！』

那怪物闻言，那里肯信，举起火尖枪就刺。行者正是那会家不忙，又使了一个身法，闪过枪头，轮起铁棒，骂道：『你这小畜生，不识高低！看棍！』那妖精也使身法，让过铁棒道：『泼猢狲，不达时务！看枪！』他两个也不论亲情，一齐变脸，各使神通，跳在云端里，好杀：

行者名声大，魔王手段强。一个横举金箍棒，一个直挺火尖枪。吐雾遮三界，喷云照四方。一天杀气凶声吼，日月星辰不见光。语言无逊让，情意两乖张。那一个欺心失礼仪，这一个变脸没纲常。棒架威风长，枪来野性狂。一个是混元真大圣，一个是正果善财郎。二人努力争强胜，只为唐僧拜法王。

那妖魔与孙大圣战经二十合，不分胜败。猪八戒在旁边，看得明白：妖精虽不败阵，却只是遮拦隔架，全无攻杀之能；行者纵不赢他，棒法精强，来往只在那妖精头上，不离了左右。八戒暗想道：『不好啊，行者溜撒，一时间丢个破绽，哄那妖魔钻进来，一铁棒打倒，就没了我的功劳。……』你看他抖擞精神，举着九齿钯，在空里，望妖精劈头就筑。那怪见了心惊，急拖枪败下阵来。行者喝教八戒：『赶上！赶上！』

二人赶到他洞门前，只见妖精一只手举着火尖枪，站在那中间一辆小车儿上；一只手捏着拳头，往自家鼻子上捶了两拳。八戒笑道：『这厮放赖不羞！你好道捶破鼻子，淌出些血来，搽红了脸，往那里告我们去耶？』那妖魔捶了两拳，念个咒语，口里喷出火来，鼻子里浓烟迸出，闸闸眼，火焰齐生。那五辆车子上，火光涌出。连喷了几口，只见那红焰焰、大火烧空，把一座火云洞，被那烟火迷漫，真个是熯天炽地。八戒慌了道：『哥哥，不停当！这一钻在火里，莫想得活；把老猪弄做个烧熟的，加上香料，尽他受用哩！快走！快走！』说声走，他也不顾行者，跑过涧去了。

这行者神通广大，捏着避火诀，撞入火中，寻那妖怪。那妖怪见行者来，又吐上几口，那火比前更胜。好火：

炎炎烈烈盈空燎，赫赫威威遍地红。却似火轮飞上下，犹如炭屑舞西东。这火不是燧人钻木，又不是老子炮丹；非天火，非野火，乃是妖魔修炼成真三昧火。五辆车儿合五行，五行生化火煎成。肝木能生心火旺，心火致令脾土平。脾土生金金化水，水能生木彻通灵。生生化化皆因火，火遍长空万物荣。妖邪久悟呼三昧，永镇西方第一名。

行者被他烟火飞腾，不能寻怪，看不见他洞门前路径，抽身跳出火中。那妖精在门首，看得明白。他见行者走了，却才收了火具，帅群妖，转于洞内，闭了石门，以为得胜，着小的排宴奏乐，欢笑不题。

却说行者跳过枯松涧，按下云头。只听得八戒与沙僧朗朗的在松间讲话。行者上前喝八戒道：『你这呆子，全无人气！你就惧怕妖火，败走逃生，却把老孙丢下。早是我有些南北哩！』八戒笑道：『哥啊，你被那妖精说着了，果然不达时务。古人云：「识得时务者，呼为俊杰。」那妖精不与你亲，你强要认亲；既与你赌斗，放出那般无情的火来，又不走，还要与他恋战哩！』行者道：『那怪物的手段比我何如？』八戒道：『不济。』『枪法比我何如？』八戒道：『也不济。老猪见他撑持不住，却来助你一钯，不期他不识耍，就败下阵来，没天理，就放火了。』行者道：『正是你不该来。我再与他斗几合，我取巧儿捞他一棒，却不是好？』

他两个只管论那妖精的手段，讲那妖精的火毒。沙和尚倚着松根，笑得马矣了。行者看见道：『兄弟，你笑怎么？你好道有甚手段，擒得那妖魔，破得那火阵？这桩事，也是大家有益的事。常言道：「众毛攒毬。」你若拿得妖魔，救了师父，也是你的一件大功绩。』沙僧道：『我也没甚手段，也不能降妖。我笑你两个都着了忙也。』行者道：『我怎么着忙？』沙僧道：『那妖精手段不如你，枪法不如你，只是多了些火势，故不能取胜。若依小弟说，以相生相克拿他，有甚难处？』行者闻言，呵呵笑道：『兄弟说得有理。果然我们着忙了，忘了这事。若以相生相克之理论之，须是以水克火；却往那里寻些水来，泼灭这妖火，可不救了师父？』沙僧道：『正是这般。不必迟疑。』行者道：『你两个只在此间，莫与他索战，待老孙去东洋大海求借龙兵，将些水来，泼息妖火，捉这泼怪。』八戒道：『哥哥放心前去，我等理会得。』

好大圣，纵云离此地，顷刻到东洋。却也无心看玩海景，使个逼水法，分开波浪。正行时，见一个巡海夜叉相撞，看见是孙大圣，急回到水晶宫里，报知那老龙王。敖广即率龙子、龙孙、虾兵、蟹卒一齐出门迎接，请里面坐。坐定，礼毕，告茶。行者道：『不劳茶，有一事相烦。我因师父唐僧往西天拜佛取经，经过号山枯松涧火云洞，有个红孩儿妖精，号圣婴大王，把我师父拿了去。是老孙寻到洞边，与他交战，他却放出火来。我们禁不得他，想着水能克火，特来问你求些水去，与我下场大雨，泼灭了妖火，救唐僧一难。』那龙王道：『大圣差了。若要求取雨水，不该来问我。』行者道：『你是四海龙王，主司雨泽，不来问你，却去问谁？』龙王道：『我虽司雨，不敢擅专；须得玉帝旨意，吩咐在那地方，要几尺几寸，甚么时辰起住，还要三官举笔，太乙移文，会令了雷公、电母、风伯、云童。俗语云：「龙无云而不行」哩。』行者道：『我也不用着风云雷电，只是要些雨水灭火。』龙王道：『大圣不用风云雷电，但我一人也不能助力，着舍弟们同助大圣一功如何？』行者道：『令弟何在？』龙王道：『南海龙王敖钦、北海龙王敖闰、西海龙王敖顺。』行者笑道：『我若再游过三海，不如上界去求玉帝旨意了。』龙王道：『不消大圣去，只我这里撞动铁鼓、金钟，他自顷刻而至。』行者闻其言道：『老龙王，快撞钟鼓。』

须臾间，三海龙王拥至，问：『大哥，有何事命弟等？』敖广道：『孙大圣在这里借雨助力降妖。』三弟即引进见毕，行者备言借水之事。众神个个欢从，即点起：

鲨鱼骁勇为前部，鳠痴口大作先锋。鲤元帅翻波跳浪，鯾提督吐雾喷风。鲭太尉东方打哨，鲌都司西路催征。红眼马郎南面舞，黑甲将军北下冲。鱑把总中军掌号，五方兵处处英雄。纵横机巧鼋枢密，妙算玄微龟相公。有谋有智鼍丞相，多变多能鳖总戎。横行蟹士轮长剑，直跳虾婆扯硬弓。鲇外郎查明文簿，点龙兵出离波中。

诗曰：

四海龙王喜助功，齐天大圣请相从。
只因三藏途中难，借水前来灭火红。

那行者领着龙兵，不多时，早到号山枯松涧上。行者道：『敖氏昆玉，有烦远踄。此间乃妖魔之处，汝等且停于空中，不要出头露面。让老孙与他赌斗，若赢了他，不须列位捉拿；若输与他，也不用列位助阵；只是他但放火时，可听我呼唤，一齐喷雨。』龙王俱如号令。

行者却按云头，入松林里，见了八戒、沙僧，叫声：『兄弟。』八戒道：『哥哥来得快哑！可曾请得龙王来？』行者道：『俱来了。你两个切须仔细，只怕雨大，莫湿了行李，待老孙与他打去。』沙僧道：『师兄放心前去，我等俱理会得了。』

木母被魔擒

那呆子正纵云行处，忽然望见菩萨。他那里识得真假？这才是见像作佛。呆子停云下拜道：『菩萨，弟子猪悟能叩头。』妖精道：『你不保唐僧去取经，却见我有何事干？』

行者跳过涧，到了门首，叫声：『开门！』那些小妖又去报道：『孙行者又来了。』红孩仰面笑道：『那猴子想是火中不曾烧了他，故此又来。这一来切莫饶他，断然烧个皮焦肉烂才罢！』急纵身，挺着长枪，教：『小的们，推出火车子来！』

他出门前，对行者道：『你又来怎的？』行者道：『还我师父来。』那怪道：『你这猴头，忒不通变。那唐僧与你做得师父，也与我做得按酒，你还思量要他哩。莫想，莫想！』行者闻言，十分恼怒，掣金箍棒劈头就打。那妖精，使火尖枪，急架相迎。这一场赌斗，比前不同。好杀：

怒发泼妖魔，恼急猴王将。这一个专救取经僧，那一个要吃唐三藏。心变没亲情，情疏无义让。这个恨不得捉住活剥皮，那个恨不得拿来生蘸酱。真个忒英雄，果然多猛壮。棒来枪架赌输赢，枪去棒迎争下上。举手相轮二十回，两家本事一般样。

那妖王与行者战经二十回合，见得不能取胜，虚幌一枪，急抽身，捏着拳头，又将鼻子捶了两下，却就喷出火来。那门前车子上，烟火迸起；口眼中，赤焰飞腾。孙大圣回头叫道：『龙王何在？』那龙王兄弟，帅众水族，望妖精火光里喷下雨来。好雨！真个是：

潇潇洒洒，密密沉沉。潇潇洒洒，如天边坠落星辰；密密沉沉，似海口倒悬浪滚。起初时如拳大小，次后来瓮泼盆倾。满地浇流鸭顶绿，高山洗出佛头青。沟壑水飞千丈玉，涧泉波涨万条银。三叉路口看看满，九曲溪中渐渐平。这个是唐僧有难神龙助，扳倒天河往下倾。

那雨淙淙大小，莫能止息那妖精的火势。原来龙王私雨，只好泼得凡火；妖精的三昧真火，如何泼得？好一似火上浇油，越泼越灼。大圣道：『等我捻着诀，钻入火中！』轮铁棒，寻妖要打。那妖见他来到，将一口烟，劈脸喷来。行者急回头，熘得眼花雀乱，忍不住泪落如雨。原来这大圣不怕火，只怕烟。当年因大闹天宫时，被老君放在八卦炉中，煅过一番。他幸在那巽位安身，不曾烧坏。只是风搅得烟来，把他熘做火眼金睛，故至今只是怕烟。那妖又喷一口，行者当不得，纵云头走了。那妖王却又收了火具，回归洞府。

这大圣一身烟火，炮燥难禁，径投于涧水内救火。怎知被冷水一逼，弄得火气攻心，三魂出舍。可怜气塞胸堂喉舌冷，魂飞魄散丧残生！慌得那四海龙王在半空里，收了雨泽，高声大叫：『天蓬元帅！卷帘将军！休在林中藏隐，且寻你师兄出来！』

八戒与沙僧听得呼他圣号，急忙解了马，挑着担奔出林来，也不顾泥泞，顺涧边找寻。只见那上溜头，翻波滚浪，急流中淌下一个人来。沙僧见了，连衣跳下水中，抱上岸来，却是孙大圣身躯。噫！你看他蜷局四肢伸不得，浑身上下冷如冰。沙和尚满眼垂泪道：『师兄！可惜了你，亿万年不老长生客，如今化作个中途短命人！』八戒笑道：『兄弟莫哭。这猴子佯推死，吓我们哩。你摸他摸，胸前还有一点热气没有？』沙僧道：『浑身都冷了，就有一点儿热气，怎的就得回生？』八戒道：『他有七十二般变化，就有七十二条性命。你扯着脚，等我摆布他。』真个那沙僧扯着脚，八戒扶着头，把他拽个直，推上脚来，盘膝坐定。八戒将两手搓热，仵住他的七窍，使一个按摩禅法。原来那行者被冷水逼了，气阻丹田，不能出声。却幸得八戒按摸揉擦，须臾间，气透三关，转明堂，冲开孔窍，叫了一声：『师父啊！』沙僧道：『哥啊，你生为师父，死也还在口里。且苏醒，我们在这里哩。』行者睁开眼道：『兄弟们在这里？老孙吃了亏也！』八戒笑道：『你才子发昏的，若不是老猪救你啊，已此了账了，还不谢我哩！』行者却才起身，仰面道：『敖氏弟兄何在？』那四海龙王在半空中答应道：『小龙在此伺候。』行者道：『累你远劳，不曾成得功果，且请回去，改日再谢。』龙王帅水族，泱泱而回，不在话下。

沙僧搀着行者，一同到松林之下坐定。少时间，却定神顺气，止不住泪滴腮边。又叫：『师父啊！

忆昔当年出大唐，岩前救我脱灾殃。
三山六水遭魔障，万苦千辛割寸肠。
托钵朝餐随厚薄，参禅暮宿或林庄。
一心指望成功果，今日安知痛受伤！』

沙僧道：『哥哥，且休烦恼。我们早安计策，去那里请兵助力，搭救师父耶。』行者道：『那里请救么？』沙僧道：『当初菩萨吩咐，着我等保护唐僧，他曾许我们，叫天天应，叫地地应。那里请救去？』行者道：『想老孙大闹天宫时，那些神兵，都禁不得我。这妖精神通不小，须是比老孙手段大些的，才降得他哩。天神不济。地煞不能，若要拿此妖魔，须是去请观音菩萨才好。奈何我皮肉酸麻，腰膝疼痛，驾不起筋斗云，怎生请得？』八戒道：『有甚话吩咐，等我去请。』行者笑道：『也罢，你是去得。若见了菩萨，切休仰视，只可低头礼拜。等他问时，你却将地名、妖名说与他，再请救师父之事。他若肯来，定取擒了怪物。』八戒闻言，即便驾了云雾，向南而去。

却说那个妖王在洞里欢喜道：『小的们，孙行者吃了亏去了。这一阵虽不得他死，好道也发个大昏。咦，只怕他又请救兵来也。快开门，等我去看他请谁。』

众妖开了门，妖精就跳在空里观看，只见八戒往南去了。妖精想着南边再无他处，断然是请观音菩萨，急按下云，叫：『小的们，把我那皮袋寻出来。多时不用，只恐口绳不牢，与我换上一条，放在二门之下，等我去把八戒赚将回来，装于袋内，蒸得稀烂，犒劳你们。』原来那妖精有一个如意的皮袋。众小妖拿出来，换了口绳，安于洞门内不题。

却说那妖王久居于此，俱是熟游之地。他晓得那条路上南海去近，那条去远。他从那近路上，一驾云头，赶过了八戒。端坐在壁岩之上，变作一个『假观世音』模样，等候着八戒。

那呆子正纵云行处，忽然望见菩萨。他那里识得真假？这才是见像作佛。呆子停云下拜道：『菩萨，弟子猪悟能叩头。』妖精道：『你不保唐僧去取经，却见我有何事干？』八戒道：『弟子因与师父行至中途，遇着号山枯松涧火云洞，有个红孩儿妖精，他把我师父摄了去。是弟子与师兄等，寻上他门，与他交战。他原来会放火，头一阵，不曾得赢；第二阵，请龙王助雨，也不能灭火。师兄被他烧坏了，不能行动，着弟子来请菩萨。万望垂慈，救我师父一难！』妖精道：『那火云洞洞主，不是个伤生的；一定是你们冲撞了他也。』八戒道：『我不曾冲撞他，是师兄悟空冲撞他的。他变作一个小孩子，吊在树上，试我师父。师父甚有善心，教我解下来，着师兄驮他一程。是师兄掼了他一掼，他就弄风儿，把师父摄去了。』妖精道：『你起来，跟我进那洞里见洞主，与你说个人情，你陪一个礼，把你师父讨出来罢。』八戒道：『菩萨呀，若肯还我师父，就磕他一个头也罢。』

妖王道：『你跟来。』那呆子不知好歹，就跟着他，径回旧路，却不向南洋海，随赴火云门。顷刻间，到了门首。妖精进去道：『你休疑忌。他是我的故人，你进来。』呆子只得举步入门。众妖一齐呐喊，将八戒捉倒，装于袋内。束紧了口绳，高吊在驮梁之上。妖精现了本象，坐在当中道：『猪八戒，你有甚么手段，就敢保唐僧取经，就敢请菩萨降我？你大睁着两个眼，还不认得我是圣婴大王哩！如今拿你，吊得三五日，蒸熟了赏赐小妖，权为案酒！』八戒听言，在里面骂道：『泼怪物！十分无礼！若论你百计千方，骗了我吃，管教你一个个遭肿头天瘟！』呆子骂了又骂，嚷了又嚷，不题。

却说孙大圣与沙僧正坐，只见一阵腥风，刮面而过，他就打了一个喷嚏道：『不好，不好！这阵风，凶多吉少。

想是猪八戒走错路也。』沙僧道：『他错了路，不会问人？』行者道：『想必撞见妖精了。』沙僧道：『撞见妖精，他不会跑回？』行者道：『不停当，你坐在这里看守，等我跑过涧去打听打听。』沙僧道：『师兄腰疼，只恐又着他手，等小弟去罢。』行者道：『你不济事，还让我去。』

好行者，咬着牙，忍着疼，捻着铁棒，走过涧，到那火云洞前，叫声：『泼怪！』那把门的小妖，又急入里报：『孙行者又在门首叫哩！』那妖王传令叫拿，那伙小妖，枪刀簇拥，齐声呐喊，即开门，都道：『拿住，拿住！』行者果然疲倦，不敢相迎，将身钻在路旁，念个咒语叫『变』！即变做一个销金包袱。小妖看见，报道：『大王，孙行者怕了；只见说一声「拿」字，慌得把包袱丢下，走了。』妖王笑道：『那包袱也无甚么值钱之物，左右是和尚的破褊衫，旧帽子，背进来拆洗做补衬。』一个小妖，果将包袱背进，不知是行者变的。行者道：『好了，这个销金包袱，背着了！』那妖精不以为事，丢在门内。

好行者，假中又假，虚里还虚，即拔一根毫毛，吹口仙气，变作个包袱一样；他的真身，却又变作一个苍蝇儿，钉在门枢上。只听得八戒在那里哼哩哼的，声音不清，却似一个瘟猪。行者嘤的飞了去寻时，原来他吊在皮袋里也。行者钉在皮袋，又听得他恶言恶语骂道，妖怪长，妖怪短，『你怎么假变作个观音菩萨，哄我回来，吊我在此，还说要吃我！有一日我师兄：

大展齐天无量法，满山泼怪登时擒！

解开皮袋放我出，筑你千钯方趁心！』

行者闻言，暗笑道：『这呆子虽然在这里面受闷气，却还不倒了旗枪。老孙一定要拿了此怪。若不如此，怎生雪恨！』

正欲设法拯救八戒出来，只听那妖王叫道：『六健将何在？』时有六个小妖，是他知己的精灵，封为健将，都有名字：一个叫做云里雾，一个叫做雾里云；一个叫做急如火，一个叫做快如风；一个叫做兴烘掀，一个叫做掀烘兴。六健将上前跪下。妖王道：『你们认得老大王家么？』六健将道：『认得。』妖王道：『你与我星夜去请老大王来，说我这里捉唐僧蒸与他吃，寿延千纪。』六怪领命，一个个厮拖厮扯，径出门去了。行者嘤的一声，飞下袋来，跟定那六怪，躲离洞中。

毕竟不知怎的请来，且听下回分解。

大圣殷勤拜南海

红孩儿当面跪下，朝上叩头道：『父王，孩儿拜揖。』行者道：『孩儿免礼。』那妖王四大拜拜毕，立于下手。行者道：『我儿，请我来有何事？』妖王躬身道：『孩儿不才，昨日获得一人，乃东土大唐和尚。』

第四十二回　大圣殷勤拜南海　观音慈善缚红孩

话说那六健将出洞门，径往西南上，依路而走。行者心中暗想道：『他要请老大王吃我师父，老大王断是牛魔王。我老孙当年与他相会，真个意合情投，交游甚厚。至如今我归正道，他还是邪魔。虽则久别，还记得他模样，且等老孙变作牛魔王，哄他一哄，看是何如。』好行者，躲离了六个小妖，展开翅，飞向前边，离小妖有十数里远近，摇身一变，变作个牛魔王；拔下几根毫毛，叫『变！』即变作几个小妖。在那山凹里，驾鹰牵犬，搭弩张弓，充作打围的样子，等候那六健将。

那一伙厮拖厮扯，正行时，忽然看见牛魔王坐在中间，慌得兴烘掀、掀烘兴扑的跪下道：『老大王爷爷在这里也。』那云里雾、雾里云、急如火、快如风都是肉眼凡胎，那里认得真假，也就一同跪倒，磕头道：『爷爷！小的们是火云洞圣婴大王处差来，请老大王爷爷去吃唐僧肉，寿延千纪哩。』行者借口答道：『孩儿们起来，同我回家去，换了衣服来也。』小妖叩头道：『望爷爷方便，不消回府罢。路程遥远，恐我大王见责。小的们就此请行。』行者笑道：『好乖儿女。也罢，也罢，向前开路，我和你去来。』六怪抖擞精神，向前喝路。大圣随后而来。

不多时，早到了本处。快如风、急如火撞进洞里，报：『大王，老大王爷爷来了。』妖王欢喜道：『你们却中用，这等来的快。』即便叫：『各路头目，摆队伍，开旗鼓，迎接老大王爷爷。』满洞群妖，遵依旨令，齐齐整整，摆将出去。这行者昂昂烈烈，挺着胸脯，把身子抖了一抖，却将那架鹰犬的毫毛，都收回身上。拽开大步，径走入门里，坐在南面当中。

红孩儿当面跪下，朝上叩头道：『父王，孩儿拜揖。』行者道：『孩儿免礼。』那妖王四大拜拜毕，立于下手。行者道：『我儿，请我来有何事？』妖王躬身道：『孩儿不才，昨日获得一人，乃东土大唐和尚。常听得人讲，他是一个十世修行之人，有人吃他一块肉，寿似蓬瀛不老仙。愚男不敢自食，特请父王同享唐僧之肉，寿延千纪。』行者闻言，打了个失惊道：『我儿，是那个唐僧？』妖王道：『是往西天取经的人也。』行者道：『我儿，可是孙行者师父么？』妖王道：『正是。』行者摆手摇头道：『莫惹他，莫惹他！别的还好惹，孙行者是那样人哩，我贤郎，你不曾会他？那猴子神通广大，变化多端。他曾大闹天宫。玉皇上帝差十万天兵，布下天罗地网，也不曾捉得他。你怎么敢吃他师父！快早送出去还他，不要惹那猴子。他若打听着你吃了他师父，他也不来和你打，他只把那金箍棒往山腰里搠个窟窿，连山都掬了去。我儿，弄得你何处安身，教我倚靠何人养老！』

妖王道：『父王说那里话，长他人志气，灭孩儿的威风。那孙行者共有兄弟三人，领唐僧在我半山之中，被我使个变化，将他师父摄来。他与那猪八戒当时寻到我的门前，讲甚么攀亲托熟之言，被我怒发冲天，与他交战几合，也只如此，不见甚么高作。那猪八戒刺邪里就来助战，是孩儿吐出三昧真火，把他烧败了一阵。慌得他去请四海龙王助雨，又不能灭得我三昧真火；被我烧了一个小发昏，连忙着猪八戒去请南海观音菩萨。是我假变观音，把猪八戒赚来，见吊在如意袋中，也要蒸他与众小的们吃哩。那行者今早又来我的门首吆喝，我传令教拿他，慌得他把包袱都丢下，走了。却才去请父王来看看唐僧活象，方可蒸与你吃，延寿长生不老也。』

行者笑道：『我贤郎啊，你只知有三昧火赢得他，不知他有七十二般变化哩！』妖王道：『凭他怎么变化，我也认得。谅他决不敢进我门来。』行者道：『我儿，你虽然认得他，他却不变大的，如狼犺大象，恐进不得你门；他若变作小的，你却难认。』妖王道：『凭他变甚小的。我这里每一层门上，有四五个小妖把守，他怎生得入！』行者道：『你是不知。他会变苍蝇、蚊子、虼虫蚤，或是蜜蜂、蝴蝶并蟭蟟虫等项，又会变我模样，你却那里认得？』妖王道：『勿虑；他就是铁胆铜心，也不敢近我门来也。』

行者道：『既如此说，贤郎甚有手段，实是敌得他过，方来请我吃唐僧的肉；奈何我今日还不吃哩。』妖王道：『如何不吃？』行者道：『我近来年老，你母亲常劝我作些善事。我想无甚作善，且持些斋戒。』妖王道：『不知父王是长斋，是月斋？』行者道：『也不是长斋，也不是月斋，唤做「雷斋」。每月只该四日。』妖王问：『是那四日？』行者道：『三辛逢初六。今朝是辛酉日，一则当斋，二来酉不会客。且等明日，我去亲自刷洗蒸他，与儿等同享罢。』

那妖王闻言，心中暗想道：『我父王平日吃人为生，今活够有一千余岁，怎么如今又吃起斋来了？想当初作恶多端，这三四日斋戒，那里就积得过来。此言有假，可疑，可疑！』即抽身走出二门之下，叫六健将来问：『你们老大王是那里请来的？』小妖道：『是半路请来的。』妖王道：『我说你们来的快。不曾到家么？』小妖道：『是，不曾到家。』妖王道：『不好了，着了他假也！这不是老大王！』小妖一齐跪下道：『大王，自家父亲，也认不得？』妖王道：『观其形容动静都像，只是言语不像。只怕着了他假，吃了人亏。你们都要仔细：会使刀的，刀要出鞘；会使枪的，枪要磨明；会使棍的，使棍；会使绳的，使绳。待我再去问他，看他言语如何。若果是老大王，莫说今日不吃，明日不吃，便迟个月何妨！假若言语不对，只听我哏的一声，就一齐下手。』群魔各各领命讫。

这妖王复转身到于里面，对行者当面又拜。行者道：『孩儿，家无常礼，不须拜；但有甚话，只管说来。』妖王伏于地下道：『愚男一则请来奉献唐僧之肉，二来有句话儿上请。我前日闲行，驾祥光，直至九霄空内，忽逢着祖延道陵张先生。』行者道：『可是做天师的张道陵么？』妖王道：『正是。』行者问曰：『有甚话说？』妖王道：『他见孩儿生得五官周正，三停平等，他问我是几年、那月、那日、那时出世。儿因年幼，记得不真。先生子平精熟，要与我推看五星。今请父王，正欲问此。倘或下次再得会他，好烦他推算。』行者闻言，坐在上面暗笑道：『好妖怪呀！老孙自归佛果，保唐师父，一路上也捉了几个妖精，不似这厮克剥。他问我甚么家长礼短，少米无柴的话说，我也好信口捏脓答他。他如今问我生年月日，我却怎么知道！』好猴王，也十分乖巧：巍巍端坐中间，也无一些儿惧色，面上反喜盈盈的笑道：『贤郎请起。我因年老，连日有事不遂心怀，把你生时果偶然忘了。且等到明日回家，问你母亲便知。』

妖王道：『父王把我八个字时常不离口论说，说我有同天不老之寿，怎么今日一旦忘了！岂有此理！必是假的！』哏的一声，群妖枪刀簇拥，望行者没头没脸的札来。这大圣使金箍棒架住了，现出本象，对妖精道：『贤郎，你却没理。那里儿子好打爷的？』那妖王满面羞惭，不敢回视。行者化金光，走出他的洞府。小妖道：『大王，孙行者走了。』妖王道：『罢，罢，罢！让他走了罢，我吃他这一场亏也！且关了门，莫与他打话，只来刷洗唐僧，蒸吃便罢。』

却说那行者搴着铁棒，呵呵大笑，自涧那边而来。沙僧听见，急出林迎着道：『哥啊，这半日方回，如何这等哂笑，想救出师父来也？』行者道：『兄弟，虽不曾救得师父，老孙却得个上风来了。』沙僧道：『甚么上风？』行者道：『原来猪八戒被那怪假变观音哄将回来，吊于皮袋之内。我欲设法救援，不期他着甚么六健将去请老大王来吃师父肉。是老孙想着他老大王必是牛魔王，就变了他的模样，充将进去，坐在中间。他叫父王，我就应他；他便叩头，我就直受。着实快活，果然得了上风！』沙僧道：『哥啊，你便图这般小便宜，恐师父性命难保。』行者道：『不须虑，等我去请菩萨来。』沙僧道：『你还腰疼哩。』行者道：『我不疼了。古人云：「人逢喜事精神爽。」你看着行李、马匹，等我去。』沙僧道：『你置下仇了，恐他害我师父。你须快去快来。』行者道：『我来得快，只消顿饭时，就回来矣。』

好大圣，说话间躲离了沙僧，纵筋斗云，径投南海。在那半空里，那消半个时辰，望见普陀山景。须臾，按下云头，直至落伽崖上。端肃正行，只见二十四路诸天迎着道：『大圣，那里去？』行者作礼毕，道：『要见菩萨。』诸天道：『少停，容通报。』时有鬼子母诸天来潮音洞外报道：『菩萨得知，孙悟空特来参见。』菩萨闻报，即命进去。

大圣敛衣皈命，捉定步，径入里边，见菩萨倒身下拜。菩萨道：『悟空，你不领金蝉子西方求经去，却来此何干？』行者道：『上告菩萨：弟子保护唐僧前行，至一方，乃号山枯松涧火云洞。有一个红孩儿妖精，唤作圣婴大王，把我师父摄去。是弟子与猪悟能等寻至门前，与他交战。他放出三昧火来，我等不能取胜，救不出师父。急上东洋大海，请到四海龙王，施雨水，又不能胜火，把弟子都熏坏了，几乎丧了残生。』菩萨道：『既他是三昧火，神通广大，怎么去请龙王，不来请我？』行者道：『本欲来的，只是弟子被烟熏了，不能驾云，却教猪八戒来请菩萨。』菩萨道：『悟能不曾来呀。』行者道：『正是。未曾到得宝山，被那妖精假变做菩萨模样，把猪八戒又赚入洞中，现吊在一个皮袋里，也要蒸吃哩。』

菩萨听说，心中大怒道：『那泼妖敢变我的模样！』恨了一声，将手中宝珠净瓶往海心里扑的一掼，唬得那行者毛骨竦然，即起身侍立下面，道：『这菩萨火性不退，好是怪老孙说的话不好，坏了他的德行，就把净瓶掼了。可惜，可惜！早知送了我老孙，却不是一件大人事？』

说不了，只见那海当中，翻波跳浪，钻出个瓶来。原来是一个怪物驮着出来。行者仔细看那驮瓶的怪物，怎生模样：

大圣殷勤拜南海
观音慈善缚红孩

那木叉按下云头，将降魔杵，如筑墙一般，筑了有千百余下。那妖精，穿通两腿刀尖出，血流成汪皮肉开。好怪物，你看他咬着牙，忍着痛，且丢了长枪，用手将刀乱拔。行者却道：『菩萨啊，那怪物不怕痛，还拔刀哩。』

根源出处号帮泥，水底增光独显威。世隐能知天地性，安藏偏晓鬼神机。藏身一缩无头尾，展足能行快似飞。文王画卦曾元卜，常纳庭台伴伏羲。云龙透出千般俏，号水推波把浪吹。条条金线穿成甲，点点装成彩玳瑁。九宫八卦袍披定，散碎铺遮绿灿衣。生前好勇龙王幸，死后还驮佛祖碑。要知此物名和姓，兴风作浪恶乌龟。

那龟驮着净瓶，爬上崖边，对菩萨点头二十四点，权为二十四拜。行者见了，暗笑道：『原来是看瓶的。想是不见瓶，就问他要。』菩萨道：『悟空，你在下面说甚么？』行者道：『没说甚么。』菩萨教：『拿上瓶来。』这行者即去拿瓶，唉！莫想拿得他动。好便似蜻蜓撼石柱，怎生摇得半分毫？行者上前跪下道：『菩萨，弟子拿不动。』菩萨道：『你这猴头，只会说嘴。瓶儿你也拿不动，怎么去降妖缚怪？』行者道：『不瞒菩萨说。平日拿得动，今日拿不动。想是吃了妖精亏，筋力弱了。』菩萨道：『常时是个空瓶；如今是净瓶抛下海去，这一时间，转过了三江五湖，八海四渎，溪源潭洞之间，共借了一海水在里面。你那里有架海的斤量，此所以拿不动也。』行者合掌道：『是弟子不知。』

那菩萨走上前，将右手轻轻的提起净瓶，托在左手掌上。只见那龟点点头，钻下水去了。行者道：『原来是个养家看瓶的夯货！』菩萨坐定道：『悟空，我这瓶中甘露水浆，比那龙王的私雨不同，能灭那妖精的三昧火。待要与你拿了去，你却拿不动；待要着善财龙女与你同去，你却又不是好心，专一只会骗人。你见我这龙女貌美，净瓶又是个宝物，你假若骗了去，却那有工夫又来寻你？你须是留些甚么东西作当。』行者道：『可怜！菩萨这等多心。我弟子自秉沙门，一向不干那样事了。你教我留些当头，却将何物？我身上这件绵布直裰，还是你老人家赐的。这条虎皮裙子，能值几个铜钱？这根铁棒，早晚却要护身。但只是头上这个箍儿，是个金的，却又被你弄了个方法儿长在我头上，取不下来。你今要当头，情愿将此为当。你念个松箍儿咒，将此除去罢；不然，将何物为当？』菩萨道：『你好自在啊！我也不要你的衣服、铁棒、金箍；只将你那脑后救命的毫毛拔一根与我作当罢。』行者道：『这毫毛，也是你老人家与我的。但恐拔下一根，就拆破群了，又不能救我性命。』菩萨骂道：『你这猴子！你便一毛也不拔，教我这善财也难舍。』行者笑道：『菩萨，你却也多疑。正是「不看僧面看佛面」。千万救我师父一难罢！』那菩萨：

逍遥欣喜下莲台，云步香飘上石崖。
只为圣僧遭障害，要降妖怪救回来。

孙大圣十分欢喜，请观音出了潮音仙洞。诸天大神都列在普陀岩上。菩萨道：『悟空，过海。』行者躬身道：『请菩萨先行。』菩萨道：『你先过去。』行者磕头道：『弟子不敢在菩萨面前施展。若驾筋斗云啊，掀露身体，恐菩萨怪我不敬。』菩萨闻言，即着善财龙女去莲花池里，劈一瓣莲花，放在石岩下边水上，教行者：『你上那莲花瓣儿，我渡你过海。』行者见了道：『菩萨，这花瓣儿，又轻又薄，如何载得我起！这一蹿翻跌下水，却不湿了虎皮裙？走了硝，天冷怎穿！』菩萨喝道：『你且上去看！』行者不敢推辞，舍命往上跳。果然先见轻小，到上面比海船还大三分。行者欢喜道：『菩萨，载得我了。』菩萨道：『既载得，如何不过去？』行者道：『又没个篙、桨、篷、桅，怎生得过？』菩萨道：『不用。』只把他一口气吹开吸拢，又着实一口气，吹过南洋苦海，得登彼岸。行者却脚踹实地，笑道：『这菩萨卖弄神通，把老孙这等呼来喝去，全不费力也！』

那菩萨吩咐概众诸天各守仙境，着善财龙女闭了洞门，他却纵祥云，躲离普陀岩，到那边叫：『惠岸何在？』惠岸乃托塔李天王第二个太子，俗名木叉是也。乃菩萨亲传授的徒弟，不离左右，称为护法惠岸行者，即对菩萨合掌伺候。菩萨道：『你快上界去，见你父王，问他借天罡刀来一用。』惠岸道：『师父用着几何？』菩萨道：『全副都要。』

惠岸领命，即驾云头，径入南天门里，到云楼宫殿，见父王下拜。天王见了，问：『儿从何来？』木叉道：『师父是孙悟空请来降妖，着儿拜上父王，将天罡刀借了一用。』天王即唤哪吒将刀取三十六把，递与木叉。木叉对哪吒说：『兄弟，你回去多拜上母亲：我事紧急，等送刀来再磕头罢。』忙忙相别，按落祥光，径至南海，将刀捧与菩萨。

菩萨接在手中，抛将去，念个咒语，只见那刀化作一座千叶莲台。菩萨纵身上去，端坐在中间。行者在旁暗笑道：『这菩萨省使俭用。那莲花池里有五色宝莲台，舍不得坐将来，却又问别人去借。』菩萨道：『悟空，休言语，跟我来也。』却才都驾着云头，离了海上。白鹦哥展翅前飞，孙大圣与惠岸随后。

顷刻间，早见一座山头。行者道：『这山就是号山了。从此处到那妖精门首，约摸有四百余里。』菩萨闻言，即命住下祥云；在那山头上念一声『唵』字咒语，只见那山左山右，走出许多神鬼，却乃是本山土地众神，都到菩萨宝莲座下磕头。菩萨道：『汝等俱莫惊张。我今来擒此魔王。你与我把这团围打扫干净，要三百里远近地方，不许一个生灵在地。将那窝中小兽，窟内雏虫，都送在巅峰之上安生。』众神遵依而退。须臾间，又来回复。菩萨道：『既然干净，俱各回祠。』遂把净瓶扳倒，唿喇喇倾出水来，就如雷响。真个是：

漫过山头，冲开石壁；漫过山头如海势，冲开石壁似汪洋。黑雾涨天全水气，沧波影日幌寒光。遍崖冲玉浪，满海长金莲。菩萨大展降魔法，袖中取出定身禅。化做落伽仙景界，真如南海一般般。秀蒲挺出昙花嫩，香草舒开贝叶鲜。紫竹几竿鹦鹉歇，青松数簇鹧鸪喧。万叠波涛连四野，只闻风吼水漫天。

孙大圣见了，暗中赞叹道：『果然是一个大慈大悲的菩萨！若老孙有此法力，将瓶儿望山一倒，管甚么禽兽蛇虫哩！』菩萨叫：『悟空，伸手过来。』行者即忙敛袖，将左手伸出。菩萨拔杨柳枝，蘸甘露，把他手心里写一个『迷』字。教他：『捏着拳头，快去与那妖精索战，许败不许胜。败将来我这跟前，我自有法力收他。』

行者领命。返云光，径来至洞口。一只手使拳，一只手使棒，高叫道：『妖怪开门！』那些小妖，又进去报道：『孙行者又来了！』妖王道：『紧关了门！莫睬他！』行者叫道：『好儿子！把老子赶在门外，还不开门！』小妖又报道：『孙行者骂出那话儿来了！』妖王只教：『莫睬他！』行者叫两次，见不开门，心中大怒，举铁棒，将门一下打了一个窟窿。慌得那小妖跌将进去道：『孙行者打破门了！』

妖王见报几次，又听说打破前门，急纵身跳将出去，挺长枪，对行者骂道：『这猴子，老大不识起倒！我让你得些便宜，你还不知尽足，又来欺我！打破我门，你该个甚么罪名？』行者道：『我儿，你赶老子出门，你该个甚么罪名？』

那妖王羞怒，绰长枪劈胸便刺；这行者举铁棒，架隔相还。一番搭上手，斗经四五个回合，行者捏着拳头，拖着棒，败将下来。那妖王立在山前道：『我要刷洗唐僧去哩！』行者道：『好儿子，天看着你哩，你来！』那妖精闻言，愈加嗔怒，喝一声，赶到面前，挺枪又刺。这行者轮棒又战几合，败阵又走。那妖王骂道：『猴子，你在前有二三十合的本事，你怎么如今正斗时就要走了，何也？』行者笑道：『贤郎，老子怕你放火。』妖精道：『我不放火了，你上来。』行者道：『既不放火，走开些。好汉子莫在家门前打人。』那妖精不知是诈，真个举枪又赶。行者拖了棒，放了拳头。那妖王着了迷乱，只情追赶。前走的如流星过度，后走的如弩箭离弦。

不一时，望见那菩萨了。行者道：『妖精，我怕你了。你饶我罢。你如今赶至南海观音菩萨处，怎么还不回去？』那妖王不信，咬着牙，只管赶来。行者将身一幌，藏在那菩萨的神光影里。

这妖精见没了行者，走近前，睁圆眼，对菩萨道：『你是孙行者请来的救兵么？』菩萨不答应。妖王拈转长枪，喝道：『咄！你是孙行者请来的救兵么？』菩萨也不答应。妖精望菩萨劈心刺一枪来。那菩萨化道金光，径走上九霄空内。行者跟定道：『菩萨，你好欺伏我罢了！那妖精再三问你，你怎么推聋装痖，不敢做声，被他一枪搠走了，却把那个莲台都丢下耶！』菩萨只教：『莫言语，看他再要怎的。』此时行者与木叉俱在空中，并肩同看。只见那妖呵呵冷笑道：『泼猴头，错认了我也！他不知把我圣婴当作个甚人。几番家战我不过，又去请个甚么脓包菩萨来，却被我一枪，搠得无形无影去了，又把个宝莲台儿丢了。且等我上去坐坐。』好妖精，他也学菩萨，盘手盘脚的，坐在当中。行者看见道：『好，好，好！莲花台儿好送人了！』菩萨道：『悟空，你又说甚么？』行者道：『说甚，说甚，莲台送了人了！那妖精坐放臀下，终不得你还要哩？』菩萨道：『正要他坐哩。』行者道：『他的身躯小巧，比你还坐得稳当。』菩萨叫：『莫言语，且看法力。』

他将杨柳枝往下指定，叫一声『退！』只见那莲台花彩俱无，祥光尽散，原来那妖王坐在刀尖之上。即命木叉：『使降妖杵，把刀柄儿打打去来。』那木叉按下云头，将降魔杵，如筑墙一般，筑了有千百余下。那妖精，穿通两腿刀尖出，血流成汪皮肉开。好怪物，你看他咬着牙，忍着痛，且丢了长枪，用手将刀乱拔。行者却道：『菩萨啊，那怪物不怕痛，还拔刀哩。』菩萨见了，唤上木叉，『且莫伤他生命。』却又把杨柳枝垂下，念声『唵』字咒语，那天罡刀都变做倒须钩儿，狼牙一般，莫能褪得。那妖精却才慌了，扳着刀尖，痛声苦告道：『菩萨，我弟子有眼无珠，不识你广大法力。千乞垂慈，饶我性命！再不敢恃恶，愿入法门戒行也。』

菩萨闻言，却与二行者、白鹦哥低下金光，到了妖精面前，问道：『你可受吾戒行么？』妖王点头滴泪道：『若饶性命，愿受戒行。』菩萨道：『你可入我门么？』妖王道：『果饶性命，愿入法门。』菩萨道：『既如此，我与你摩顶受戒。』就袖中取出一把金剃头刀儿，近前去，把那怪分顶剃了几刀，剃作一个太山压顶，与他留下三个顶搭，挽起三个窝角揪儿。行者在旁笑道：『这妖精大晦气！弄得不男不女，不知像个甚么东西！』菩萨道：『你今既受我戒，我却也不慢你，称你做善财童子，如何？』那妖点头受持，只望饶命。菩萨却用手一指，叫声『退！』撞的一声，天罡刀都脱落尘埃，那童子身躯不损。

菩萨叫：『惠岸，你将刀送上天宫，还你父王，莫来接我，先到普陀岩会众诸天等候。』那木叉领命，送刀上界，回海不题。

却说那童子野性不定，见那腿疼处不疼，臀破处不破，头挽了三个揪儿，他走去绰起长枪，望菩萨道：『那里有甚真法力降我！原来是个掩样术法儿，不受甚戒！看枪！』望菩萨劈脸刺来。恨得个行者轮铁棒要打。菩萨只叫：

观音慈善缚红孩

那菩萨将杨柳枝儿，蘸了一点甘露，洒将去，叫声『合！』只见他丢了枪，一双手合掌当胸，再也不能开放。至今留了一个『观音扭』，即此意也。那童子开不得手，拿不得枪，方知是法力深微。没奈何，才纳头下拜。

『莫打，我自有惩治。』却又袖中取出一个金箍儿来道：『这宝贝原是我佛如来赐我往东土寻取经人的「金、紧、禁」三个箍儿。紧箍儿，先与你戴了；禁箍儿，收了守山大神；这个金箍儿，未曾舍得与人，今观此怪无礼，与他罢。』好菩萨，将箍儿迎风一幌，叫声『变！』即变作五个箍儿，望童子身上抛了去，喝声『着！』一个套在他头顶上，两个套在他左右手上，两个套在他左右脚上。菩萨道：『悟空，走开些，等我念念金箍儿咒。』行者慌了道：『菩萨呀，请你来此降妖，如何却要咒我？』菩萨道：『这篇咒，不是紧箍儿咒，咒你的；是金箍儿咒，咒那童子的。』行者却才放心，紧随左右，听得他念咒。菩萨捻着诀，默默的念了几遍，那妖精搓耳揉腮，攒蹄打滚。正是：

一句能通遍沙界，广大无边法力深。

毕竟不知那童子怎的皈依，且听下回分解。

黑河妖孽擒僧去

八戒就使心术，要躲懒讨乖，道：『悟净，你与大哥在这边看着行李、马匹，等我保师父先过去，却再来渡马。教大哥跳过去罢。』行者点头道：『你说的是。』那呆子扶着唐僧，那梢公撑开船，举棹冲流，一直而去。

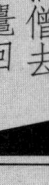

第四十三回　黑河妖孽擒僧去　西洋龙子捉鼍回

却说那菩萨念了几遍，却才住口，那妖精就不疼了。又正性起身看处，颈项里与手足上都是金箍，勒得疼痛，便就除那箍儿时，莫想褪得动分毫。这宝贝已此是见肉生根，越抹越痛。行者笑道：『我那乖乖，菩萨恐你养不大，与你戴个颈圈镯头哩。』那童子闻此言，又生烦恼，就此绰起枪来，望行者乱刺。行者急闪身，立在菩萨后面，叫：『念咒！念咒！』

那菩萨将杨柳枝儿，蘸了一点甘露，洒将去，叫声『合！』只见他丢了枪，一双手合掌当胸，再也不能开放。至今留了一个『观音扭』，即此意也。那童子开不得手，拿不得枪，方知是法力深微。没奈何，才纳头下拜。

菩萨念动真言，把净瓶敧倒，将那一海水，依然收去，更无半点存留。对行者道：『悟空，这妖精已是降了，却只是野心不定，等我教他一步一拜，只拜到落伽山，方才收法。你如今快早去洞中，救你师父去来！』行者转身叩头道：『有劳菩萨远涉，弟子当送一程。』菩萨道：『你不消送，恐怕误了你师父性命。』行者闻言，欢喜叩别。那妖精早归了正果，五十三参，参拜观音。

且不题善菩萨收了童子，却说那沙僧久坐林间，盼望行者不到，将行李捎在马上，一只手执着降妖宝杖，一只手牵着缰绳，出松林向南观看，只见行者欣喜而来。

沙僧迎着道：『哥哥，你怎么去请菩萨，此时才来！焦杀我也！』行者道：『你还做梦哩。老孙已请了菩萨，降了妖怪。』行者却将菩萨的法力，备陈了一遍。沙僧十分欢喜道：『救师父去也！』

他两个才跳过涧去，撞到门前，拴下马匹。举兵器齐打入洞里，剿净了群妖，解下皮袋，放出八戒来。那呆子谢了行者道：『哥哥，那妖精在那里？等我去筑他几钯，出出气来！』行者道：『且寻师父去。』

三人径至后边，只见师父赤条条，捆在院中哭哩。沙僧连忙解绳，行者即取衣服穿上。三人跪在面前道：『师父吃苦了。』三藏谢道：『贤徒啊，多累你等。怎生降得妖魔也？』行者又将请菩萨，收童子之言，备陈一遍。三藏听得，即忙跪下，朝南礼拜。行者道：『不消谢他，转是我们与他作福，收了一个童子。』——如今说童子拜观音，五十三参，参参见佛，即此是也。——教沙僧，将洞内宝物收了。且寻米粮，安排斋饭，管待了师父。那长老得性命全亏孙大圣，取真经只靠美猴精。师徒们出洞来，攀鞍上马，找大路，笃志投西。

行经一个多月，忽听得水声振耳。三藏大惊道：『徒弟呀，又是那里水声？』行者笑道：『你这老师父，忒也多疑，做不得和尚。我们一同四众，偏你听见甚么水声。你把那《多心经》又忘了也？』唐僧道：『《多心经》乃浮屠山乌巢禅师口授，共五十四句，二百七十个字。我当时耳传，至今常念，你知我忘了那句儿？』行者道：『老师父，你忘了「无眼耳鼻舌身意」。我等出家人，眼不视色，耳不听声，鼻不嗅香，舌不尝味，身不知寒暑，意不存妄想——如此谓之祛褪六贼。你如今为求经，念念在意；怕妖魔，不肯舍身；要斋吃，动舌；喜香甜，嗅鼻；闻声音，惊耳；睹事物，凝眸；招来这六贼纷纷，怎生得西天见佛？』三藏闻言，默然沉虑道：『徒弟啊，我

一自当年别圣君，奔波昼夜甚殷勤。
芒鞋踏破山头雾，竹笠冲开岭上云。
夜静猿啼殊可叹，月明鸟噪不堪闻。
何时满足三三行，得取如来妙法文！』

行者听毕，忍不住鼓掌大笑道：『这师父原来只是思乡难息！若要那三三行满，有何难哉！常言道：「功到自然成」哩。』八戒回头道：『哥啊，若照依这般魔障凶高，就走上一千年也不得成功！』沙僧道：『二哥，你和我一般，拙口钝腮，不要惹大哥热擦。且只捱肩磨担，终须有日成功也。』

师徒们正话间，脚走不停，马蹄正疾，见前面有一道黑水滔天，马不能进。四众停立岸边，仔细观看。但见那：

层层浓浪，迭迭浑波：层层浓浪翻乌潦，迭迭浑波卷黑油。近观不照人身影，远望难寻树木形。滚滚一地墨，滔滔千里灰。水沫浮来如积炭，浪花飘起似翻煤。牛羊不饮，鸦鹊难飞。牛羊不饮嫌深黑，鸦鹊难飞怕渺弥。只是岸上芦蘋知节令，滩头花草斗青奇。湖泊江河天下有，溪源泽洞世间多。人生皆有相逢处，谁见西方黑水河！

唐僧下马道：『徒弟，这水怎么如此浑黑？』八戒道：『是那家泼了靛缸了。』沙僧道：『不然，是谁家洗笔砚哩。』行者道：『你们且休胡猜乱道，且设法保师父过去。』八戒道：『这河若是老猪过去不难；或是驾了云头，

或是下河负水，不消顿饭时，我就过去了。』沙僧道：『若教我老沙，也只消纵云踊水，顷刻而过。』行者道：『我等容易，只是师父难哩。』三藏道：『徒弟啊，这河有多少宽么？』八戒道：『约摸有十来里宽。』三藏道：『你三个计较，着那个驮我过去罢。』行者道：『八戒驮得。』八戒道：『不好驮。若是驮着腾云，三尺也不能离地。常言道：「背凡人重若丘山。」若是驮着负水，转连我坠下水去了。』

师徒们在河边，正都商议，只见那上溜头，有一人棹下一只小船儿来。唐僧喜道：『徒弟，有船来了。叫他渡我们过去。』沙僧厉声高叫道：『棹船的，来渡人！来渡人！』船上人道：『我不是渡船，如何渡人？』沙僧道：『天上人间，方便第一。你虽不是渡船，我们也不是常来打搅你的。我等是东土钦差取经的佛子，你可方便方便，渡我们过去，谢你。』那人闻言，却把船儿棹近岸边，扶着桨道：『师父啊，我这船小，你们人多，怎能全渡？』三藏近前看了，那船儿原来是一段木头刻的，中间只有一个舱口，只好坐下两个人。三藏道：『怎生是好？』沙僧道：『这般啊，两遭儿渡罢。』八戒就使心术，要躲懒讨乖，道：『悟净，你与大哥在这边看着行李、马匹，等我保师父先过去，却再来渡马。教大哥跳过去罢。』行者点头道：『你说的是。』

那呆子扶着唐僧，那梢公撑开船，举棹冲流，一直而去。方才行到中间，只听得一声响亮，卷浪翻波，遮天迷目。那阵狂风十分利害！好风：

当空一片炮云起，中溜千层黑浪高。两岸飞沙迷日色，四边树倒振天号。翻江搅海龙神怕，播土扬尘花木雕。呼呼响若春雷吼，阵阵凶如饿虎哮。蟹鳖鱼虾朝上拜，飞禽走兽失窝巢。五湖船户皆遭难，四海人家命不牢。溪内渔翁难把钩，河间梢子怎撑篙？揭瓦翻砖房屋倒，惊天动地泰山摇。

这阵风，原来就是那棹船人弄的。他本是黑水河中怪物。眼看着那唐僧与猪八戒，连船儿淬在水里，无影无形，不知摄了那方去也。

这岸上，沙僧与行者心慌道：『怎么好？老师父步步逢灾，才脱了魔障，幸得这一路平安，又遇着黑水迍邅！』沙僧道：『莫是翻了船，我们往下溜头找寻去。』行者道：『不是翻船，若翻船，八戒会水，他必然保师父负水而出。我才见那个棹船的有些不正气，想必就是这厮弄风，把师父拖下水去了。』沙僧闻言道：『哥哥何不早说！你看着马与行李，等我下水找寻去来。』行者道：『这水色不正，恐你不能去。』沙僧道：『这水比我那流沙河如何？去得，去得！』

好和尚，脱了褊衫，扎抹了手脚，轮着降妖宝杖，扑的一声，分开水路，钻入波中。大踏步行将进去。正走处，只听得有人言语。沙僧闪在旁边，偷睛观看，那壁厢有一座亭台，台门外横封了八个大字，乃是『衡阳峪黑水河神府』。又听得那怪物坐在上面道：『一向辛苦，今日方能得物。这和尚乃十世修行的好人，但得吃他一块肉，便做长生不老人。我为他也等够多时，今朝却不负我志。』教：『小的们！快把铁笼抬出来，将这两个和尚囫囵蒸熟，具柬去请二舅爷来，与他暖寿。』沙僧闻言，按不住心头火起，掣宝杖，将门乱打，口中骂道：『那泼物，快送我唐僧师父与八戒师兄出来！』唬得那门内妖邪，急跑去报：『祸事了！』老怪问：『甚么祸事？』小妖道：『外面有一个晦气色脸的和尚，打着前门骂，要人哩。』

那怪闻言，即唤取披挂。小妖抬出披挂，老妖结束整齐。手提一根竹节钢鞭，走出门来，真个是凶顽毒象。但见：

方面圜睛霞彩亮，卷唇巨口血盆红。几根铁线稀髯摆，两鬓朱砂乱发蓬。形似显灵真太岁，貌如发怒狠雷公。身披铁甲团花灿，头戴金盔嵌宝浓。竹节钢鞭提手内，行时滚滚拽狂风。生来本是波中物，脱去原流变化

黑河妖孽擒僧去
西洋龙子捉鼍回

太子见说，开口骂道：『这泼邪！果然无状！且不要教孙大圣与你对敌，你敢与我相持么？』那怪道：『要做好汉，怕甚么相持！』教：『取披挂！』呼唤一声，众小妖跟随左右，献上披挂，捧上钢鞭。他两个变了脸，各逞英雄，传号令，一齐擂鼓。

凶。要问妖邪真姓字，前身唤做小鼍龙。

那怪喝道：『是甚人在此打我门哩？』沙僧道：『我把你个无知的泼怪！你怎么弄玄虚，变作梢公，驾船将我师父摄来？快早送还，饶你性命！』那怪呵呵笑道：『这和尚不知死活！你师父是我拿了，如今要蒸熟了请人哩！你上来，与我见个雌雄！三合敌得我啊，还你师父；如三合敌不得，连你一发都蒸吃了，休想西天去也！』沙僧闻言大怒，轮宝杖，劈头就打。那怪举钢鞭，急架相迎。两个在水底下，这场好杀：

降妖杖，竹节鞭，二人怒发各争先。一个是黑水河中千载怪，一个是灵霄殿外旧时仙。那个因贪三藏肉中吃，这个为保唐僧命可怜。都来水底相争斗，各要功成两不然。杀得虾鱼对对摇头躲，蟹鳖双双缩首潜。只听水府群妖齐擂鼓，门前众怪乱争喧。好个沙门真悟净，单身独力展威权！跃浪翻波无胜败，鞭迎杖架两牵连。算来只为唐和尚，欲取真经拜佛天。

他二人战经三十回合，不见高低。沙僧暗想道：『这怪物是我的对手，枉自不能取胜，且引他出去，教师兄打他。』这沙僧虚丢了个架子，拖着宝杖就走。那妖精更不赶来，道：『你去罢，我不与你斗了。我且具柬帖儿去请客哩。』

沙僧气呼呼跳出水来，见了行者道：『哥哥，这怪物无礼。』行者问：『你下去许多时才出来，端的是甚妖邪？可曾寻见师父？』沙僧道：『他这里边，有一座亭台；台门外横书八个大字，唤做「衡阳峪黑水河神府」。我闪在旁边，听着他在里面说话，教小的们刷洗铁笼，待要把师父与八戒蒸熟了，去请他舅爷来暖寿。是我发起怒来，就去打门。那怪物提一条竹节钢鞭走出来，与我斗了这半日，约有三十合，不分胜负。我却使个佯输法，要引他出来，着你助阵。那怪物乖得紧，他不来赶我，只要回去具柬请客，我才上来了。』行者道：『不知是个甚么妖邪？』沙僧道：『那模样像一个大鳖；不然，便是个鼍龙也。』行者道：『不知那个是他舅爷？』

说不了，只见那下湾里走出一个老人，远远的跪下，叫：『大圣，黑水河河神叩头。』行者道：『你莫是那棹船的妖邪，又来骗我么？』那老人磕头滴泪道：『大圣，我不是妖邪，我是这河内真神。那妖精旧年五月间，从西洋海趁大潮来于此处，就与小神交斗。奈我年迈身衰，敌他不过，把我坐的那衡阳峪黑水河神府，就占夺去住了，又伤了我许多水族。我却没奈何，径往海内告他。原来西海龙王是他的母舅，不准我的状子，教我让与他住。我欲启奏上天，奈何神微职小，不能得见玉帝。今闻得大圣到此，特来参拜投生。万望大圣与我出力报冤！』行者闻言道：『这等说，四海龙王都该有罪。他如今摄了我师父与师弟，扬言要蒸熟了，去请他舅爷暖寿，我正要拿他，幸得你来报信。这等啊，你陪着沙僧在此看守，等我去海中，先把那龙王捉来，教他擒此怪物。』河神道：『深感大圣大恩！』

行者即驾云，径至西洋大海。按筋斗，捻了避水诀，分开波浪；正然走处，撞见一个黑鱼精捧着一个浑金的请书匣儿，从下流头似箭如梭钻将上来，被行者扑个满面，掣铁棒分顶一下，可怜就打得脑浆迸出，腮骨查开，嗗都的一声，飘出水面。他却揭开匣儿看处，里边有一张简帖，上写着：

愚甥鼍洁顿首百拜，启上二舅爷敖老大人台下：向承佳惠，感感。今因获得二物，乃东土僧人，实为世间之罕物。甥不敢自用。因念舅爷圣诞在迩，特设菲筵，预祝千寿。万望车驾速临是荷！

行者笑道：『这厮却把供状先递与老孙也！』正才袖了帖子，往前再行。早有一个探海的夜叉，望见行者，急抽身撞上水晶宫报大王：『齐天大圣孙爷爷来了！』那龙王敖顺即领众水族，出宫迎接道：『大圣，请入小宫少座，献茶。』行者道：『我还不曾吃你的茶，你倒先吃了我的酒也！』龙王笑道：『大圣一向皈依佛门，不动荤酒，却几时请我吃酒来？』行者道：『你便不曾去吃酒，只是惹下一个吃酒的罪名了。』敖顺大惊道：『小龙为何有罪？』行者袖中取出简帖儿，递与龙王。

龙王见了，魂飞魄散，慌忙跪下，叩头道：『大圣恕罪！那厮是舍妹第九个儿子。因妹夫错行了风雨，刻减了雨数，被天曹降旨，着人曹官魏徵丞相，梦里斩了。舍妹无处安身，是小龙带他到此，恩养成人。前年不幸，舍妹疾故，惟他无方居住，我着他在黑水河养性修真。不期他作此恶孽，小龙即差人去擒他来也。』行者道：『你令妹共有几个贤郎？都在那里作怪？』龙王道：『舍妹有九个儿子。那八个都是好的。第一个小黄龙，见居淮渎；第二个小骊龙，见住济渎；第三个青背龙，占了江渎；第四个赤髯龙，镇守河渎；第五个徒劳龙，与佛祖司钟；第六个稳兽龙，与神宫镇脊；第七个敬仲龙，与玉帝守擎天华表；第八个蜃龙，在大家兄处，砥据太岳。此乃第九个鼍龙，因年幼无甚执事，自旧年才着他居黑水河养性，待成名，别迁调用；谁知他不遵吾旨，冲撞大圣也。』

行者闻言，笑道：『你妹妹有几个妹丈？』敖顺道：『只嫁得一个妹丈，乃泾河龙王。向年已此被斩，舍妹孀居于此，前年疾故了。』行者道：『一夫一妻，如何生这几个杂种？』敖顺道：『此正谓「龙生九种，九种各别」。』行者道：『我才心中烦恼，欲将简帖为证，上奏天庭，问你个通同作怪，抢夺人口之罪。据你所言，是那厮不遵教诲，我且饶你这次：一则是看你昆玉分上；二来只该怪那厮年幼无知，你也不甚知情。你快差人擒来，救我师父，再作区处。』敖顺即唤太子摩昂：『快点五百虾鱼壮兵，将小鼍捉来问罪。一壁厢安排酒席，与大圣陪礼。』行者道：『龙王再勿多心。既讲开饶了你便罢，又何须办酒？我今须与你令郎同回：一则老师父遭愆，二则我师弟盼望。』

那老龙苦留不住，又见龙女捧茶来献。行者立饮他一盏香茶，别了老龙，随与摩昂领兵，离了西海。早到黑水河中。行者道：『贤太子，好生捉怪，我上岸去也。』摩昂道：『大圣宽心，小龙子将他拿上来先见了大圣，惩治了他罪名，把师父送上来，才敢带回海内，见我家父。』行者欣然相别。捏了避水诀，跳出波津，径到了东边崖上。沙僧与那河神迎着道：『师兄，你去时从空而去，怎么回来却自河内而回？』行者把那打死鱼精，得简帖，见龙王，与太子同领兵来之事，备陈了一遍。沙僧十分欢喜，都立在岸边，候接师父不题。

却说那摩昂太子着介士先到他水府门前，报与妖怪道：『西海老龙王太子摩昂来也。』那怪正坐，忽闻摩昂来，心中疑惑道：『我差黑鱼精投简帖拜请二舅爷，这早晚不见回话，怎么舅爷不来，却是表兄来耶？』正说间，只见那巡河的小怪，又来报：『大王，河内有一枝兵，屯于水府之西，旗号上书着「西海储君摩昂小帅」。』妖怪道：『这表兄却也狂妄：想是舅爷不得来，命他来赴宴；既是赴宴，如何又领兵劳士？咳！但恐其间有故。』教：『小的们，将我的披挂钢鞭伺候，恐一时变暴。待我且出去迎他，看是何如。』众妖领命，一个个擦掌摩拳准备。

这鼍龙出得门来，真个见一枝海兵札营在右。只见：

征旗飘绣带，画戟列明霞。宝剑凝光彩，长枪缨绕花。弓弯如月小，箭插似狼牙。大刀光灿灿，短棍硬沙沙。鲸鳖并蛤蚌，蟹鳖共鱼虾。大小齐齐摆，干戈似密麻。不是元戎令，谁敢乱爬磕！

鼍怪见了，径至那营门前，厉声高叫：『大表兄，小弟在此拱候，有请。』有一个巡营的螺螺，急至中军帐，『报千岁殿下，外有鼍龙叫请哩。』太子按一按顶上金盔，束一束腰间宝带，手提一根三棱简，拽开步，跑出营去，道：『你来请我怎么？』鼍龙进礼道：『小弟今早有简帖拜请舅爷，想是舅爷见弃，着表兄来的，兄长既来赴席，如何又劳师动众？不入水府，扎营在此，又贯甲提兵，何也？』太子道：『你请舅爷做甚？』妖怪道：『小弟一向蒙恩赐居于此，久别尊颜，未得孝顺。昨日捉得一个东土僧人，我闻他是十世修行的元体，人吃了他，可以延寿，欲请舅爷看过，上铁笼蒸熟，与舅爷暖寿哩。』太子喝道：『你这厮十分懵懂！你道僧人是谁？』妖怪道：『他是唐朝来的僧人，往西天取经的和尚。』太子道：『你只知他是唐僧，不知他手下徒弟利害哩。』妖怪道：『他有一个长嘴的和尚，唤做个猪八戒，我也把他捉住了，要与唐和尚一同蒸吃。还有一个徒弟，唤做沙和尚，乃是一条黑汉子，晦气色脸，使一根宝杖。昨日在这门外与我讨师父，被我帅出河兵，一顿钢鞭，战得他败阵逃生，也不见怎的利害。』

太子道：『原来是你不知！他还有一个大徒弟，是五百年前大闹天宫上方太乙金仙齐天大圣；如今保护唐僧往西天拜佛求经，是普陀岩大慈大悲观音菩萨劝善，与他改名，唤做孙悟空行者。你怎么没得做，撞出这件祸来？他又在我海内遇着你的差人，夺了请帖，径入水晶宫，拿捏我父子们，有「结连妖邪，抢夺人口」之罪。你快把唐僧、八戒送上河边，交还了孙大圣，凭着我与他陪礼，你还好得性命；若有半个「不」字，休想得全生居于此也！』那怪鼍闻此言，心中大怒道：『我与你嫡亲的姑表，你倒反护他人！听你所言，就教把唐僧送出；天地间那里有这等容易事也！你便怕他，莫成我也怕他？他若有手段，敢来我水府门前，与我交战三合，我才与他师父；若敌不过我，就连他也拿来，一齐蒸熟，也没甚么亲人，也不去请客，自家关了门，教小的们唱唱舞舞，我坐在上面，自自在在，吃他娘不是！』

太子见说，开口骂道：『这泼邪！果然无状！且不要教孙大圣与你对敌，你敢与我相持么？』那怪道：『要做好汉，怕甚么相持！』教：『取披挂！』呼唤一声，众小妖跟随左右，献上披挂，捧上钢鞭。他两个变了脸，各逞英雄；传号令，一齐擂鼓。这一场比与沙僧争斗，甚是不同。但见那：

旌旗照耀，戈戟摇光。这壁厢营盘解散，那壁厢门户开张。摩昂太子提金简，鼍怪轮鞭急架偿。一声炮响河兵烈，三棒锣鸣海士狂。虾与虾争，蟹与蟹斗。鳖吞赤鲤，鲠鲌起黄鲿。鲨鲻吃鲎鲭鱼走，牡蛎擒蛏蛤蚌慌。少扬刺硬如铁棍，鲳司针利似锋芒。鱓鳇追白蟮，鲈脍捉乌鲳。一河水怪争高下，两处龙兵定弱强。混战多时波浪滚，摩昂太子赛金刚。喝声金简当头重，拿住妖鼍作怪王。

这太子将三棱简闪了一个破绽，那妖精不知是诈，钻将进来；被他使个解数，把妖精右臂，只一简，打了个跳踵；赶上前，又一拍脚，跌倒在地。众海兵一拥上前，揪翻住，将绳子背绑了双手，将铁索穿了琵琶骨，拿上岸来。押至孙行者面前道：『大圣，小龙子捉住妖鼍，请大圣定夺。』

行者与沙僧见了道：『你这厮不遵旨令。你舅爷原着你在此居住，教你养性存身，待你名成之日，别有迁用；你怎么强占水神之宅，倚势行凶，欺心诳上，弄玄虚，骗我师父、师弟？我待要打你这一棒，奈何老孙这棒子甚重，略打打儿就了了性命。你将我师父安在何处哩？』那怪叩头不住道：『大圣，小鼍不知大圣大名。却才逆了表兄，骋强背理，被表兄把我拿住。今见大圣，幸蒙大圣不杀之恩，感谢不尽。你师父还捆在那水府之间，望大圣解了我的铁索，放了我手，等我到河中送他出来。』摩昂在旁道：『大圣，这厮是个逆怪，他极奸诈；若放了他，恐生恶念。』

西洋龍子捉鼉回

西洋龙子捉鼍回

这太子将三棱简闪了一个破绽，那妖精不知是诈，钻将进来；被他使个解数，把妖精右臂，只一简，打了个躘踵；赶上前，又一拍脚，跌倒在地。众海兵一拥上前，揪翻住，将绳子背绑了双手，将铁索穿了琵琶骨，拿上岸来。押至孙行者面前道：『大圣，小龙子捉住妖鼍，请大圣定夺。』

沙和尚道：『我认得他那里，等我寻师父去。』

他两个跳入水中，径至水府门前。那里门扇大开，更无一个小卒。直入亭台里面，见唐僧、八戒，赤条条都捆在那里。沙僧即忙解了师父，河神亦随解了八戒，一家背着一个，出水面，径至岸边。

猪八戒见那妖精锁绑在侧，急掣钯上前就筑，口里骂道：『泼邪畜！你如今不吃我了？』行者扯住道：『兄弟，且饶他死罪罢。看敖顺贤父子之情。』摩昂进礼道：『大圣，小龙子不敢久停。既然救得你师父，我带这厮去见家父；虽大圣饶了他死罪，家父决不饶他活罪，定有发落处置，仍回复大圣谢罪。』行者道：『既如此，你领他去罢。多多拜上令尊，尚容面谢。』那太子押着那妖鼍，投水中，帅领海兵，径转西洋大海不题。

却说那黑水河神谢了行者，道：『多蒙大圣复得水府之恩！』唐僧道：『徒弟啊，如今还在东岸，如何渡此河也？』河神道：『老爷勿虑，且请上马，小神开路，引老爷过河。』那师父才骑了白马，八戒采着缰绳，沙和尚挑了行李，孙行者扶持左右，只见河神作起阻水的法术，将上流挡住。须臾，下流撤干，开出一条大路。师徒们行过西边，谢了河神，登崖上路。这正是：

禅僧有救来西域，彻地无波过黑河。

毕竟不知怎生得拜佛求经，且听下回分解。

法身元运逢车力

行者渐渐按下云头来看处，呀！那车子装的都是砖瓦木植土坯之类，滩头上坡坂最高，又有一道夹脊小路，两座大关；关下之路都是直立壁陡之崖，那车儿怎么拽得上去？虽是天色和暖，那些人却也衣衫蓝缕。

第四十四回 法身元运逢车力 心正妖邪度脊关

诗曰：

求经脱障向西游，无数名山不尽休。
兔走乌飞催昼夜，鸟啼花落自春秋。
微尘眼底三千界，锡杖头边四百州。
宿水餐风登紫陌，未期何日是回头。

话说唐三藏幸亏龙子降妖，黑水河神开路，师徒们过了黑水河，找大路一直西来。真个是迎风冒雪，戴月披星。行够多时，又值早春天气。但见：

三阳转运，万物生辉：三阳转运，满天明媚开图画；万物生辉，遍地芳菲设绣茵。梅残数点雪，麦涨一川云。渐开冰解山泉溜，尽放萌芽没烧痕。正是那：太昊乘震，勾芒御辰；花香风气暖，云淡日光新。道旁杨柳舒青眼，膏雨滋生万象春。

师徒们在路上，游观景色，缓马而行，忽听得一声吆喝，好便似千万人呐喊之声。唐三藏心中害怕，兜住马不能前进，急回头道：『悟空，是那里这等响震？』八戒道：『好一似地裂山崩。』沙僧道：『也就如雷声霹雳。』三藏道：『还是人喊马嘶。』孙行者笑道：『你们都猜不着，且住，待老孙看是何如。』

好行者，将身一纵，踏云光，起在空中，睁眼观看，远见一座城池；又近觑，倒也祥光隐隐，不见甚么凶气纷纷。行者暗自沉吟道：『好去处！如何有响声震耳？……那城中又无旌旗闪灼，戈戟光明，又不是炮声响振，何以若人马喧哗？』

正议间，只见那城门外，有一块沙滩空地，攒簇了许多和尚，在那里扯车儿哩。原来是一齐着力打号，齐喊『大力王菩萨』，所以惊动唐僧。

行者渐渐按下云头来看处，呀！那车子装的都是砖瓦木植土坯之类；滩头上坡坂最高，又有一道夹脊小路，两座大关；关下之路都是直立壁陡之崖，那车儿怎么拽得上去？虽是天色和暖，那些人却也衣衫蓝缕。看此像十分窘迫，行者心疑道：『想是修盖寺院。他这里五谷丰登，寻不出杂工人来，所以这和尚亲自努力。』

正自猜疑未定，只见那城门里，摇摇摆摆，走出两个少年道士来。你看他怎生打扮？但见他：

头戴星冠，身披锦绣；头戴星冠光耀耀，身披锦绣彩霞飘。足踏云头履，腰系熟丝绦。面如满月多聪俊，形似瑶天仙客娇。

那些和尚见道士来，一个个心惊胆战，加倍着力，恨苦的拽那车子。行者就晓得了：『咦！想必这和尚们怕那道士；不然啊，怎么这等着力拽扯？我曾听得人言，西方路上，有个敬道灭僧之处，断乎此间是也。我待要回报师父，奈何事不明白，返惹他怪，敢道这等一个伶俐之人，就不能探个实信。且等下去问得明白，好回师父话。』

你道他来问谁？好大圣，按落云头，去郡城脚下，摇身一变，变做个游方的云水全真，左臂上挂着一个水火篮儿，手敲着渔鼓，口唱着道情词，近城门，迎着两个道士，当面躬身道：『道长，贫道起手。』那道士还礼道：『先生那里来的？』行者道：『我弟子云游于海角，浪荡在天涯。今朝来此处，欲募善人家。动问二位道长，这城中那条街上好道？那个巷里好贤？我贫道好去化些斋吃。』那道士笑道：『你这先生，怎么说这等败兴的话？』行者道：『何为败兴？』道士道：『你要化些斋吃，却不是败兴？』行者道：『出家人以乞化为由，却不化斋吃，怎生有钱买？』道士笑道：『你是远方来的，不知我这城中之事。我这城中，且休说文武官员好道，富民长者爱贤，大男小女见我等拜请奉斋，这般都不须挂齿，头一等就是万岁君王好道爱贤。』行者道：『我贫道一则年幼，二则是远方乍来，实是不知。烦二位道长将这里地名、君王好道爱贤之事，细说一遍，足见同道之情。』道士说：『此城名唤车迟国。宝殿上君王与我们有亲。』

行者闻言，呵呵笑道：『想是道士做了皇帝？』他道：『不是。只因这二十年前，民遭亢旱，天无点雨，地绝谷苗，不论君臣黎庶，大小人家，家家沐浴焚香，户户拜天求雨。正都在倒悬捱命之处，忽然天降下三个仙长来，俯救生灵。』行者问道：『是那三个仙长？』道士说：『便是我家师父。』行者道：『尊师甚号？』道士云：『我大师父，号做虎力大仙；二师父，鹿力大仙；三师父，羊力大仙。』行者问曰：『三位尊师，有多少法力？』道士云：『我那师父，呼风唤雨，只在翻掌之间；指水为油，点石成金，却如转身之易；所以有这般法力，能夺天地之造化，换星斗之玄微，君臣相敬，与我们结为亲也。』

行者道：『这皇帝十分造化。常言道：「术动公卿。」老师父有这般手段，结了亲，其实不亏他。噫，不知我贫道可有星星缘法，得见那老师父一面哩？』道士笑曰：『你要见我师父，有何难处！我两个是他靠胸贴肉的徒弟，我师父却又好道爱贤，只听见说个「道」字，就也接出大门。若是我两个引进你，乃吹灰之力。』

行者深深的唱个大喏道：『多承举荐，就此进去罢。』道士说：『且少待片时，你在这里坐下，等我两个把公事干了来，和你进去。』行者道：『出家人无拘无束，自由自在，有甚公干？』道士用手指定那沙滩上僧人：『他做的是我家生活，恐他躲懒，我们去点他一卯就来。』行者笑道：『道长差了；僧道之辈都是出家人，为何他替我们做活，伏我们点卯？』

道士云：『你不知道。因当年求雨之时，僧人在一边拜佛，道士在一边告斗，都请朝廷的粮偿；谁知那和尚不中用，空念空经，不能济事。后来我师父一到，唤雨呼风，拔济了万民涂炭。却才恼了朝廷，说那和尚无用，拆了他的山门，毁了他的佛像，追了他的度牒，不放他回乡，御赐与我们家做活，就当小厮一般。我家里烧火的，也是他；扫地的，也是他；顶门的，也是他。因为后边还有住房，未曾完备，着这和尚来拽砖瓦，拖木植，起盖房宇。只恐他贪顽躲懒，不肯拽车，所以着我两个去查点查点。』

行者闻言，扯住道士滴泪道：『我说我无缘，真个无缘，不得见老师父尊面！』道士云：『如何不得见面？』

行者道：『我贫道在方上云游，一则是为性命，二则也为寻亲。』道士问：『你有甚么亲？』行者道：『我有一个叔父，自幼出家，削发为僧。向日年程饥馑，也来外面求乞。这几年不见回家，我念祖上之恩，特来顺便寻访。想必是羁迟在此等地方，不能脱身，未可知也。我怎的寻着他，见一面，才可与你进城。』道士云：『这般却是容易。我两个且坐下，即烦你去沙滩上替我一查。只点头目有五百名数目便罢。看内中那个是你令叔。果若有呀，我们看道中情分，放他去了，却与你进城好么？』

行者顶谢不尽，长揖一声，别了道士，敲着渔鼓，径往沙滩之上。过了双关，转下夹脊，那和尚一齐跪下磕头道：『爷爷，我等不曾躲懒，五百名半个不少，都在此扯车哩。』行者看见，暗笑道：『这些和尚，被道士打怕了，见我这假道士就这般悚惧。若是个真道士，好道也活不成了。』行者又摇手道：『不要跪，休怕。我不是监工的，我来此是寻亲的。』众僧们听说认亲，就把他圈子阵围将上来，一个个出头露面，咳嗽打响，巴不得要认出去。道：『不知那个是他亲哩。』

行者认了一会，呵呵笑将起来。众僧道：『老爷不认亲，如何发笑？』行者道：『你们知我笑甚么？笑你这些和尚全不长俊！父母生下你来，皆因命犯华盖，妨爷克娘，或是不招姊妹，才把你舍断了出家；你怎的不遵三宝，不敬佛法，不去看经拜忏，却怎么与道士佣工，作奴婢使唤？』众僧道：『老爷，你来羞我们哩！你老人家想是个外边来的，不知我这里利害。』行者道：『果是外方来的，其实不知你这里有甚利害。』

众僧滴泪道：『我们这一国君王，偏心无道，只喜得是老爷等辈，恼的是我们佛子。』行者道：『为何来？』众僧道：『只因呼风唤雨，三个仙长来此处，灭了我等；哄信君王，把我们寺拆了，度牒追了，不放归乡，亦不许补役当差，赐与那仙长家使用，苦楚难当！但有个游方道者至此，即请拜王领赏；若是和尚来，不分远近，就拿来与仙长家佣工。』行者道：『想必那道士还有甚么巧法术，诱了君王？——若只是呼风唤雨，也都是傍门小法术耳，安能动得君心？』众僧道：『他会抟砂炼汞，打坐存神，点水为油，点石成金。如今兴盖三清观宇，对天地昼夜看经忏悔，祈君王万年不老，所以就把君心惑动了。』

行者道：『原来这般。你们都走了便罢。』众僧道：『老爷，走不脱！那仙长奏准君王，把我们画了影身图，四下里长川张挂。他这车迟国地界也宽，各府州县乡村店集之方，都有一张和尚图，上面是御笔亲题。若有官职的，拿得一个和尚，高升三级；无官职的，拿得一个和尚，就赏白银五十两，所以走不脱。且莫说是和尚，就是剪鬃、秃子、毛稀的，都也难逃。四下里快手又多，缉事的又广，凭你怎么也是难脱。我们没奈何，只得在此苦捱。』

行者道：『既然如此，你们死了便罢。』众僧道：『老爷，有死的。到处捉来与本处和尚，也共有二千余众。到此熬不得苦楚，受不得爊煎，忍不得寒冷，服不得水土，死了有六七百，自尽了有七八百；只有我这五百个不得死。』

行者道：『怎么不得死？』众僧道：『悬梁绳断，刀刎不疼；投河的飘起不沉，服药的身安不损。』行者道：『你却造化，天赐汝等长寿哩！』众僧道：『老爷呀，你少了一个字儿，是「长受罪」哩！我等日食三餐，乃是糙米熬的稀粥。到晚就在沙滩上冒露安身。才合眼，就有神人拥护。』行者道：『想是累苦了，见鬼么？』众僧道：『不是鬼，乃是六丁六甲、护教伽蓝。但至夜，就来保护。但有要死的，就保着，不教他死。』行者道：『这些神却也没理；只该教你们早死早生天，却来保护怎的？』众僧道：『他在梦寐中劝解我们，教「不要寻死，且苦捱着，等那东土大唐圣僧，往西天取经的罗汉。他手下有个徒弟，乃齐天大圣，神通广大，专秉忠良之心，与人间报不平之事，济困扶危，恤孤念寡。只等他来显神通，灭了道士，还敬你们沙门禅教哩。」』

行者闻得此言，心中暗笑道：『莫说老孙无手段，预先神圣早传名。』他急抽身，敲着渔鼓，别了众僧，径来城门口，见了道士。那道士迎着道：『先生，那一位是令亲？』行者道：『五百个都与我有亲。』两个道士笑道：『你怎么就有许多亲？』行者道：『一百个是我左邻，一百个是我右舍，一百个是我父党，一百个是我母党，一百个是我

法身元运逢车力
心正妖邪度脊关

你道他来问谁？好大圣，按落云头，去郡城脚下，摇身一变，变做个游方的云水全真，左臂上挂着一个水火篮儿，手敲着渔鼓，口唱着道情词，近城门，迎着两个道士，当面躬身道：『道长，贫道起手。』那道士还礼道：『先生那里来的？』

交契。你若肯把这五百人都放了，我便与你进去；不放，我不去了。』道士云：『你想有些风病，一时间就胡说了。那些和尚，乃国王御赐，若放一二名，还要在师父处递了病状，然后补个死状，才了得哩。怎么说都放了！此理不通！不通！且不要说我家没人使唤，就是朝廷也要怪。他那里常要差官查勘，或时御驾也亲来点札，怎么敢放？』行者道：『不放么？』道士说：『不放！』行者连问三声，就怒将起来，把耳朵里铁棒取出，迎风捻了一捻，就碗来粗细，幌了一幌，照道士脸上一刮，可怜就打得头破血流身倒地，皮开颈折脑浆倾！

那滩上僧人，远远望见他打杀了两个道士，丢了车儿，跑将上来道：『不好了，不好了！打杀皇亲了！』行者道：『那个是皇亲？』众僧把他簸箕阵围了，道：『他师父，上殿不参王，下殿不辞主，朝廷常称做「国师兄长先生」。你怎么到这里闯祸？他徒弟出来监工，与你无干，你怎么把他来打死？那仙长不说是你来打杀，只说是来此监工，我们害了他性命。我等怎了？且与你进城去，会了人命出来。』行者笑道：『列位休嚷。我不是云水全真，我是来救你们的。』众僧道：『你倒打杀人，害了我们，添了担儿，如何是救我们的？』

行者道：『我是大唐圣僧徒弟孙悟空行者，特特来此救你们性命。』众僧道：『不是，不是，那老爷我们认得他。』行者道：『又不曾会他，如何认得？』众僧道：『我们梦中尝见一个老者，自言太白金星，常教诲我等，说那孙行者的模样，莫教错认了。』行者道：『他和你怎么说来？』众僧道：『他说：「那大圣：

磕额金睛幌亮，圆头毛脸无腮。咨牙尖嘴性情乖，貌比雷公古怪。惯使金箍铁棒，曾将天阙攻开。如今皈正保僧来，专救人间灾害。」』

行者闻言，又嗔又喜。喜道替老孙传名！嗔道那老贼惫懒，把我的元身都说与这伙凡人！忽失声道：『列位诚然认我不是孙行者。我是孙行者的门人，来此处学闯祸耍子的。那里不是孙行者来了？』用手向东一指，哄得众僧回头，他却现了本相。众僧们方才认得。一个个倒身下拜道：『爷爷！我等凡胎肉眼，不知是爷爷显化。望爷爷与我们雪恨消灾，早进城降邪从正也！』行者道：『你们且跟我来。』众僧紧随左右。

那大圣径至沙滩上，使个神通，将车儿拽过两关，穿过夹脊，提起来，捽得粉碎。把那些砖瓦木植，尽抛下坡坂，喝教众僧：『散！莫在我手脚边，等我明日见这皇帝，灭那道士！』众僧道：『爷爷呀，我等不敢远走；但恐在官人拿住解来，却又吃打发赎，返又生灾。』行者道：『既如此，我与你个护身法儿。』好大圣，把毫毛拔了一把，嚼得粉碎，每一个和尚与他一截。都教他：『捻在无名指甲里，捻着拳头，只情走路。无人敢拿你便罢；若有人拿你，攒紧了拳头，叫一声「齐天大圣」，我就来护你。』众僧道：『爷爷，倘若去得远了，看不见你，叫你不应，怎么是好？』行者道：『你只管放心，就是万里之遥，可保全无事。』

众僧有胆量大的，捻着拳头，悄悄的叫声：『齐天大圣！』只见一个雷公站在面前，手执铁棒，就是千军万马，也不能近身。此时有百十众齐叫，足有百十个大圣护持。众僧叩头道：『爷爷，果然灵显！』行者又吩咐：『叫声「寂」字，还你收了。』真个是叫声『寂！』依然还是毫毛在那指甲缝里。众和尚却才欢喜逃生，一齐而散。行者道：『不可十分远遁。听我城中消息。但有招僧榜出，就进城还我毫毛也。』五百个和尚，东的东，西的西，走的走，立的立，四散不题。

却说那唐僧在路旁，等不得行者回话，教猪八戒引马投西，遇着些僧人奔走；将近城边，见行者还与十数个未散的和尚在那里。三藏勒马道：『悟空，你怎么来打听个响声，许久不回？』行者引了十数个和尚，对唐僧马前施礼，将上项事说了一遍。三藏大惊道：『这般啊，我们怎了？』那十数个和尚道：『老爷放心。孙大圣爷爷乃天神降的，神通广大，定保老爷无虞。我等是这城里敕建智渊寺内僧人。因这寺是先王太祖御造的，现有先王太祖神像在内，未曾拆毁。城中寺院，大小尽皆拆了。我等请老爷赶早进城，到我荒山安下。待明日早朝，孙大圣必有处置。』行者道：『汝等说得是；也罢，趁早进城去来。』

那长老却才下马，行到城门之下。此时已太阳西坠。过吊桥，进了三层门里，街上人见智渊寺的和尚牵马挑包，尽皆回避。正行时，却到山门前。但见那门上高悬着一面金字大匾，乃『敕建智渊寺』。众僧推开门，穿过金刚殿，把正殿门开了。唐僧取袈裟披起，拜毕金身，方入。众僧叫：『看家的！』老和尚走出来，看见行者就拜，道：『爷爷！你来了？』行者道：『你认得我是那个爷爷，就是这等呼拜？』那和尚道：『我认得你是齐天大圣孙爷爷。我们夜夜梦中见你。太白金星常常来托梦，说道，只等你来，我们才得性命。今日果见尊颜与梦中无异。爷爷呀，喜得早来！再迟一两日，我等已俱做鬼矣！』行者笑道：『请起，请起。明日就有分晓。』众僧安排了斋饭，他师徒们吃了。打扫干净方丈，安寝一宿。

二更时候，孙大圣心中有事，偏睡不着。只听那里吹打，悄悄的爬起来，穿了衣服，跳在空中观看，原来是正南上灯烛荧煌。低下云头仔细再看，却是三清观道士禳星哩。但见那：

灵区高殿，福地真堂：灵区高殿，巍巍壮似蓬壶景；福地真堂，隐隐清如化乐宫。两边道士奏笙簧，正面高公擎玉简。宣理《消灾忏》，开讲《道德经》。扬尘几度尽传符，表白一番皆俯伏。咒水发檄，烛焰飘摇冲上界；查罡布斗，香烟馥郁透清霄。案头有供献新鲜，桌上有斋筵丰盛。

殿门前挂一联黄绫织锦的对句，绣着二十二个大字，云：『雨顺风调，愿祝天尊无量法；河清海晏，祈求万岁有余年。』行者见三个老道士，披了法衣，想是那虎力、鹿力、羊力大仙。下面有七八百个散众，司鼓司钟，侍香表白，尽都侍立两边。行者暗自喜道：『我欲下去与他混一混，奈何「单丝不浅，孤掌难鸣」。且回去照顾八戒、沙僧，一同来耍耍。』

按落祥云，径至方丈中。原来八戒与沙僧通脚睡着。行者先叫悟净。沙和尚醒来道：『哥哥，你还不曾睡哩？』行者道：『你且起来，我和你受用些来。』沙僧道：『半夜三更，口枯眼涩，有甚受用？』行者道：『这城里果有一座三清观。观里道士们修醮，三清殿上有许多供养：馒头足有斗大，烧果有五六十斤一个，衬饭无数，果品新鲜。和你受用去来！』那猪八戒睡梦里听见说吃好东西，就醒了，道：『哥哥，就不带挈我些儿？』行者道：『兄弟，你要吃东西，不要大呼大叫，惊醒了师父。都跟我来。』

他两个套上衣服，悄悄的走出门前，随行者踏了云头，跳将起去。那呆子看见灯光，就要下手。行者扯住道：『且休忙。待他散了，方可下去。』八戒道：『他才念到兴头上，却怎么肯散？』行者道：『等我弄个法儿，他就散了。』好大圣，捻着诀，念个咒语，往巽地上吸一口气，呼的吹去，便是一阵狂风，径直卷进那三清殿上，把他些花瓶烛台，四壁上悬挂的功德，一齐刮倒，遂而灯火无光。众道士心惊胆战。虎力大仙道：『徒弟们且散。这阵神风所过，吹灭了灯烛香花，各人归寝，明朝早起，多念几卷经文补数。』众道士果各退回。

这行者却引八戒、沙僧，按落云头，闯上三清殿。呆子不论生熟，拿过烧果来，张口就啃。行者掣铁棒，着手便打。八戒缩手躲过道：『还不曾尝着甚么滋味，就打！』行者道：『莫要小家子行。且叙礼坐下受用。』八戒道：『不羞！偷东西吃，还要叙礼！若是请将来，却要如何！』行者道：『这上面坐的是甚么菩萨？』八戒笑道：『三清也认不得，却认做甚么菩萨！』行者道：『那三清？』八戒道：『中间的是元始天尊，左边的是灵宝道君，右边的是太上老君。』行者道：『都要变得这般模样，才吃得安稳哩。』那呆子急了，闻得那香喷喷供养，要吃，爬上高台，把老君一嘴拱下去道：『老官儿，你也坐得够了，让我老猪坐坐。』八戒变做太上老君；行者变做元始天尊；沙僧变作灵宝道君。把原像都推下去。及坐下时，八戒就抢大馒头吃。行者道：『莫忙哩！』八戒道：『哥哥，变得如此，还不吃等甚？』

行者道：『兄弟呀，吃东西事小，泄漏天机事大。这圣像推在地下，倘有起早的道士来撞钟扫地，或绊一个根头，却不走漏消息？你把他藏过一边来。』八戒道：『此处路生，摸门不着，却那里藏他？』行者道：『我才进来时，那右手下有一重小门儿，那里面秽气畜人，想必是个五谷轮回之所。你把他送在那里去罢。』这呆子有些夯力量，跳下来，把三个圣像，拿在肩膊上，扛将出来；到那厢，用脚登开门看时，原来是个大东厕。笑道：『这个弼马温着然会弄嘴弄舌！把个毛坑也与他起个道号，叫做甚么「五谷轮回之所」！』那呆子扛在肩上且不丢了去，口里咽咽哝哝的祷道：

『三清，三清，我说你听：远方到此，惯灭妖精。欲享供养，无处安宁。借你坐位，略略少停。你等坐久，也且暂下毛坑。你平日家受用无穷，做个清净道士；今日里不免享些秽物，也做个受臭气的天尊！』祝罢，烹的望里一捽，灒了半衣襟臭水，走上殿来。行者道：『可藏得好么？』八戒道：『藏便藏得好；只是起些水来，污了衣服，有些腌臜臭气，你休恶心。』行者笑道：『也罢，你且来受用；但不知可得个干净身子出门哩。』那呆子还变做老君。三人坐下，尽情受用。先吃了大馒头，后吃簇盘、衬饭、点心、拖炉、饼锭、油煠、蒸酥，那里管甚么冷热，任情吃起。原来孙行者不大吃烟火食，只吃几个果子，陪他两个。那一顿如流星赶月，风卷残云，吃得罄尽。已此没得吃了，还不走路，且在那里闲讲，消食耍子。

噫！有这般事！原来那东廊下有一个小道士，才睡下，忽然起来道：『我的手铃儿忘记在殿上，若失落了，明

心正妖邪度脊关

行者见三个老道士，披了法衣，想是那虎力、鹿力、羊力大仙。下面有七八百个散众，司鼓司钟，侍香表白，尽都侍立两边。行者暗自喜道：『我欲下去与他混一混，奈何「单丝不线，孤掌难鸣。」且回去照顾八戒、沙僧，一同来耍耍。』

日师父见责。』与那同睡者道：『你睡着，等我寻去。』急忙中不穿底衣，止扯一领直裰，径到正殿中寻铃。摸来摸去，铃儿摸着了。正欲回头，只听得有呼吸之声，道士害怕。急拽步往外走时，不知怎的，蹁着一个荔枝核子，扑的滑了一跌。当的一声，把个铃儿跌得粉碎。猪八戒忍不住呵呵大笑出来，把个小道士唬走了三魂，惊回了七魄，一步一跌，撞到后方丈外，打着门叫：『师公，不好了，祸事了！』三个老道士还未曾睡，即开门问：『有甚祸事？』他战战兢兢道：『弟子忘失了手铃儿，因去殿上寻铃，只听得有人呵呵大笑，险些儿唬杀我也！』老道士闻言，即叫：『掌灯来！看是甚么邪物？』一声传令，惊动那两廊的道士，大大小小，都爬起来点灯着火，往正殿上观看。

不知端的何如，且听下回分解。

三清观大圣留名

那些道士，推开格子，磕头礼拜谢恩，抬出缸去，将那瓶盆总归一处，教：『徒弟，取个钟子来尝尝。』小道士即便拿了一个茶钟，递与老道士。道士舀出一钟来，喝下口去，只情抹唇咂嘴。

第四十五回　三清观大圣留名　车迟国猴王显法

却说孙大圣左手把沙和尚捻一把，右手把猪八戒捻一把，他二人却就省悟。坐在高处，倥着脸，不言不语。凭那些道士点灯着火，前后照看。他三个就如泥塑金装一般模样。虎力大仙道：『没有歹人，如何把供献都吃了？』鹿力大仙道：『却像人吃的勾当，有皮的都剥了皮，有核的都吐出核，却怎么不见人形？』羊力大仙道：『师兄勿疑。想是我们虔心志意，在此昼夜诵经，前后申文，又是朝廷名号，断然惊动天尊。想是三清爷爷圣驾降临，受用了这些供养。趁今仙从未返，鹤驾在斯，我等可拜告天尊，恳求些圣水金丹，进与陛下，却不是长生永寿，见我们的功果也？』虎力大仙道：『说的是。』教：『徒弟们动乐诵经！一壁厢取法衣来，等我步罡拜祷。』那些小道士俱遵命，两班儿摆列齐整。当的一声磬响，齐念一卷《黄庭道德真经》。虎力大仙披了法衣，擎着玉简，对面前舞蹈扬尘，拜伏于地，朝上启奏道：

『诚惶诚恐，稽首归依。臣等兴教，仰望清虚。灭僧鄙俚，敬道光辉。敕修宝殿，御制庭闱。广陈供养，高挂龙旗。通宵秉烛，镇日香菲。一诚达上，寸敬虔归。今蒙降驾，未返仙车，望赐些金丹圣水，进与朝廷，寿比南山。』

八戒闻言，心中忐忑，默对行者道：『这是我们的不是：吃了东西，且不走路，只等这般祷祝，却怎么答应？』行者又捻一把，忽地开口，叫声：『晚辈小仙，且休拜祝。我等自蟠桃会上来的，不曾带得金丹圣水，待改日再来垂赐。』那些大小道士听见说出话来，一个个抖衣而战道：『爷爷呀！活天尊临凡，是必莫放，好歹求个长生的法儿！』鹿力大仙上前，又拜云：

『扬尘顿首，谨办丹诚。微臣归命，俯仰三清。自来此界，兴道除僧。国王心喜，敬重玄龄。罗天大醮，彻夜看经。幸天尊之不弃，降圣驾而临庭。俯求垂念，仰望恩荣。是必留些圣水，与弟子们延寿长生。』

沙僧捻着行者，默默的道：『哥呀，要得紧，又来祷告了。』行者道：『与他些罢。』八戒寂寂道：『那里有得？』行者道：『你只看着我；我有时，你们也都有了。』

那道士吹打已毕，行者开言道：『那晚辈小仙，不须伏拜。我欲不留些圣水与你们，恐灭了苗裔；若要与你，又忒容易了。』众道闻言，一齐俯伏叩头道：『万望天尊念弟子恭敬之意，千乞喜赐些须。我弟子广宣道德，奏国王普敬玄门。』行者道：『既如此，取器皿来。』那道士一齐顿首谢恩。虎力大仙爱强，就抬一口大缸，放在殿上；鹿力大仙端一砂盆安在供桌之上；羊力大仙把花瓶摘了花，移在中间。行者道：『你们都出殿前，掩上格子，不可泄了天机，好留与你些圣水。』众道一齐跪伏丹墀之下，掩了殿门。

那行者立将起来，掀着虎皮裙，撒了一花瓶臊溺。猪八戒见了，欢喜道：『哥啊，我把你做这几年兄弟，只这些儿不曾弄我。我才吃了些东西，道要干这个事儿哩。』那呆子揭衣服，忽喇喇，就似吕梁洪倒下坂来，沙沙的溺了一砂盆。沙和尚却也撒了半缸。依旧整衣端坐在上道：『小仙领圣水。』

那些道士，推开格子，磕头礼拜谢恩，抬出缸去，将那瓶盆总归一处，教：『徒弟，取个钟子来尝尝。』小道士即便拿了一个茶钟，递与老道士。道士舀出一钟来，喝下口去，只情抹唇咂嘴。鹿力大仙道：『师兄好吃么？』老道士努着嘴道：『不甚好吃，有些酣酉单之味。』羊力大仙道：『等我尝尝。』也喝了一口，道：『有些猪溺臊气。』行者坐在上面，听见说出这话儿来，已此识破了，道：『我弄个手段，索性留个名罢。』大叫云：

『道号！道号！你好胡思！那个三清，肯降凡基？吾将真姓，说与你知。大唐僧众，奉旨来西。良宵无事，下降宫闱。吃了供养，闲坐嬉嬉。蒙你叩拜，何以答之？那里是甚么圣水，你们吃的都是我一溺之尿！』

那道士闻得此言，拦住门，一齐动叉钯、扫帚、瓦块、石头，没头没脸，往里面乱打。好行者，左手挟了沙僧，右手挟了八戒，闯出门，驾着祥光，径转智渊寺方丈。不敢惊动师父，三人又复睡下。

早是五鼓三点。那国王设朝，聚集两班文武，四百朝官，但见绛纱灯火光明，宝鼎香云叆叇。此时唐三藏醒来，叫：『徒弟，徒弟，伏侍我倒换关文去来。』行者与沙僧、八戒急起身，穿了衣服，侍立左右道：『上告师父。这昏君信着那些道士，兴道灭僧，恐言语差错，不肯倒换关文；我等护持师父，都进朝去也。』

唐僧大喜，披了锦襕袈裟。行者带了通关文牒，教悟净捧着钵盂，悟能拿了锡杖；将行囊、马匹，交与智渊寺僧看守。径到五凤楼前，对黄门官作礼，报了姓名。言是东土大唐取经的和尚来此倒换关文，烦为转奏。那阁门大使，进朝俯伏金阶，奏曰：『外面有四个和尚，说是东土大唐取经的，欲来倒换关文，现在五凤楼前候旨。』国王闻奏道：『这和尚没处寻死，却来这里寻死！那巡捕官员，怎么不拿他解来？』旁边闪过当驾的太师，启奏道：『东土大唐，乃南赡部洲，号曰中华大国。到此有万里之遥，路多妖怪。这和尚一定有些法力，方敢西来。望陛下看中华之远僧，且召来验牒放行，庶不失善缘之意。』国王准奏，把唐僧等宣至金銮殿下。师徒们排列阶前，捧关文递与国王。

国王展开方看，又见黄门官来奏：『三位国师来也。』慌得国王收了关文，急下龙座，着近侍的设了绣墩，躬身迎接。三藏等回头观看，见那大仙，摇摇摆摆，后带着一双丫髻蓬头的小童儿，往里直进。两班官控背躬身，不敢仰视。

他上了金銮殿，对国王径不行礼。那国王道：『国师，朕未曾奉请，今日如何肯降？』老道士云：『有一事奉告，故来也。那四个和尚是那国来的？』国王道：『是东土大唐差去西天取经的，来此倒换关文。』那三道士鼓掌大笑道：『我说他走了，原来还在这里！』国王惊道：『国师有何话说？他才来报了姓名，正欲拿送国师使用，怎奈当驾太师所奏有理，朕因看远来之意，不灭中华善缘，方才召入验牒；不期国师有此问。想是他冒犯尊颜，有得罪处也？』道士笑云：『陛下不知。他昨日来的，在东门外打杀了我两个徒弟，放了五百个囚僧，捽碎车辆，夜间闯进观来，把三清圣像毁坏，偷吃了御赐供养。我等被他蒙蔽了，只道是天尊下降；求些圣水金丹，进与陛下，指望延寿长生；不期他遗些小便，哄骗我等。我等各喝了一口，尝出滋味，正欲下手擒拿，他却走了。今日还在此间，正所谓「冤家路儿窄」也！』那国王闻言发怒，欲诛四众。

孙大圣合掌开言，厉声高叫道：『陛下暂息雷霆之怒，容僧等启奏。』国王道：『你冲撞了国师，国师之言，岂有差谬！』行者道：『他说我昨日到城外打杀他两个徒弟，是谁知证？我等且屈认了，着两个和尚偿命，还放两个去取经。他又说我捽碎车辆，放了囚僧，此事亦无见证，料不该死，再着一个和尚领罪罢了。他说我毁了三清，闹了观宇，这又是栽害我也。』

国王道：『怎见栽害？』行者道：『我僧乃东土之人，乍来此处，街道尚且不通，如何夜里就知他观中之事？既遗下小便，就该当时捉住，却这早晚坐名害人。天下假名托姓的无限，怎么就说是我？望陛下回嗔详察。』那国王本来昏乱，被行者说了一遍，他就决断不定。

正疑惑之间，又见黄门官来奏：『陛下，门外有许多乡老听宣。』国王道：『有何事干？』即命宣来。宣至殿前，有三四十名乡老，朝上磕头道：『万岁，今年一春无雨，但恐夏月干荒，特来启奏，请那位国师爷爷祈一场甘雨，普济黎民。』国王道：『乡老且退，就有雨来也。』乡老谢恩而出。

国王道：『唐朝僧众，朕敬道灭僧为何？只为当年求雨，我朝僧人，更未尝求得一点；幸天降国师，拯援涂炭。你今远来，冒犯国师，本当即时问罪；姑且恕你，敢与我国师赌胜求雨么？若祈得一场甘雨，济度万民，朕即饶你罪名，倒换关文，放你西去。若赌不过，无雨，就将汝等推赴杀场典刑示众。』行者笑道：『小和尚也晓得些儿求祷。』

国王见说，即命打扫坛场；一壁厢教：『摆驾，寡人亲上五凤楼观看。』当时多官摆驾。须臾，上楼坐了。唐三藏随着行者、沙僧、八戒，侍立楼下。那三道士陪国王坐在楼上。少时间，一员官飞马来报：『坛场诸色皆备，请国师爷爷登坛。』

那虎力大仙，欠身拱手，辞了国王，径下楼来。行者向前拦住道：『先生那里去？』大仙道：『登坛祈雨。』行者道：『你也忒自重了，更不让我远乡之僧。也罢，这正是「强龙不压地头蛇」。先生先去，必须对君前讲开。』大仙道：『讲甚么？』行者道：『我与你都上坛祈雨，知雨是你的，是我的？不见是谁的功绩了。』国王在上听见心中

三清观大圣留名 车迟国猴王显法

行者得旨，急抽身到坛所，扯着唐僧道：『师父请上台。』唐僧道：『徒弟，我却不会祈雨。』八戒笑道：『他害你了。若还没雨，拿上柴蓬，一把火了账！』行者道：『你不会求雨，好的会念经。等我助你。』那长老才举步登坛，到上面，端然坐下，定性归神，默念那《密多心经》。

暗喜道：『那小和尚说话，倒有些筋节。』沙僧听见暗笑道：『不知一肚子筋节，还不曾拿出来哩！』大仙道：『不消讲，陛下自然知之。』行者道：『虽然知之，奈我远来之僧，未曾与你相会。那时彼此混赖，不成勾当。须讲开方好行事。』大仙道：『这一上坛，只看我的令牌为号：一声令牌响，风来；二声响，云起；三声响，雷闪齐鸣；四声响，雨至；五声响，云散雨收。』行者笑道：『妙啊！我僧是不曾见，请了，请了！』

大仙拽开步前进，三藏等随后，径到了坛门外。抬头观看，那里有一座高台，约有三丈多高。台左右插着二十八宿旗号，顶上放一张桌子，桌上有一个香炉，炉中香烟霭霭。两边有两只烛台，台上风烛煌煌。炉边靠着一个金牌，牌上镌的是雷神名号。底下有五个大缸，都注着满缸清水，水上浮着杨柳枝。杨柳枝上托着一面铁牌，牌上书的是雷霆都司的符字。左右有五个大桩，桩上写着五方蛮雷使者的名录。每一桩边立两个道士，各执铁锤，伺候着打桩。台后面有许多道士在那里写作文书。正中间设一架纸炉，又有几个象生的人物，都是那执符使者，土地赞教之神。

那大仙走进去，更不谦逊，直上高台立定。旁边有个小道士，捧了几张黄纸书就的符字，一口宝剑，递与大仙。大仙执着宝剑，念声咒语，将一道符在烛上烧了。那底下两三个道士，拿过一个执符的象生、一道文书，亦点火焚之。那上面乒的一声令牌响，只见那半空里，悠悠的风色飘来。猪八戒口里作念道：『不好了，不好了！这道士果然有本事，令牌响了一下，果然就刮风！』行者道：『兄弟悄悄的，你们再莫与我说话，只管护持师父，等我干事去来。』

好大圣，拔下一根毫毛，吹口仙气，叫：『变！』就变作一个『假行者』，立在唐僧手下。他的真身，出了元神，赶到半空中，高叫：『那司风的是那个？』慌得那风婆婆捻住布袋，巽二郎札住口绳，上前施礼。行者道：『我保护唐朝圣僧西天取经，路过车迟国，与那妖道赌胜祈雨，你怎么不助老孙，反助那道士？我且饶你，把风收了。若有一些风儿，把那道士的胡子吹得动动，各打二十铁棒！』风婆婆道：『不敢，不敢！』遂而没些风气。八戒忍不住，乱嚷道：『那先儿请退！令牌已响，怎么不见一些风儿？你不来，让我们上去！』

那道士又执令牌，烧了符檄，扑的又打了一下，只见那空中云雾遮满。孙大圣又当头叫道：『布云的是那个？』慌得那推云童子、布雾郎君当面施礼。行者又将前事说了一遍。那云童、雾子也收了云雾，放出太阳星耀耀，一天万里更无云。八戒笑道：『这先儿只好哄这皇帝，搪塞黎民，全没些真实本事！令牌响了两下，如何又不见云生？』

那道士心中焦躁，仗宝剑，解散了头发，念着咒，烧了符，再一令牌打将下去，只见那南天门里，邓天君领着雷公、电母到当空，迎着行者施礼。行者又将前项事说了一遍。道：『你们怎么来的志诚！是何法旨！』天君道：『那道士五雷法是个真的。他发了文书，烧了文檄，惊动玉帝，玉帝掷下旨意，径至「九天应元雷声普化天尊」府下。我等奉旨前来，助雷电下雨。』行者道：『既如此，且都住了，同候老孙行事。』果然雷也不鸣，电也不灼。

那道士愈加着忙，又添香、烧符、念咒打下令牌。半空中，又有四海龙王，一齐拥至。

行者当头喝道：『敖广，那里去？』那敖广、敖顺、敖钦、敖闰上前施礼。行者又将前项事说了一遍。道：『向日有劳，未曾成功；今日之事，望为助力。』龙王道：『遵命！遵命！』行者又谢了敖顺道：『前日亏令郎缚怪，搭救师父。』龙王道：『那厮还锁在海中，未敢擅便，正欲请大圣发落。』行者道：『凭你怎么处治了罢。如今且助我一功。那道士四声令牌已毕，却轮到老孙下去干事了。但我不会发符、烧檄、打甚令牌，你列位却要助我行行。』

邓天君道：『大圣吩咐，谁敢不从！但只是得一个号令，方敢依令而行；不然，雷雨乱了，显得大圣无款也。』行者道：『我将棍子为号罢。』那雷公大惊道：『爷爷呀！我们怎吃得这棍子？』行者道：『不是打你们，但看我这棍子往上一指，就要刮风。』那风婆婆、巽二郎没口的答应道：『就放风！』『棍子第二指，就要布云。』那推云童子、布雾郎君道：『就布云，就布云！』『棍子第三指，就要雷电皆鸣。』那雷公、电母道：『奉承！奉承！』『棍子第四指，就要下雨。』那龙王道：『遵命，遵命！』『棍子第五指，就要大日晴天，却莫违误。』

吩咐已毕，遂按下云头，把毫毛一抖，收上身来。那些人肉眼凡胎，那里晓得？行者遂在旁边高叫道：『先生请了。四声令牌俱已响毕，更没有风云雷雨，该让我了。』

那道士无奈，不敢久占，只得下了台让他。努着嘴，径往楼上见驾。行者道：『等我跟他去，看他说些甚的。』只听得那国王问道：『寡人在这里洗耳诚听，你那里四声令响，不见风雨，何也？』道士云：『今日龙神都不在家。』行者厉声道：『陛下，龙神俱在家；只是这国师法不灵，请他不来。等和尚请来你看。』国王道：『即去登坛，寡人还在此候雨。』

行者得旨，急抽身到坛所，扯着唐僧道：『师父请上台。』唐僧道：『徒弟，我却不会祈雨。』八戒笑道：『他害你了。若还没雨，拿上柴蓬，一把火了账！』行者道：『你不会求雨，好的会念经。等我助你。』那长老才举步登坛，到上面，端然坐下，定性归神，默念那《密多心经》。正坐处，忽见一员官，飞马来问：『那和尚，怎么不打令牌，不烧符檄？』行者高声答道：『不用，不用，我们是静功祈祷。』那官去回奏不题。

行者听得老师父经文念尽，却去耳朵内取出铁棒，迎风幌了一幌，就有丈二长短，碗来粗细。将棍望空一指，那风婆婆见了，急忙扯开皮袋，巽二郎解放口绳；只听得呼呼风响，满城中揭瓦翻砖，扬砂走石。看起来，真个好风，却比那寻常之风不同也。但见：

　　折柳伤花，摧林倒树。九重殿损壁崩墙，五凤楼摇梁撼柱。天边红日无光，地下黄砂有翅。演武厅前武将惊，会文阁内文官惧。三宫粉黛乱青丝，六院嫔妃蓬宝髻。侯伯金冠落绣缨，宰相乌纱飘展翅。当驾有言不敢谈，黄门执本无由递。金鱼玉带不依班，象简罗衫无品叙。彩阁翠屏尽损伤，绿窗朱户皆狼狈。金銮殿瓦走砖飞，锦云堂门歪槅碎。这阵狂风果是凶，刮得那君王父子难相会；六街三市没人踪，万户千门皆紧闭！

正是那狂风大作，孙行者又显神通，把金箍棒钻一钻，望空又一指。只见那：

　　推云童子，布雾郎君：推云童子显神威，骨都都触石遮天；布雾郎君施法力，浓漠漠飞烟盖地。茫茫三市暗，冉冉六街昏。因风离海上，随雨出昆仑。顷刻漫天地，须臾蔽世尘。宛然如混沌，不见凤楼门。

此时昏雾朦胧，浓云叆叇。孙行者又把金箍棒钻一钻，望空又一指。慌得那：

　　雷公奋怒，电母生嗔：雷公奋怒，倒骑火兽下天关；电母生嗔，乱掣金蛇离斗府。唿喇喇施霹雳，振碎了铁叉山；淅沥沥闪红绡，飞出了东洋海。呼呼隐隐滚车声，烨烨煌煌飘稻米。万萌万物精神改，多少昆虫蛰已开。

君臣楼上心惊骇，商贾闻声胆怯忙。

那沉雷护闪，乒乒乓乓，一似那地裂山崩之势，唬得那满城人，户户焚香，家家化纸。孙行者高呼：『老邓！仔细替我看那贪赃坏法之官，忤逆不孝之子，多打死几个示众！』那雷越发振响起来。行者却又把铁棒望上一指。只见那：

龙施号令，雨漫乾坤。势如银汉倾天堑，疾似云流过海门。楼头声滴滴，窗外响潇潇。天上银河泻，街前白浪滔。淙淙如瓮捡，滚滚似盆浇。孤庄将漫屋，野岸欲平桥。真个桑田变沧海，霎时陆岸滚波涛。神龙借此来相助，抬起长江望下浇。

这场雨，自辰时下起，只下到午时前后。下得那车迟城，里里外外，水漫了街衢。那国王传旨道：『雨够了！雨够了！十分再多，又淹坏了禾苗，反为不美。』五凤楼下听事官策马冒雨来报：『圣僧，雨够了。』行者闻言，将金箍棒往上又一指。只见霎时间，雷收风息，雨散云收。国王满心欢喜，文武尽皆称赞道：『好和尚，这正是「强中更有强中手」！就是我国师求雨虽灵，若要晴，细雨儿还下半日，便不清爽；怎么这和尚要晴就晴，顷刻间杲杲日出，万里就无云也？』

国王教回銮，倒换关文，打发唐僧过去。正用御宝时，又被那三个道士上前阻住道：『陛下，这场雨全非和尚之功，还是我道门之力。』国王道：『你才说龙王不在家，不曾有雨；他走上去，以静功祈祷，就雨下来，怎么又与他争功，何也？』虎力大仙道：『我上坛发了文书，烧了符檄，击了令牌，那龙王谁敢不来？想是别方召请，风、云、雾、雷、电五司俱不在，一闻我令，随赶而来；适遇着我下他上，一时撞着这个机会，所以就雨。从根算来，还是我请的龙，下的雨，怎么算作他的功果？』那国王昏乱，听此言，却又疑惑未定。

行者近前一步，合掌奏道：『陛下，这些傍门法术，也不成个功果，算不得我的他的；如今有四海龙王，现在空中，我僧未曾发放，他还不敢遽退。那国师若能叫得龙王现身，就算他的功劳。』国王大喜道：『寡人做了二十三年皇帝，更不曾看见活龙是怎么模样。你两家各显法力，不论僧道，但叫得来的，就是有功；叫不出的，有罪。』那道士怎么有那样本事？就叫，那龙王见大圣在此，也不敢出头。道士云：『我辈不能，你是叫来。』

那大圣仰面朝空，厉声高叫：『敖广何在？弟兄们都现原身来看！』那龙王听唤，即忙现了本身。四条龙，在半空中度雾穿云，飞舞向金銮殿上。但见：

飞腾变化，绕雾盘云。玉爪垂钩白，银鳞舞镜明。髯飘素练根根爽，角耸轩昂挺挺清。磕额崔巍，圆睛幌亮。隐显莫能测，飞扬不可评。祷雨随时布雨，求晴即便天晴。这才是有灵有圣真龙象，祥瑞缤纷绕殿庭。

车迟国猴王显法

那大圣仰面朝空，厉声高叫：『敖广何在？弟兄们都现原身来看！』那龙王听唤，即忙现了本身。四条龙，在半空中度雾穿云，飞舞向金銮殿上。

那国王在殿上焚香，众公卿在阶前礼拜。国王道：『有劳贵体降临，请回。寡人改日醮谢。』行者道：『列位众神各自归去，这国王改日醮谢哩。』那龙王径自归海，众神各各回天。这正是：

广大无边真妙法，至真了性劈傍门。

毕竟不知怎么除邪，且听下回分解。

外道弄强欺正法

这行者飞将去，金殿兽头上落下，摇身一变，变作一条七寸长的蜈蚣，径来道士鼻凹里叮了一下。那道士坐不稳，一个筋斗，翻将下去，几乎丧了性命；幸亏大小官员人多救起。国王大惊，即着当驾太师领他往文华殿里梳洗去了。行者仍驾祥云，将师父驮下阶前，已是长老得胜。

第四十六回　外道弄强欺正法　心猿显圣灭诸邪

话说那国王见孙行者有呼龙使圣之法，即将关文用了宝印，便要递与唐僧，放行西路。那三个道士，慌得拜倒在金銮殿上启奏。那皇帝即下龙位，御手忙搀道：『国师今日行此大礼，何也？』道士说：『陛下，我等至此，匡扶社稷，保国安民，苦历二十年来，今日这和尚弄法力，抓了丢去，败了我们声名，陛下以一场之雨，就恕杀人之罪，可不轻了我等也？望陛下且留住他的关文，让我兄弟与他再赌一赌，看是何如。』

那国王着实昏乱，东说向东，西说向西，真个收了关文，道：『国师，你怎么与他赌？』虎力大仙道：『我与他赌坐禅。』国王道：『国师差矣，那和尚乃禅教出身，必然先会禅机，才敢奉旨求经；你怎与他赌此？』大仙道：『我这坐禅，比常不同：有一异名，教做「云梯显圣」。』国王道：『何为「云梯显圣」？』大仙道：『要一百张桌子，五十张作一禅台，一张一张叠将起去，不许手攀而上，亦不用梯凳而登，各驾一朵云头，上台坐下，约定几个时辰不动。』

国王见此有些难处，就便传旨问道：『那和尚，我国师要与你赌「云梯显圣」坐禅，那个会么？』行者闻言，沉吟不答。八戒道：『哥哥，怎么不言语？』行者道：『兄弟，实不瞒你说。若是踢天弄井，搅海翻江，担山赶月，换斗移星，诸般巧事，我都干得；就是砍头剁脑，剖腹剜心，异样腾那，却也不怕；但说坐禅，我就输了。我那里有这坐性？你就把我锁在铁柱子上，我也要上下爬踏，莫想坐得住。』三藏忽的开言道：『我会坐禅。』行者欢喜道：『却好，却好！可坐得多少时？』三藏道：『我幼年遇方上禅僧讲道，那性命根本上，定性存神，在死生关里，也坐二三个年头。』行者道：『师父若坐二三年，我们就不取经罢；多也不上二三个时辰，就下来了。』三藏道：『徒弟呀，却是不能上去。』行者道：『你上前答应，我送你上去。』那长老果然合掌当胸道：『贫僧会坐禅。』国王教传旨，立禅台。国家有倒山之力，不消半个时辰，就设起两座台，在金銮殿左右。

那虎力大仙下殿，立于阶心，将身一纵，踏一朵席云，径上西边台上坐下。行者拔一根毫毛，变做假象，陪着八戒、沙僧，立于下面，他却作五色祥云，把唐僧撮起空中，径至东边台上坐下。他又敛祥光，变作一个蟭蟟虫，飞在八戒耳朵边道：『兄弟，仔细看着师父，再莫与老孙替身说话。』那呆子笑道：『理会得，理会得！』

却说那鹿力大仙在绣墩上坐看多时，他两个在高台上，不分胜负，这道士就助他师兄一功：将脑后短发，拔了一根，捻着一团，弹将上去，径至唐僧头上，变作一个大臭虫，咬住长老。那长老先前觉痒，然后觉疼。原来坐禅的不许动手，动手算输。一时间疼痛难禁，他缩着头，就着衣襟擦痒。八戒道：『不好了！师父羊儿风发了。』沙僧道：『不是，是头风发了。』行者听见道：『我师父乃志诚君子，他说会坐禅，断然会坐；说不会，只是不会。君子家，岂有谬乎？你两个休言，等我上去看看。』

好行者，嘤的一声，飞在唐僧头上，只见有豆粒大小一个臭虫叮他师父。慌忙用手捻下，替师父挠挠摸摸。那长老不疼不痒，端坐上面。行者暗想道：『和尚头光，虱子也安不得一个，如何有此臭虫？……想是那道士弄的玄虚，害我师父。哈哈！枉自也不见输赢，等我老孙去弄他一弄！』这行者飞将去，金殿兽头上落下，摇身一变，变作一条七寸长的蜈蚣，径来道士鼻凹里叮了一下。那道士坐不稳，一个筋斗，翻将下去，几乎丧了性命；幸亏大小官员人多救起。国王大惊，即着当驾太师领他往文华殿里梳洗去了。行者仍驾祥云，将师父驮下阶前，已是长老得胜。

那国王只教放行。鹿力大仙又奏道：『陛下，我师兄原有暗风疾，因到了高处，冒了天风，旧疾举发，故令和尚得胜。且留下他，等我与他赌「隔板猜枚」。』国王道：『怎么叫做「隔板猜枚」？』鹿力道：『贫道有隔板知物之法，看那和尚可能够。他若猜得过我，让他出去；猜不着，凭陛下问拟罪名，雪我昆仲之恨，不污了二十年保国之恩也。』

真个那国王十分昏乱，依此谗言。即传旨，将一朱红漆的柜子，命内官抬到宫殿。教娘娘放上件宝贝。须臾抬出，放在白玉阶前，教僧道：『你两家各赌法力，猜那柜中是何宝贝。』三藏道：『徒弟，柜中之物，如何得知？』行者敛祥光，还变作蟭蟟虫，钉在唐僧头上道：『师父放心，等我去看看来。』好大圣，轻轻飞到柜上，爬在那柜脚之下，见有一条板缝儿。他钻将进去，见一个红漆丹盘，内放一套宫衣，乃是山河社稷袄，乾坤地理裙。用手拿起来，抖乱了，咬破舌尖上，一口血哨喷将去，叫声『变！』即变作一件破烂流丢一口钟；临行又撒上一泡臊溺，却还从板缝里钻出来，飞在唐僧耳朵上道：『师父，你只猜是破烂流丢一口钟。』三藏道：『他教猜宝贝哩，流丢是件甚宝贝？』行者道：『莫管他，只猜着便是。』

唐僧进前一步，正要猜，那鹿力大仙道：『我先猜，那柜里是山河社稷袄，乾坤地理裙。』唐僧道：『不是，不是，柜里是件破烂流丢一口钟。』国王道：『这和尚无礼！敢笑我国中无宝，猜甚么流丢一口钟！』教：『拿了！』那两班校尉，就要动手，慌得唐僧合掌高呼：『陛下，且赦贫僧一时，待打开柜看。端的是宝，贫僧领罪；如不是宝，却不屈了贫僧也？』国王教打开看。当驾官即开了，捧出丹盘来看，果然是件破烂流丢一口钟。

国王大怒道：『是谁放上此物？』龙座后面，闪上三宫皇后道：『我主，是梓童亲手放的山河社稷袄，乾坤地理裙，却不知怎么变成此物。』国王道：『御妻请退，寡人知之。宫中所用之物，无非是缎绢绫罗，那有此甚么流丢？』教：『抬上柜来，等朕亲藏一宝贝，再试如何。』

那皇帝即转后宫，把御花园里仙桃树上结得一个大桃子——有碗来大小——摘下，放在柜内，又抬下叫猜。唐僧道：『徒弟啊，又来猜了。』行者道：『放心，等我再去看看。』又嘤的一声，飞将去，还从板缝儿钻进去；见是一个桃子，正合他意，即现了原身，坐在柜里，将桃子一顿口啃得干干净净，连两边腮凹儿都啃净了，将核儿安在里面。仍变蟭蟟虫，飞将出去，钉在唐僧耳朵上道：『师父，只猜是个桃核子。』长老道：『徒弟啊，休要弄我。先前不是口快，几乎拿去典刑。这番须猜宝贝方好。桃核子是甚宝贝？』行者道：『休怕，只管赢他便了。』

三藏正要开言，听得那羊力大仙道：『贫道先猜，是一颗仙桃。』三藏猜道：『不是桃，是个光桃核子。』那国王喝道：『是朕放的仙桃，如何是核？三国师猜着了。』三藏道：『陛下，打开来看就是。』当驾官又抬上去打开，捧出丹盘，果然是一个核子，皮肉俱无。国王见了，心惊道：『国师，休与他赌斗了，让他去罢。寡人亲手藏的仙桃，如今只是一核子，是甚人吃了？想是有鬼神暗助他也。』八戒听说，与沙僧微微冷笑道：『还不知他是会吃桃子的积年哩！』

正话间，只见那虎力大仙从文华殿梳洗了，走上殿道：『陛下，这和尚有搬运抵物之术，抬上柜来，我破他术法，与他再猜。』国王道：『国师还要猜甚？』虎力道：『术法只抵得物件，却抵不得人身。将这道童藏在里面，管教他抵换不得。』这小童果藏在柜里，掩上柜盖，抬将下去，教：『那和尚再猜，这三番是甚宝贝。』三藏道：『又来了！』行者道：『等我再去看看。』嘤的又飞去，钻入里面，见是一个小童儿。好大圣，他却有见识。果然是：

腾那天下少，似这伶俐世间稀！

他就摇身一变，变作个老道士一般容貌，进柜里叫声：『徒弟。』童儿道：『师父，你从那里来的？』行者道：『我使遁法来的。』童儿道：『你来有么教诲？』行者道：『那和尚看见你进柜来了，他若猜个道童，却不又输了？是特来和你计较计较，剃了头，我们猜和尚罢。』童儿道：『但凭师父处治，只要我们赢他便了。若是再输与他，不但低了声名，又恐朝廷不敬重了。』行者道：『说得是。我儿过来。赢了他，我重重赏你。』将金箍棒就变做一把剃头刀，搂抱着那童儿，口里叫道：『乖乖，忍着疼，莫放声，等我与你剃头。』须臾，剃下发来，窝作一团，塞在那柜脚纥络里。收了刀儿，摸着他的光头道：『我儿，头便像个和尚，只是衣裳不趁。脱下来，我与你变一变。』那道童穿的一领葱白色云头花绢绣锦沿边的鹤氅，真个脱下来，被行者吹一口仙气，叫：『变！』即变做一件土黄色的直裰儿，与他穿了。却又拔下两根毫毛，变作一个木鱼儿，递在他手里道：『徒弟，须听着。但叫道童，千万莫出去；若叫和尚，你就与我顶开柜盖，敲着木鱼，念一卷佛经钻出来，方得成功也。』童儿道：『我只会念《三官经》、《北斗经》《消灾经》，不会念佛家经。』行者道：『你可会念佛？』童儿道：『阿弥陀佛，那个不会念？』行者道：『也罢，也罢，就念佛，省得我又教你；切记着，我去也。』还变蟭蟟虫，钻出去，飞在唐僧耳轮边道：『师父，你只猜得个和尚。』三藏道：『这番他准赢了。』行者道：『你怎么定得？』三藏道：『经上有云：「佛、法、

外道弄强欺正法
心猿显圣灭诸邪

羊力下殿，照依行者脱了衣服，跳下油锅，也那般支吾洗浴。行者放了国王，近油锅边，叫烧火的添柴，却伸手探了一把，呀！那滚油都冰冷，心中暗想道：『我洗时滚热，他洗时却冷。我晓得了，这不知是那个龙王，在此护持他哩。』

僧三宝。」和尚却也是一宝。』

正说处，只见那虎力大仙道：『陛下，第三番是个道童。』只管叫，他那里肯出来。三藏合掌道：『是个和尚。』八戒尽力高叫道：『柜里是个和尚！』那童儿忽的顶开柜盖，敲着木鱼，念着佛，钻出来。喜得那两班文武，齐声喝采。唬得那三个道士，拑口无言。国王道：『这和尚是有鬼神辅佐！怎么道士入柜，就变做和尚？纵有待诏跟进去，也只剃得头便了，如何衣服也能趁体，口里又会念佛？国师啊！让他去罢！』

虎力大仙道：『陛下，左右是「棋逢对手，将遇良材。」贫道将钟南山幼时学的武艺，索性与他赌一赌。』国王道：『有甚么武艺？』虎力道：『弟兄三个，都有些神通。会砍下头来，又能安上；剖腹剜心，还再长完；滚油锅里，又能洗澡。』国王大惊道：『此三事都是寻死之路！』虎力道：『我等有此法力，才敢出此朗言，断要与他赌个才休。』那国王叫道：『东土的和尚，我国师不肯放你，还要与你赌砍头剖腹，下滚油锅洗澡哩。』

行者正变作蟭蟟虫，往来报事。忽听此言，即收了毫毛，现出本相，哈哈大笑道：『造化，造化！买卖上门了！』八戒道：『这三件都是丧性命的事，怎么说买卖上门？』行者道：『你还不知我的本事。』八戒道：『哥哥，你只像这等变化腾那也够了，怎么还有这等本事？』行者道：『我啊：

砍下头来能说话，剁了臂膊打得人。
扎去腿脚会走路，剖腹还平妙绝伦。
就似人家包匾食，一捻一个就囫囵。
油锅洗澡更容易，只当温汤涤垢尘。』

八戒、沙僧闻言，呵呵大笑。行者上前道：『陛下，小和尚会砍头。』国王道：『你怎么会砍头？』行者道：『我当年在寺里修行，曾遇着一个方上禅和子，教我一个砍头法，不知好也不好，如今且试试新。』国王笑道：『那和尚年幼不知事。砍头那里好试新？头乃六阳之首，砍下即便死矣。』虎力道：『陛下，正要他如此，方才出得我们之气。』那昏君信他言语，即传旨，教设杀场。

一声传旨，即有羽林军三千，摆列朝门之外。国王教：『和尚先去砍头。』行者欣然应道：『我先去，我先去！』拱着手，高呼道：『国师，恕大胆，占先了。』拽回头，往外就走。唐僧一把扯住道：『徒弟呀，仔细些。那里不是耍处。』行者道：『怕他怎的！撒了手，等我去来。』

那大圣径至杀场里面，被刽子手挝住了，捆做一团。按在那土墩高处，只听喊一声『开刀！』飕的把个头砍将下来。又被刽子手一脚踢了去，好似滚西瓜一般，滚有三四十步远近。行者腔子中更不出血，只听得肚里叫声：『头来！』慌得鹿力大仙见有这般手段，即念咒语，教本坊土地神祇：『将人头扯住，待我赢了和尚，奏了国王，与你把小祠堂盖作大庙宇，泥塑像改作正金身。』原来那些土地神祇因他有五雷法，也服他使唤，暗中真个把行者头按住了。行者又叫声：『头来！』那头一似生根，莫想得动。行者心焦，捻着拳，挣了一挣，将捆的绳子就皆挣断，喝声：『长！』飕的腔子内长出一个头来。唬得那刽子手，个个心惊；羽林军，人人胆战。那监斩官急走入朝奏道：『万岁，那小和尚砍了头，又长出一颗来了。』八戒冷笑道：『沙僧，那知哥哥还有这般手段。』沙僧道：『他有七十二般变化，就有七十二个头哩。』

说不了，行者走来，叫声『师父。』三藏大喜道：『徒弟，辛苦么？』行者道：『不辛苦，倒好耍子。』八戒道：『哥哥，可用刀疮药么？』行者道：『你是摸摸看，可有刀痕？』那呆子伸手一摸，就笑得呆呆睁睁道：『妙哉，妙哉！却也长得完全，截疤儿也没些儿！』

兄弟们正都欢喜，又听得国王叫领关文：『赦你无罪。快去！快去！』行者道：『关文虽领，必须国师也赴曹砍砍头，也当试新去来。』国王道：『大国师，那和尚也不肯放你哩。你与他赌胜，且莫唬了寡人。』虎力也只得去，被几个刽子手，也捆翻在地，幌一幌，把头砍下，一脚也踢将去，滚了有三十余步，他腔子里也不出血，也叫一声：『头来！』行者即忙拔下一根毫毛，吹口仙气，叫：『变！』变作一条黄犬，跑入场中，把那道士头，一口衔来，径跑到御水河边丢下不题。

却说那道士连叫三声，人头不到，怎似行者的手段，长不出来，腔子中，骨都都红光迸出。可怜空有唤雨呼风法，怎比长生果正仙？须臾，倒在尘埃。众人观看，乃是一只无头的黄毛虎。

那监斩官又来奏：『万岁，大国师砍下头来，不能长出，死在尘埃，是一只无头的黄毛虎。』国王闻奏，大惊失

色，目不转睛，看那两个道士。鹿力起身道：『我师兄已是命到禄绝了，如何是只黄虎！这都是那和尚惫懒，使的掩样法儿，将我师兄变做畜类！我今定不饶他，定要与他赌那剖腹剜心！』

国王听说，方才定性回神。又叫：『那和尚，二国师还要与你赌哩。』行者道：『小和尚久不吃烟火食，前日西来，急遇斋公家劝饭，多吃了几个馍馍；这几日腹中作痛，想是生虫，正欲借陛下之刀，剖开肚皮，拿出脏腑，洗净脾胃，方好上西天见佛。』国王听说，教：『拿他赴曹。』那许多人，搀的搀，扯的扯。行者展脱手道：『不用人搀，自家走去。但一件，不许缚手，我好用手洗刷脏腑。』国王传旨，教：『莫绑他手。』

行者摇摇摆摆，径至杀场。将身靠着大桩，解开衣带，露出肚腹。那刽子手将一条绳套在他膊项上，一条绳札住他腿足，把一口牛耳短刀，幌一幌，着肚皮下一割，搠个窟窿。这行者双手爬开肚腹，拿出肠脏来，一条条理够多时，依然安在里面。照旧盘曲，捻着肚皮，吹口仙气，叫『长！』依然长合。国王大惊，将他那关文捧在手中道：『圣僧莫误西行，与你关文去罢。』行者笑道：『关文小可，也请二国师剖剖剜剜，何如？』国王对鹿力说：『这事不与寡人相干，是你要与他做对头的。请去，请去。』鹿力道：『宽心，料我决不输与他。』

你看他也像孙大圣，摇摇摆摆，径入杀场，被刽子手套上绳，将牛耳短刀，唿喇的一声，割开肚腹，他也拿出肝肠，用手理弄。行者即拔一根毫毛，吹口仙气，叫『变！』即变作一只饿鹰，展开翅爪，飕的把他五脏心肝，尽情抓去，不知飞向何方受用。这道士弄做一个空腔破肚淋漓鬼，少脏无肠浪荡魂。那刽子手蹬倒大桩，拖尸来看，呀！原来是一只白毛角鹿！

慌得那监斩官又来奏道：『二国师晦气，正剖腹时，被一只饿鹰将脏腑肝肠都叼去了，死在那里。原身是个白毛角鹿也。』国王害怕道：『怎么是个角鹿？』那羊力大仙又奏道：『我师兄既死，如何得现兽形？这都是那和尚弄术法坐害我等。等我与师兄报仇者。』国王道：『你有甚么法力赢他？』羊力道：『我与他赌下滚油锅洗澡，』国王便教取一口大锅，满着香油，教他两个赌去。行者道：『多承下顾。小和尚一向不曾洗澡，这两日皮肤燥痒，好歹荡荡去。』

那当驾官果安下油锅，架起干柴，燃着烈火，将油烧滚，教和尚先下去。行者合掌道：『不知文洗，武洗？』国王道：『文洗如何？武洗如何？』行者道：『文洗不脱衣服，似这般叉着手，下去打个滚，就起来，不许污坏了衣服，若有一点油腻算输。武洗要取一张衣架，一条手巾，脱了衣服，跳将下去，任意翻筋斗，竖蜻蜓，当耍子洗也。』国王对羊力说：『你要与他文洗，武洗？』羊力道：『文洗恐他衣服是药炼过的，隔油。武洗罢。』行者又上前道：『恕大胆，屡次占先了。』你看他脱了布直裰，褪了虎皮裙，将身一纵，跳在锅内，翻波斗浪，就似负水一般顽耍。

八戒见了，咬着指头，对沙僧道：『我们也错看了这猴子了！平时间劖言讪语，斗他耍子，怎知他有这般真实本事！』他两个唧唧哝哝，夸奖不尽。行者望见，心疑道：『那呆子笑我哩！正是「巧者多劳拙者闲」。老孙这般舞弄，他倒自在。等我作成他捆一绳，看他可怕。』正洗浴，打个水花，淬在油锅底上，变作个枣核钉儿，再也不起来了。

那监斩官近前又奏：『万岁，小和尚被滚油烹死了。』国王大喜，教捞上骨骸来看。刽子手将一把铁笊篱，在油锅里捞，原来那笊篱眼稀，行者变得钉小，往往来来，从眼孔漏下去了，那里捞得着！又奏道：『和尚身微骨嫩，俱札化了。』

国王教：『拿三个和尚下去！』两边校尉，见八戒面凶，先揪翻，把背心捆了。慌得三藏高叫：『陛下，赦贫僧一时。我那个徒弟，自从归教，历历有功；今日冲撞国师，死在油锅之内，奈何先死者为神，我贫僧怎敢贪生！正是天下官员也管着天下百姓。陛下若教臣死，臣岂敢不死。只望宽恩，赐我半盏凉浆水饭，三张纸马，容到油锅边，烧此一陌纸，也表我师徒一念，那时再领罪也。』国王闻言道：『也是，那中华人多有义气。』命取些浆饭、黄钱与他。果然取了，递与唐僧。

唐僧教沙和尚同去。行至阶下，有几个校尉，把八戒揪着耳朵，拉在锅边。三藏对锅祝曰：『徒弟孙悟空！

自从受戒拜禅林，护我西来恩爱深。

指望同时成大道，何期今日你归阴！

生前只为求经意，死后还存念佛心。

心猿显圣灭诸邪

孙行者在油锅底上，听得那呆子乱骂，忍不住现了本相。赤淋淋的，站在油锅底道：『馕糟的夯货，你骂那个哩！』唐僧见了道：『徒弟，唬杀我也！』沙僧道：『大哥干净推佯死惯了！』慌得那两班文武，上前来奏道：『万岁，那和尚不曾死，又打油锅里钻出来了。』

万里英魂须等候，幽冥做鬼上雷音！』

八戒听见道：『师父，不是这般祝了。沙和尚，你替我奠浆饭，等我祷。』那呆子捆在地下，气呼呼的道：

『闯祸的泼猴子，无知的弼马温！该死的泼猴子，油烹的弼马温！猴儿了帐，马温断根！』

孙行者在油锅底上，听得那呆子乱骂，忍不住现了本相。赤淋淋的，站在油锅底道：『馕糟的夯货，你骂那个哩！』唐僧见了道：『徒弟，唬杀我也！』沙僧道：『大哥干净推佯死惯了！』慌得那两班文武，上前来奏道：『万岁，那和尚不曾死，又打油锅里钻出来了。』监斩官恐怕虚诳朝廷，却又奏道：『死是死了，只是日期犯凶，小和尚来显魂哩。』

行者闻言大怒，跳出锅来，揩了油腻，穿上衣服，掣出棒，挝过监斩官，着头一下，打做了肉团，道：『我显甚么魂哩！』唬得多官连忙解了八戒，跪地哀告：『恕罪！恕罪！』国王走下龙座。行者上殿扯住道：『陛下不要走，且教你三国师也下下油锅去。』那皇帝战战兢兢道：『三国师，你救朕之命，快下锅去，莫教和尚打我。』

羊力下殿，照依行者脱了衣服，跳下油锅，也那般支吾洗浴。

行者放了国王，近油锅边，叫烧火的添柴，却伸手探了一把，呀！那滚油都冰冷，心中暗想道：『我洗时滚热，他洗时却冷。我晓得了，这不知是那个龙王，在此护持他哩。』急纵身跳在空中，念声『唵』字咒语，把那北海龙王唤来：『我把你这个带角的蚯蚓，有鳞的泥鳅！你怎么助道士冷龙护住锅底，教他显圣赢我！』唬得那龙王喏喏连声道：『敖顺不敢相助。大圣原来不知。这个孽畜，苦修行了一场，脱得本壳，却只是五雷法真受，其余都蹰了傍门，难归仙道。这个是他在小茅山学来的「大开剥」。那两个已是大圣破了他法，现了本相。这一个也是他自己炼的冷龙，只好哄瞒世俗之人耍子，怎瞒得大圣！小龙如今收了他冷龙，管教他骨碎皮焦，显什么手段。』行者道：『趁早收了，免打！』那龙王化一阵旋风，到油锅边，将冷龙捉下海去不题。

行者下来，与三藏、八戒、沙僧立在殿前，见那道士在滚油锅里打挣，爬不出来。滑了一跌，霎时间骨脱皮焦肉烂。

监斩官又来奏道：『万岁，三国师煠化了也。』那国王满眼垂泪，手扑着御案，放声大哭道：

『人身难得果然难，不遇真传莫炼丹。
空有驱神咒水术，却无延寿保生丸。
圆明混，怎涅槃？徒用心机命不安。
早觉这般轻折挫，何如秘食稳居山！』

这正是：

点金炼汞成何济，唤雨呼风总是空。

毕竟不知师徒们怎的维持，且听下回分解。

圣僧夜阻通天水

那长老才摘了斗笠，光着头，抖抖褊衫，拖着锡杖，径来到人家门外。见那门半开半掩，三藏不敢擅入。聊站片时，只见里面走出一个老者，项下挂着数珠，口念阿弥陀佛，径自来关门，慌得这长老合掌高叫：『老施主，贫僧问讯了。』那老者还礼道：『你这和尚，却来迟了。』

第四十七回　圣僧夜阻通天水　金木垂慈救小童

却说那国王倚着龙床，泪如泉涌，只哭到天晚不住。行者上前高呼道：『你怎么这等昏乱！见放着那道士的尸骸，一个是虎，一个是鹿，那羊力是一个羚羊。不信时，捞上骨头来看。那里人有那样骷髅？他本是成精的山兽，同心到此害你。因见气数还旺，不敢下手。若再过二年，你气数衰败，他就害了你性命，把你江山一股儿尽属他了。幸我等早来，除妖邪救了你命。你还哭甚！哭甚！急打发关文，送我出去。』国王闻此，方才省悟。那文武多官俱奏道：『死者果然是白鹿、黄虎；油锅里果是羊骨。圣僧之言，不可不听！』国王道：『既是这等，感谢圣僧。今日天晚，教太师且请圣僧至智渊寺；明日早朝，大开东阁，教光禄寺安排素净筵宴酬谢。』果送至寺里安歇。

次日五更时候，国王设朝，聚集多官，传旨：『快出招僧榜文，四门各路张挂。』一壁厢大排筵宴，摆驾出朝，至智渊寺门外，请了三藏等，共入东阁赴宴，不在话下。

却说那脱命的和尚闻有招僧榜，个个欣然，都入城来寻孙大圣，交纳毫毛谢恩。这长老散了宴，那国王换了关文，同皇后嫔妃，两班文武，送出朝门。只见那些和尚跪拜道旁，口称：『齐天大圣爷爷！我等是沙滩上脱命僧人。闻知爷爷扫除妖孽，救拔我等，又蒙我王出榜招僧，特来交纳毫毛，叩谢天恩。』行者笑道：『汝等来了几何？』僧人道：『五百名，半个不少。』行者将身一抖，收了毫毛，对君臣僧俗人说道：『这些和尚，实是老孙放了。车辆是老孙运转双关，穿夹脊，捽碎了。那两个妖道也是老孙打死了。今日灭了妖邪，方知是禅门有道。向后来，再不可胡为乱信。望你把三教归一：也敬僧，也敬道，也养育人才。我保你江山永固。』国王依言，感谢不尽，遂送唐僧出城去讫。

这一去，只为殷勤经三藏，努力修持光一元。晓行夜住，渴饮饥餐，不觉的春尽夏残，又是秋光天气。

一日，天色已晚。唐僧勒马道：『徒弟，今宵何处安身也？』行者道：『师父，出家人莫说那在家人的话。』三藏道：『在家人怎么？出家人怎么？』行者道：『在家人，这时候温床暖被，怀中抱子，脚后蹬妻，自自在在睡觉；我等出家人，那里能够！便是要带月披星，餐风宿水，有路且行，无路方住。』八戒道：『哥哥，你只知其一，不知其二。如今路多险峻，我挑着重担，着实难走，须要寻个去处，好眠一觉，养养精神，明日方好捱担；不然，却不累倒我也？』行者道：『趁月光再走一程，到有人家之所再住。』师徒们没奈何，只得相随行者往前。

又行不多时，只听得滔滔浪响。八戒道：『罢了！来到尽头路了！』沙僧道：『是一股水挡住也。』唐僧道：『却怎生得渡？』八戒道：『等我试之，看深浅何如。』三藏道：『悟能，你休乱谈。水之浅深，如何试得？』八戒道：『寻一个鹅卵石，抛在当中。若是溅起水泡来，是浅；若是骨都都沉下有声，是深。』行者道：『你去试试看。』那呆子在路旁摸了一块顽石，望水中抛去，只听得骨都都泛起鱼津，沉下水底。他道：『深，深，深！去不得！』唐僧道：『你虽试得深浅，却不知有多少宽阔。』八戒道：『这个却不知，不知。』行者道：『等我看看。』好大圣，纵筋斗云，跳在空中，定睛观看，但见那：

洋洋光浸月，浩浩影浮天。灵派吞华岳，长流贯百川。千层汹浪滚，万叠峻波颠。岸口无渔火，沙头有鹭眠。茫然浑似海，一望更无边。

急收云头，按落河边道：『师父，宽哩！宽哩！去不得！老孙火眼金睛，白日里常看千里，凶吉晓得是。夜里也还看三五百里。如今通看不见边岸，怎定得宽阔之数？』

三藏大惊，口不能言，声音哽咽道：『徒弟啊，似这等怎了？』沙僧道：『师父莫哭。你看那水边立的，可不是个人么？』行者道：『想是扳罾的渔人，等我问他去来。』拿了铁棒，两三步，跑到面前看处，呀！不是人，是一面石碑。碑上有三个篆文大字，下边两行，有十个小字。三个大字，乃『通天河』。十个小字，乃『径过八百里，亘古少人行。』行者叫：『师父，你来看看。』三藏看见，滴泪道：『徒弟呀，我当年别了长安，只说西天易走；那知道妖魔阻隔，山水迢遥！』

八戒道：『师父，你且听，是那里鼓钹声音？想是做斋的人家。我们且去赶些斋饭吃，问个渡口寻船，明日过去罢。』三藏马上听得，果然有鼓钹之声。『却不是道家乐器，足是我僧家举事。我等去来。』

行者在前引马，一行闻响而来。那里有甚正路，没高没低，漫过沙滩，望见一簇人家住处，约摸有四五百家，却也都住得好。但见：

倚山通路，傍岸临溪。处处柴扉掩，家家竹院关。沙头宿鹭梦魂清，柳外啼鹃喉舌冷。短笛无声，寒砧不韵。红蓼枝摇月，黄芦叶斗风。陌头村犬吠疏篱，渡口老渔眠钓艇。灯火稀，人烟静，半空皎月如悬镜。忽闻一阵白蘋香，却是西风隔岸送。

三藏下马，只见那路头上有一家儿，门外竖一首幢幡，内里有灯烛荧煌，香烟馥郁。三藏道：『悟空，此处比那山凹河边，却是不同。在人间屋檐下，可以遮得冷露，放心稳睡。你都莫来，让我先到那斋公门首告求。若肯留我，我就招呼汝等；假若不留，你却休要撒泼。汝等脸嘴丑陋，只恐唬了人，闯出祸来，却倒无住处矣。』行者道：『说得有理。请师父先去，我们在此守待。』

那长老才摘了斗笠，光着头，抖抖褊衫，拖着锡杖，径来到人家门外。见那门半开半掩，三藏不敢擅入。聊站片时，只见里面走出一个老者，项下挂着数珠，口念阿弥陀佛，径自来关门，慌得这长老合掌高叫：『老施主，贫僧问讯了。』那老者还礼道：『你这和尚，却来迟了。』三藏道：『怎么说？』老者道：『来迟无物了。早来啊，我舍下斋僧，尽饱吃饭，熟米三升，白布一段，铜钱十文。你怎么这时才来？』三藏躬身道：『老施主，贫僧不是赶斋的。』老者道：『既不赶斋，来此何干？』三藏道：『我是东土大唐钦差往西天取经者。今到贵处，天色已晚。听得府上鼓钹之声，特来告借一宿，天明就行也。』那老者摇手道：『和尚，出家人休打诳语。东土大唐，到我这里，有五万四千里路。你这等单身，如何来得？』三藏道：『老施主见得最是。但我还有三个小徒，逢山开路，遇水叠桥，保护贫僧，方得到此。』老者道：『既有徒弟，何不同来？』教：『请，请，我舍下有处安歇。』三藏回头，叫声：『徒弟，这里来。』

那行者本来性急，八戒生来粗鲁，沙僧却也莽撞，三个人听得师父招呼，牵着马，挑着担，不问好歹，一阵风，闯将进去。那老者看见，唬得跌倒在地，口里只说是：『妖怪来了！妖怪来了！』三藏搀起道：『施主莫怕，不是妖怪，是我徒弟。』老者战兢兢道：『这般好俊师父，怎么寻这样丑徒弟！』三藏道：『虽然相貌不终，却倒会降龙伏虎，捉怪擒妖。』老者似信不信的，扶着唐僧慢走。

却说那三个凶顽，闯入厅房上，拴了马，丢下行李。那厅中原有几个和尚念经。八戒掬着长嘴，喝道：『那和尚，念的是甚么经？』那些和尚，听见问了一声，忽然抬头：

> 观看外来人，嘴长耳朵大。身粗背膊宽，声响如雷咋。行者与沙僧，容貌更丑陋。厅堂几众僧，无人不害怕。阇黎还念经，班首教行罢。难顾磬和铃，佛像且丢下。一齐吹息灯，惊散光乍乍。跌跌与爬爬，门槛何曾跨！你头撞我头，似倒葫芦架。清清好道场，翻成大笑话。

这兄弟三人，见那些人跌跌爬爬，鼓着掌哈哈大笑。那些僧越加悚惧，磕头撞脑，各顾性命，通跑净了。三藏搀那老者，走上厅堂，灯火全无，三人嘻嘻哈哈的还笑。唐僧骂道：『这泼物，十分不善！我朝朝教诲，日日叮咛，古人云：『不教而善，非圣而何！教而后善，非贤而何！教亦不善，非愚而何！』汝等这般撒泼，诚为至下至愚之类！走进门不知高低，唬倒了老施主，惊散了念经僧，把人家好事都搅坏了，却不是堕罪与我？』说得他们不敢回言。那老者方信是他徒弟，急回头作礼道：『老爷，没大事，没大事，才然关了灯，散了花，佛事将收也。』八戒道：『既是了帐，摆出满散的斋来，我们吃了睡觉。』老者叫：『掌灯来！掌灯来！』家里人听得，大惊小怪道：『厅上念经，有许多香烛，如何又教掌灯？』几个僮仆出来看时，这个黑洞洞的，即便点火把灯笼，一拥而至。忽抬头见八戒、沙僧，慌得丢了火把，忽抽身关了中门。往里嚷道：『妖怪来了！妖怪来了！』行者拿起火把，点上灯烛，扯过一张交椅，请唐僧坐在上面。他兄弟们坐在两旁。那老者坐在前面。

正叙坐间，只听得里面门开处，又走出一个老者，拄着拐杖，道：『是甚么邪魔，黑夜里来我善门之家？』前面坐的老者，急起身迎到屏门后道：『哥哥莫嚷，不是邪魔，乃东土大唐取经的罗汉。徒弟们相貌虽凶，果然是山恶人善。』那老者方才放下拄杖，与他四位行礼。礼毕，也坐了面前，叫：『看茶来。排斋。』连叫数声，几个僮仆，战战兢兢，不敢拢帐。

八戒忍不住问道：『老者，你这盛价，两边走怎的？』老者道：『教他们捧斋来侍奉老爷。』八戒道：『几个人伏侍？』老者道：『八个人。』八戒道：『这八个人伏侍那个？』老者道：『伏侍你四位。』八戒道：『那白面师父，只消一个人；毛脸雷公嘴的，只消两个人；那晦气脸的，要八个人；我得二十个人伏侍方够。』老者道：『这等说，想是你的食肠大些。』八戒道：『也将就看得过。』老者道：『有人，有人。』七大八小，就叫出有三四十人出来。

那和尚与老者，一问一答的讲话，众人方才不怕。却将上面排了一张桌，请唐僧上坐；两边摆了三张桌，请他三位坐；前面一张桌，坐了二位老者。先排上素果品菜蔬，然后是面饭、米饭、闲食、粉汤，排得齐齐整整。唐长老举起箸来，先念一卷《启斋经》。那呆子一则有些急吞，二来有些饿了，那里等唐僧经完，拿过红漆木碗来，把一碗白米饭，扑的丢下口去，就了了。旁边小的道：『这位老爷忒没算计，不笼馒头，怎的把饭笼了，却不污了衣服？』八戒笑道：『不曾笼，吃了。』小的道：『你不曾举口，怎么就吃了？』八戒道：『儿子们便说谎！分明吃了；不信，再吃与你看。』那小的们，又端了碗，盛一碗递与八戒。呆子幌一幌，又丢下口去就了了。众僮仆见了道：『爷爷呀！你是「磨砖砌的喉咙，着实又光又溜！」』那唐僧一卷经还未完，他已五六碗过手了。然后却才同举箸，一齐吃斋。呆子不论米饭面饭，果品闲食，只情一捞乱噇，口里还嚷：『添饭，添饭！』渐渐不见来了。

行者叫道：『贤弟，少吃些罢。也强似在山凹里忍饿，将就够得半饱也好了。』八戒道：『嘴脸！常言道：「斋

圣僧夜阻通天水
金木垂慈救小童

兄弟正然谈论，只听得外面锣鼓喧天，灯火照耀，同庄众人打开前门，叫：『抬出童男童女来！』这老者哭哭啼啼，那四个后生将他二人抬将出去。

僧不饱，不如活埋」哩。』行者教：『收了家火，莫睬他！』二老者躬身道：『不瞒老爷说。白日里倒也不怕，似这大肚子长老，也斋得起百十众；只是晚了，收了残斋，只蒸得一石面饭、五斗米饭与几桌素食，要请几个亲邻与众僧们散福；不期你列位来，唬得众僧跑了，连亲邻也不曾敢请，尽数都供奉了列位。如不饱，再教蒸去。』八戒道：『再蒸去，再蒸去！』

话毕，收了家火桌席。三藏拱身，谢了斋供。才问：『老施主，高姓？』老者道：『姓陈。』三藏合掌道：『这是我贫僧华宗了。』老者道：『老爷也姓陈？』三藏道：『是，俗家也姓陈。请问适才做的甚么斋事？』八戒笑道：『师父问他怎的！岂不知道？必然是「青苗斋」、「平安斋」、「了场斋」罢了。』老者道：『不是，不是。』三藏又问：『端的为何？』老者道：『是一场「预修亡斋」。』八戒笑得打跌道：『公公忒没眼力！我们是扯谎架桥，哄人的大王，你怎么把这谎话哄我！和尚家岂不知斋事？只有个「预修寄库斋」、「预修填还斋」，那里有个「预修亡斋」的？你家人又不曾有死的，做甚亡斋？」

行者闻言，暗喜道：『这呆子乖了些也。老公公，你是错说了。怎么叫做「预修亡斋」？』那二位欠身道：『你等取经，怎么不走正路，却蹭到我这里来？』行者道：『走的是正路，只见一股水挡住，不能得渡；因闻鼓钹之声，特来造府借宿。』老者道：『你们到水边，可曾见些甚么？』行者道：『止见一面石碑，上书「通天河」三字，下书「径过八百里，亘古少人行」十字，再无别物。』老者道：『再往上岸走走，好的离那碑记只有里许，有一座灵感大王庙，你不曾见？』行者道：『未见。请公公说说，何为灵感？』那两个老者一齐垂泪道：『老爷啊！那大王：

感应一方兴庙宇，威灵千里祐黎民。

年年庄上施甘露，岁岁村中落庆云。』

行者道：『施甘雨，落庆云，也是好意思，你却这等伤情烦恼，何也？』那老者跌脚捶胸，哏了一声道：『老爷啊！

虽则恩多还有怨，纵然慈惠却伤人。

只因要吃童男女，不是昭彰正直神。』

行者道：『要吃童男女么？』老者道：『正是。』行者道：『想必轮到你家了？』老者道：『今年正到舍下。我们这里，有百家人家居住。此处属车迟国元会县所管，唤做陈家庄。这大王一年一次祭赛，要一个童男，一个童女，猪羊牲醴供献他。他一顿吃了，保我们风调雨顺；若不祭赛，就来降祸生灾。』行者道：『你府上几位令郎？』老者捶胸道：『可怜！可怜！说甚么令郎，羞杀我等！这个是我舍弟，名唤陈清。老拙叫做陈澄。我今年六十三岁，他今年五十八岁，儿女上都艰难。我五十岁上还没儿子，亲友们劝我纳了一妾，没奈何，寻下一房，生得一女。今年才交八岁，取名唤做一秤金。』八戒道：『好贵名！怎么叫做一秤金？』老者道：『我因儿女艰难，修桥补路，建寺立塔，布施斋僧，有一本账目，那里使三两，那里使五两；到生女之年，却好用过有三十斤黄金。三十斤为一秤，所以唤做一秤金。』

行者道：『那个的儿子么？』老者道：『舍弟有个儿子，也是偏出，今年七岁了，取名唤做陈关保。』行者问：『何取此名？』老者道：『家下供养关圣爷爷，因在关爷之位下求得这个儿子，故名关保。我兄弟二人，年岁百二，止得这两个人种，不期轮次到我家祭赛，所以不敢不献。故此父子之情，难割难舍，先与孩儿做个超生道场。故曰「预修亡斋」者，此也。』

三藏闻言，止不住腮边泪下道：『这正是古人云：「黄梅不落青梅落，老天偏害没儿人。」』行者笑道：『等我再问他。老公公，你府上有多大家当？』二老道：『颇有些儿，水田有四五十顷，旱田有六七十顷，草场有八九十处；水黄牛有二三百头，驴马有三二十匹，猪羊鸡鹅无数。舍下也有吃不着的陈粮，穿不了的衣服。家财产业，也尽得数。』行者道：『你这等家业，也亏你省将起来的。』老者道：『怎见我省？』行者道：『既有这家私，怎么舍得亲生儿女祭赛？拚了五十两银子，可买一个童男；拚了一百两银子，可买一个童女。连绞缠不过二百两之数，可就留下自己儿女后代，却不是好？』二老滴泪道：『老爷！你不知道。那大王甚是灵感，常来我们人家行走。』行者道：『他来行走，你们看见他是甚么嘴脸？有几多长短？』二老道：『不见其形，只闻得一阵香风，就知是大王爷爷来了，即忙满斗焚香，老少望风下拜。他把我们这人家，匙大碗小之事，他都知道。老幼生时年月，他都记得。只要亲生儿女，他方受用。不要说二三百两没处买，就是几千万两，也没处买这般一模一样同年同月的儿女。』

行者道：『原来这等。也罢，也罢，你且抱你令郎出来，我看看。』那陈清急入里面，将关保儿抱出厅上，放在灯前。小孩儿那知死活，笼着两袖果子，跳跳舞舞的，吃着耍子。行者见了，默默念声咒语，摇身一变，变作那关保儿一般模样。两个孩儿，搀着手，在灯前跳舞，唬得那老者慌忙跪着唐僧道：『老爷，不当人子！不当人子！这位老爷才然说话，怎么就变作我儿一般模样，叫他一声，齐应齐走！却折了我们年寿！请现本相，请现本相！』行者把脸抹了一把，现了本相。那老者跪在面前道：『老爷原来有这样本事。』行者笑道：『可像你儿子么？』老者道：『像，像，像！果然一般嘴脸、一般声音、一般衣服、一般长短。』行者道：『你还没细看哩。取秤来称称，可与他一般轻重。』老者道：『是；是；是；是一般重。』行者道：『似这等可祭赛得过么？』老者道：『忒好！忒好！祭得过了！』

行者道：『我今替这个孩儿性命，留下你家香烟后代，我去祭赛那大王去也。』那陈清跪地磕头道：『老爷果若慈悲替得，我送白银一千两，与唐老爷做盘缠往西天去。』行者道：『就不谢谢老孙？』老者道：『你已替祭，没了你也。』行者道：『怎的得没了？』老者道：『那大王吃了。』行者道：『他敢吃我？』老者道：『不吃你，好道嫌腥。』行者笑道：『任从天命。吃了我，是我的命短；不吃，是我的造化。我与你祭赛去。』

那陈清只管磕头相谢，又允送银五百两；惟陈澄也不磕头，也不说谢，只是倚着那屏门痛哭。行者知之，上前扯住道：『老大，你这不允我，不谢我，想是舍不得你女儿么？』陈澄才跪下道：『是，舍不得。敢蒙老爷盛情，救替了我侄子也够了。但只是老拙无儿，止此一女，就是我死之后，他也哭得痛切，怎么舍得！』

行者道：『你快去蒸上五斗米的饭，整治些好素菜，与我那长嘴师父吃，教他变作你的女儿，我兄弟同去祭赛。索性行个阴骘，救你两个儿女性命，如何？』那八戒听得此言，心中大惊，道：『哥哥，你要弄精神，不管我死活，就要攀扯我。』行者道：『贤弟，常言道：「鸡儿不吃无工之食。」你我进门，感承盛斋，你还嚷吃不饱哩，怎么

金木垂慈救小童

好大圣，吩咐沙僧保护唐僧，他变作陈关保，八戒变作一秤金。二人俱停当了，却问：『怎么供献？还是捆了去，是绑了去？蒸熟了去，是剁碎了去？』八戒道：『哥哥，莫要弄我。我没这个手段。』

就不与人家救些患难？』八戒道：『哥啊，你便会变化，我却不会哩。』行者道：『你也有三十六般变化，怎么不会？』唐僧叫：『悟能，你师兄说得最是，处得甚当。常言「救人一命，胜造七级浮屠。」一则感谢厚情，二来当积阴德。况凉夜无事，你兄弟耍耍去来。』八戒道：『你看师父说的话！我只会变山，变树，变石头，变癞象，变水牛，变大胖汉还可；若变小女儿，有几分难哩。』行者道：『老大莫信他，抱出你令爱来看。』

那陈澄急入里边，抱将一秤金孩儿，到了厅上。一家子，妻妾大小，不分老幼内外，都出来磕头礼拜，只请救孩儿性命。那女儿头上戴一个八宝垂珠的花翠箍；身上穿一件红闪黄的纻丝袄，上套着一件官绿缎子棋盘领的披风；腰间系一条大红花绢裙；脚下踏一双虾蟆头浅红纻丝鞋；腿上系两只绡金膝裤儿；也袖着果子吃哩。行者道：『八戒，这就是女孩儿。你快变的像他，我们祭赛去。』八戒道：『哥呀，似这般小巧俊秀，怎变？』行者叫：『快些！莫讨打！』八戒慌了道：『哥哥不要打，等我变了看。』

这呆子念动咒语，把头摇了几摇，叫『变！』真个变过头来，就也像女孩儿面目，只是肚子胖大，郎伉不像。行者笑道：『再变变！』八戒道：『凭你打了罢！变不过来，奈何？』行者道：『莫成是丫头的头，和尚的身子？弄的这等不男不女，却怎生是好？你可布起罡来。』他就吹他一口仙气，果然即时把身子变过，与那孩儿一般。便教：『二位老者，带你宝眷与令郎令爱进去，不要错了。一会家，我兄弟躲懒讨乖，走进去，转难识认。你将好果子与他吃，不可教他哭叫；恐大王一时知觉，走了风汛。等我两人耍子去也！』

好大圣，吩咐沙僧保护唐僧，他变作陈关保，八戒变作一秤金。二人俱停当了，却问：『怎么供献？还是捆了去，是绑了去？蒸熟了去，是剁碎了去？』八戒道：『哥哥，莫要弄我。我没这个手段。』老者道：『不敢，不敢！只是用两个红漆丹盘，请二位坐在盘内，放在桌上，着两个后生抬一张桌子，把你们抬上庙去。』行者道：『好，好，好！拿盘子出来，我们试试。』那老者即取出两个丹盘。行者与八戒坐上，四个后生，抬起两张桌子，往天井里走走儿，又抬回放在堂上。行者欢喜道：『八戒，像这般子走走耍耍，我们也是上台盘的和尚了。』八戒道：『若是抬了去，还抬回来，两头抬到天明，我也不怕；只是抬到庙里，就要吃哩，这个却不是耍子！』行者道：『你只看着我。划着吃我时，你就走了罢。』八戒道：『知他怎么吃哩？如先吃童男，我便好跑；如先吃童女，我却如何？』老者道：『常年祭赛时，我这里有胆大的，钻在庙后，或在供桌底下，看见他先吃童男，后吃童女。』八戒道：『造化，造化！』兄弟正然谈论，只听得外面锣鼓喧天，灯火照耀，同庄众人打开前门，叫：『抬出童男童女来！』这老者哭哭啼啼，那四个后生将他二人抬将出去。

端的不知性命何如，且听下回分解。

魔弄寒风飘大雪

那怪不容分说，放开手，就捉八戒。呆子扑的跳下来，现了本相，掣钉钯，劈手一筑，那怪物缩了手，往前就走，只听得当的一声响。八戒道：『筑破甲了！』行者也现本相看处，原来是冰盘大小两个鱼鳞，喝声：『赶上！』

第四十八回　魔弄寒风飘大雪　僧思拜佛履层冰

话说陈家庄众信人等，将猪羊牲醴与行者、八戒，喧喧嚷嚷，直抬至灵感庙里排下。将童男女设在上首。行者回头，看见那供桌上香花蜡烛，正面一个金字牌位，上写『灵感大王之神』，更无别的神像。众信摆列停当，一齐朝上叩头道：『大王爷爷，今年、今月、今日、今时，陈家庄祭主陈澄等众信，年甲不齐，谨遵年例，供献童男一名陈关保，童女一名陈一秤金，猪羊牲醴如数，奉上大王享用。保祐风调雨顺，五谷丰登。』祝罢，烧了纸马，各回本宅不题。

那八戒见人散了，对行者道：『我们家去罢。』行者道：『你家在那里？』八戒道：『往老陈家睡觉去。』行者道：『呆子又乱谈了。既允了他，须与他了这愿心才是哩。』八戒道：『你倒不是呆子，反说我是呆子！只哄他要要便罢，怎么就与他祭赛，当起真来！』行者道：『莫胡说。为人为彻。一定等那大王来吃了，才是个全始全终；不然，又教他降灾贻害，反为不美。』

正说间，只听得呼呼风响。八戒道：『不好了！风响是那话儿来了！』行者只叫：『莫言语，等我答应。』顷刻间，庙门外来了一个妖邪。你看他怎生模样：

金甲金盔灿烂新，腰缠宝带绕红云。眼如晚出明星皎，牙似重排锯齿分。足下烟霞飘荡荡，身边雾霭暖熏熏。行时阵阵阴风冷，立处层层煞气温。却似卷帘扶驾将，犹如镇寺大门神。

那怪物拦住庙门问道：『今年祭祀的是那家？』行者笑吟吟的答道：『承下问，庄头是陈澄、陈清家。』那怪闻答，心中疑似道：『这童男胆大，言谈伶俐。常来供养受用的，问一声不言语，再问声，唬了魂；用手去捉，已是死人。怎么今日这童男善能应对？』

怪物不敢来拿，又问：『童男女叫甚名字？』行者笑道：『童男陈关保，童女一秤金。』怪物道：『这祭赛乃上年旧规，如今供献我，当吃你。』行者道：『不敢抗拒，请自在受用。』怪物听说，又不敢动手，拦住门喝道：『你莫顶嘴！我常年先吃童男，今年倒要先吃童女！』八戒慌了道：『大王还照旧罢，不要吃坏例子。』

那怪不容分说，放开手，就捉八戒。呆子扑的跳下来，现了本相，掣钉钯，劈手一筑，那怪物缩了手，往前就走，只听得当的一声响。八戒道：『筑破甲了！』行者也现本相看处，原来是冰盘大小两个鱼鳞，喝声：『赶上！』二人跳到空中。那怪物因来赴会，不曾带得兵器，空手在云端里问道：『你是那方和尚，到此欺人，破了我的香火，坏了我的名声！』行者道：『这泼物原来不知。我等乃东土大唐圣僧三藏奉钦差西天取经之徒弟。昨因夜寓陈家，闻有邪魔，假号灵感，年年要童男女祭赛，是我等慈悲，拯救生灵，捉你这泼物！趁早实实供来，一年吃两个童男女，你在这里称了几年大王，吃了多少男女？一个个算还我，饶你死罪！』那怪闻言就走，被八戒又一钉钯，未曾打着。他化一阵狂风，钻入通天河内。

行者道：『不消赶他了。这怪想是河中之物。且待明日设法拿他，送我师父过河。』八戒依言，径回庙里，把那猪羊祭醴，连桌面一齐搬到陈家。此时唐长老、沙和尚，共陈家兄弟，正在厅中候信，忽见他二人将猪羊等物都丢在天井里。三藏迎来问道：『悟空，祭赛之事何如？』行者将那称名赶怪钻入河中之事，说了一遍。二老十分欢喜，即命打扫厢房，安排床铺，请他师徒就寝不题。

却说那怪得命，回归水内，坐在宫中，默默无言。水中大小眷族问道：『大王每年享祭，回来欢喜，怎么今日烦恼？』那怪道：『常年享毕，还带些余物与汝等受用，今日连我也不曾吃得。造化低，撞着一个对头，几乎伤了性命。』众水族问：『大王，是那个？』那怪道：『是一个东土大唐圣僧的徒弟，往西天拜佛求经者，假变男女，坐在庙里。我被他现出本相，险些儿伤了性命。一向闻得人讲：唐三藏乃十世修行好人，但得吃他一块肉延寿长生。不期他手下有这般徒弟。我被他坏了名声，破了香火，有心要捉唐僧，只怕不得能够。』

那水族中，闪上一个斑衣鳜婆，对怪物跬跬拜拜，笑道：『大王，要捉唐僧，有何难处！但不知捉住他，可赏我些酒肉？』那怪道：『你若有谋，合同用力，捉了唐僧，与你拜为兄妹，共席享之。』鳜婆拜谢了道：『久知大王有呼风唤雨之神通，搅海翻江之势力，不知可会降雪？』那怪道：『会降。』又道：『既会降雪，不知可会作冷结冰？』那怪道：『更会！』鳜婆鼓掌笑道：『如此极易，极易！』那怪道：『你且将极易之功，讲来我听。』鳜婆道：『今夜有三更天气，大王不必迟疑，趁早作法，起一阵寒风，下一阵大雪，把通天河尽皆冻结。着我等善变化者，变作几个人形，在于路口，背包持伞，担担推车，不住的在冰上行走。那唐僧取经之心甚急，看见如此人行，断然踏冰而渡。大王稳坐河心，待他脚踪响处，迸裂寒冰，连他那徒弟们一齐坠落水中，一鼓可得也！』那怪闻言，满心欢喜道：『甚妙，甚妙！』即出水府，踏长空兴风作雪，结冷凝冻成冰不题。

却说唐长老师徒四人，歇在陈家。将近天晓，师徒们衾寒枕冷。八戒咳歌打战睡不得，叫道：『师兄，冷啊！』行者道：『你这呆子，忒不长俊！出家人寒暑不侵，怎么怕冷？』三藏道：『徒弟，果然冷。你看，就是那：

重衾无暖气，袖手似揣冰。此时败叶垂霜蕊，苍松挂冻铃。地裂因寒甚，池平为水凝。渔舟不见叟，山寺怎逢僧。樵子愁柴少，王孙喜炭增。征人须似铁，诗客笔如菱。皮袄犹嫌薄，貂裘尚恨轻。蒲团僵老衲，纸帐旅魂惊。绣被重裀褥，浑身战抖铃。』

师徒们都睡不得，爬起来穿了衣服。开门看处，呀！外面白茫茫的，原来下雪哩！行者道：『怪道你们害冷哩。却是这般大雪！』四人眼同观看，好雪！但见那：

彤云密布，惨雾重浸。彤云密布，朔风凛凛号空；惨雾重浸，大雪纷纷盖地。真个是：六出花，片片飞琼！千林树，株株带玉。须臾积粉，顷刻成盐。白鹦歌失素，皓鹤羽毛同。平添吴楚千江水，压倒东南几树梅。却便似战退玉龙三百万，果然如败鳞残甲满天飞。那里得东郭履，袁安卧，孙康映读；更不见子猷舟，王恭氅，苏武餐毡。但只是几家村舍如银砌，万里江山似玉团。好雪！柳絮漫桥，梨花盖舍。柳絮漫桥，桥边渔叟挂蓑衣；梨花盖舍，舍下野翁煨骨柮。客子难沽酒，苍头苦觅梅。洒洒潇潇裁蝶翅，飘飘荡荡剪鹅衣。团团滚滚随风势，叠叠层层道路迷。阵阵寒威穿小幕，飕飕冷气透幽帏。丰年祥瑞从天降，堪贺人间好事宜。

那场雪，纷纷洒洒，果如剪玉飞绵。师徒们叹玩多时，只见陈家老者，着两个僮仆，扫开道路，又两个送出热汤洗面。须臾，又送滚茶乳饼，又抬出炭火；俱到厢房，师徒们叙坐。

长老问道：『老施主，贵处时令，不知可分春夏秋冬？』陈老笑道：『此间虽是僻地，但只风俗人物，与上国不同，至于诸凡谷苗牲畜，都是同天共日，岂有不分四时之理？』三藏道：『既分四时，怎么如今就有这般大雪，这般寒冷？』陈老道：『此时虽是七月，昨日已交白露，就是八月节了。我这里常年八月间就有霜雪。』三藏道：『甚比我东土不同。我那里交冬节方有之。』

正话间，又见僮仆来安桌子，请吃粥。粥罢之后，雪比早间又大，须臾，平地有二尺来深。三藏心焦垂泪。陈老道：『老爷放心，莫见雪深忧虑。我舍下颇有几石粮食，供养得老爷们半生。』三藏道：『老施主不知贫僧之苦。我当年蒙圣恩赐了旨意，摆大驾亲送出关，唐王御手擎杯奉饯，问道：「几时可回？」贫僧不知有山川之险，顺口回奏：「只消三年，可取经回国。」自别后，今已七八个年头，还未见佛面，恐违了钦限，又怕的是妖魔凶狠，所以焦虑。今日有缘得寓潭府，昨夜愚徒们略施小惠报答，实指望求一船只渡河；不期天降大雪，道路迷漫，不知几时才得功成回故土也！』陈老道：『老爷放心，正是多的日子过了，那里在这几日。且待天晴，化了冰，老拙倾家费产，必处置送老爷过河。』

只见一僮又请进早斋。到厅上吃毕。叙不多时，又午斋相继而进。三藏见品物丰盛，再四不安道：『既蒙见留，只可以家常相待。』陈老道：『老爷感蒙替祭救命之恩，虽逐日设筵奉款，也难酬难谢。』

此后大雪方住，就有人行走。陈老见三藏不快，又打扫花园，大盆架火，请去雪洞里闲耍散闷。八戒笑道：『那老儿忒没算计！春二三月好赏花园；这等大雪，又冷，赏玩何物！』行者道：『呆子不知事！雪景自然幽静。一则游赏，二来与师父宽怀。』陈老道：『正是，正是。』遂此邀请到园。但见：

景值三秋，风光如腊。苍松结玉蕊，衰柳挂银花。阶下玉苔堆粉屑，窗前翠竹吐琼芽。巧石山头，养鱼池内：巧石山头，削削尖峰排玉笋；养鱼池内，清清活水作冰盘。临岸芙蓉娇色浅，傍崖木槿嫩枝垂。秋海棠，全然压倒；腊梅树，聊发新枝。牡丹亭、海榴亭、丹桂亭，亭亭尽鹅毛堆积；放怀处、款客处、遣兴处，处处皆蝶翅铺漫。两篱黄菊玉绡金，几树丹枫红间白。无数闲庭冷难到，且观雪洞冷如冰。那里边、放一个兽面象足铜火盆，热烘烘炭火才生；那上下、有几张虎皮搭苫漆交椅，软温温纸窗铺设。四壁上，挂几轴名公古画，却是那：七贤过关，寒江独钓，叠嶂层峦团雪景；苏武餐毡，折梅逢使，琼林玉树写寒文。说不尽那家近水亭鱼易买，雪迷山径酒难沽。真个可堪容膝处，算来何用访蓬壶？

众人观玩良久，就于雪洞里坐下，对邻叟道取经之事。又捧香茶饮毕。陈老问：『列位老爷，可饮酒么？』三藏道：『贫僧不饮，小徒略饮几杯素酒。』陈老大喜，即命：『取素果品，炖暖酒，与列位汤寒。』那僮仆即抬桌围

魔弄寒风飘大雪
僧思拜佛履层冰

长老横担着锡杖，行者横担着铁棒，沙僧横担着降妖宝杖，八戒肩挑着行李，腰横着钉钯，师徒们放心前进。这一直行到天晚，吃了些干粮，却又不敢久停，对着星月光华，映的冰冻上亮灼灼、白茫茫，只情奔走，果然是马不停蹄。

炉，与两个邻叟，各饮了几杯，收了家火。

不觉天色将晚，又仍请到厅上晚斋。只听得街上行人都说：『好冷天啊！把通天河冻住了！』三藏闻言道：『悟空，冻住河，我们怎生是好？』陈老道：『乍寒乍冷，想是近河边浅水处冻结。』那行人道：『把八百里都冻的似镜面一般，路口上有人走哩！』三藏听说有人走，就要去看。陈老道：『老爷莫忙。今日晚了，明日去看。』遂此别却邻叟。又晚斋毕，依然歇在厢房。

及次日天晓，八戒起来道：『师兄，今夜更冷，想必河冻住也。』三藏迎着门，朝天礼拜道：『众位护教大神，弟子一向西来，虔心拜佛，苦历山川，更无一声报怨。今至于此，感得皇天祐助，结冻河水，弟子空心权谢，待得经回，奏上唐皇，竭诚酬答。』礼拜毕，遂教悟净背马，趁冰过河。陈老又道：『莫忙，待几日雪融冰解，老拙这里办船相送。』沙僧道：『就行也不是话，再住也不是话。口说无凭，耳闻不如眼见。我背了马，且请师父亲去看看。』陈老道：『言之有理。』教：『小的们，快去背我们六匹马来！且莫背唐僧老爷马。』

就有六个小价跟随。一行人径往河边来看，真个是：

雪积如山耸，云收破晓晴。寒凝楚塞千峰瘦，冰结江湖一片平。朔风凛凛，滑冻棱棱。池鱼偎密藻，野鸟恋枯槎。塞外征夫俱坠指，江头梢子乱敲牙。裂蛇腹，断鸟足，果然冰山千百尺。万壑冷浮银，一川寒浸玉。东方自信出僵蚕，北地果然有鼠窟。王祥卧，光武渡，一夜溪桥连底固。曲沼结棱层，深渊重叠冱。通天阔水更无波，皎洁冰漫如陆路。

三藏与一行人到了河边，勒马观看。真个那路口上有人行走。三藏问道：『施主，那些人上冰往那里去？』陈老道：『河那边乃西梁女国。这起人都是做买卖的。我这边百钱之物，到那边可值万钱；那边百钱之物，到这边亦可值万钱。利重本轻，所以人不顾生死而去。常年家有五七人一船，或十数人一船，飘洋而过。见如今河道冻住，故舍命而步行也。』三藏道：『世间事惟名利最重。似他为利的，舍死忘生；我弟子奉旨全忠，也只是为名，与他能差几何！』教：『悟空，快回施主家，收拾行囊，叩背马匹，趁此层冰，早奔西方去也。』行者笑吟吟答应。

沙僧道：『师父啊，常言道：「千日吃了千升米。」今已托赖陈府上，且再住几日，待天晴化冻，办船而过。忙中恐有错也。』三藏道：『悟净，怎么这等愚见！若是正二月，一日暖似一日，可以待得冻解。此时乃八月，一日冷似一日，如何可便望解冻！却不又误了半载行程？』

八戒跳下马来：『你们且休讲闲口，等老猪试看有多少厚薄。』行者道：『呆子，前夜试水，能去抛石；如今冰冻重漫，怎生试得？』八戒道：『师兄不知。等我举钉钯筑他一下。假若筑破，就是冰薄，且不敢行；若筑不动，便是冰厚，如何不行？』三藏道：『正是，说得有理。』那呆子撩衣拽步，走上河边，双手举钯，尽力一筑，只听扑的一声，筑了九个白迹，手也振得生疼。呆子笑道：『去得！去得！连底都锢住了。』

三藏闻言，十分欢喜，与众同回陈家。只教收拾走路。那两个老者苦留不住，只得安排些干粮烘炒，做些烧饼馍馍相送。一家子磕头礼拜，又捧出一盘子散碎金银，跪在面前道：『多蒙老爷活子之恩，聊表途中一饭之敬。』三藏摆手摇头，只是不受道：『贫僧出家人，财帛何用？就途中也不敢取出。只是以化斋度日为正事。收了干粮足矣。』二老又再三央求，行者用指尖儿捻了一小块，约有四五钱重，递与唐僧道：『师父，也只当些衬钱，莫教空负二老之意。』

遂此相向而别。径至河边冰上，那马蹄滑了一滑，险些儿把三藏跌下马来。沙僧道：『师父，难行！』八戒道：『且住！问陈老官讨个稻草来我用。』行者道：『要稻草何用？』八戒道：『你那里得知？要稻草包着马蹄方才不滑，免教跌下师父来也。』陈老在岸上听言，急命人家中取一束稻草，却请唐僧上岸下马。八戒将草包裹马足，然后踏冰而行。

别陈老，离河边，行有三四里远近，八戒把九环锡杖递与唐僧道：『师父，你横此在马上。』行者道：『这呆子奸诈！锡杖原是你挑的，如何又叫师父拿着？』八戒道：『你不曾走过冰凌，不晓得；凡是冰冻之上，必有凌眼；倘或蹦着凌眼，脱将下去，若没横担之物，骨都的落水，就如一个大锅盖盖住，如何钻得上来！须是如此架住方可。』行者暗笑道：『这呆子倒是个积年走冰的！』果然都依了他。长老横担着锡杖，行者横担着铁棒，沙僧横担着降妖宝杖，八戒肩挑着行李，腰横着钉钯，师徒们放心前进。这一直行到天晚，吃了些干粮，却又不敢久停，对着星月光华，映的冰冻上亮灼灼、白茫茫，只情奔走，果然是马不停蹄。师徒们莫能合眼，走了一夜。天明又吃些干粮，望西又进。

正行时，只听得冰底下扑喇喇一声响喨，险些儿唬倒了白马。三藏大惊道：『徒弟呀！怎么这般响亮？』八戒道：『这河忒也冻得结实，地凌响了。或者这半中间连底通锢住了也。』三藏闻言，又惊又喜，策马前进，趱行不题。

却说那妖邪自从回归水府，引众精在于冰下。等候多时，只听得马蹄响处，他在底下弄个神通，滑喇的迸开冰冻，慌得孙大圣跳上空中。早把那白马落于水内，三人尽皆脱下。

那妖邪将三藏捉住，引群精径回水府。厉声高叫：『鳜妹何在？』老鳜婆迎门施礼道：『大王，不敢！不敢！』妖邪道：『贤妹何出此言！「一言既出，驷马难追。」原说听从汝计，捉了唐僧，与你拜为兄妹。今日果成妙计，捉了唐僧，就好昧了前言？』教：『小的们，抬过案桌，磨快刀来，把这和尚剖腹剜心，剥皮剐肉；一壁厢响动乐器，与贤妹共而食之，延寿长生也。』鳜婆道：『大王，且休吃他，恐他徒弟们寻来吵闹，且宁耐两日，让那厮不来寻，然后剖开，请大王上坐，众眷族环列，吹弹歌舞，奉上大王，从容自在享用，却不好也？』那怪依言，把唐僧藏于宫后，使一个六尺长的石匣，盖在中间不题。

却说八戒、沙僧，在水里捞着行囊，放在白马身上驮了。分开水路，涌浪翻波，负水而出。只见行者在半空中看见，问道：『师父何在？』八戒道：『师父姓「陈」，名「到底」了。如今没处找寻，且上岸再作区处。』原来八戒本是天蓬元帅临凡，他当年掌管天河八万水兵大众；沙和尚是流沙河内出身；白马本是西海龙孙：故此能知水性。大圣在空中指引。须臾，回转东崖，晒刷了马匹，纾掠了衣裳，大圣云头按落，一同到于陈家庄上。

早有人报与二老道：『四个取经的老爷，如今只剩了三个来也。』兄弟即忙接出门外，果见衣裳还湿，道：『老

僧思拜佛履层冰

正行时，只听得冰底下扑喇喇一声响喨，险些儿唬倒了白马。三藏大惊道：『徒弟呀！怎么这般响亮？』八戒道：『这河忒也冻得结实，地凌响了。或者这半中间连底通锢住了也。』三藏闻言，又惊又喜，策马前进，趱行不题。

爷们，我等那般苦留，却不肯住，只要这样方休。怎么不见三藏老爷？』八戒道：『不叫做三藏了，改名叫做「陈到底」也。』二老垂泪道：『可怜！可怜！我说等雪融备船相送，坚执不从，致令丧了性命！』行者道：『老儿，莫替古人耽忧。我师父管他不死长命。老孙知道，决然是那灵感大王弄法算计去了。你且放心，与我们浆浆衣服，晒晒关文，取草料喂着白马，等我弟兄寻着那厮，救出师父，索性剪草除根，替你一庄人除了后患，庶几永永得安生也。』

陈老闻言，满心欢喜，即命安排斋供。

兄弟三人，饱餐一顿。将马匹、行囊，交与陈家看守。各整兵器，径赴道边寻师擒怪。正是：

误踏层冰伤本性，大丹脱漏怎周全？

毕竟不知怎么救得唐僧，且听下回分解。

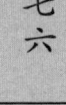

三藏有灾沉水宅

那孙大圣在东岸上，眼不转睛，只望着河边水势。忽然见波浪翻腾，喊声号吼，八戒先跳上岸道：『来了！来了！』沙僧也到岸边道：『来了！来了！』那妖邪随后叫：『那里走！』才出头，被行者喝道：『看棍！』那妖邪闪身躲过，使铜锤急架相还。

第四十九回　三藏有灾沉水宅　观音救难现鱼篮

却说孙大圣与八戒、沙僧辞陈老来至河边，道：『兄弟，你两个议定，那一个先下水。』八戒道：『哥啊，我两个手段不见怎的，还得你先下水。』行者道：『不瞒贤弟说，若是山里妖精，全不用你们费力；水中之事，我去不得。就是下海行江，我须要捻着避水诀，或者变化甚么鱼蟹之形，才去得；若是那般捻诀，却轮不得铁棒，使不得神通，打不得妖怪。我久知你两个乃惯水之人，所以要你两个下去。』沙僧道：『哥啊，小弟虽是去得，但不知水底如何。我等大家都去。哥哥变作甚么模样，或是我驮着你，分开水道，寻着妖怪的巢穴，你先进去打听打听。若是师父不曾伤损，还在那里，我们好努力征讨；假若不是这怪弄法，或者渰杀师父，或者被妖吃了，我等不须苦求，早早的别寻道路何如？』行者道：『贤弟说得有理。你们那个驮我？』八戒暗喜道：『这猴子不知捉弄了我多少，今番原来不会水，等老猪驮他，也捉弄他捉弄！』呆子笑嘻嘻的叫道：『哥哥，我驮你。』行者就知有意，却便将计就计道：『是，也好，你比悟净还有些膂力。』八戒就背着他。

沙僧剖开水路，弟兄们同入通天河内。向水底下行有百十里远近，那呆子要捉弄行者，行者随即拔下一根毫毛，变做假身，伏在八戒背上，真身变作一个猪虱子，紧紧的贴在他耳朵里。八戒正行，忽然打个跣踵，得故子把行者往前一掼，扑的跌了一跤。原来那个假身本是毫毛变的，却就飘起去，无影无形。沙僧道：『二哥，你是怎么说？不好生走路，就跌在泥里，便也罢了，却把大哥不知跌了那里去了！』八戒道：『那猴子不禁跌，一跌就跌化了。兄弟，莫管他死活，我和你且去寻师父去。』沙僧道：『不好，还得他来。他虽不知水性，他比我们乖巧。若无他来，我不与你去。』行者在八戒耳朵里，忍不住高叫道：『悟净！老孙在这里也。』沙僧听得，笑道：『罢了！这呆子是死了！你怎么就敢捉弄他！如今弄得闻声不见面，却怎是好？』八戒慌得跪在泥里磕头道：『哥哥，是我不是了。待救了师父，上岸陪礼。你在那里做声？就影杀我也！你请现原身出来。我驮着你，再不敢冲撞你了。』行者道：『是你还驮着我哩。我不弄你，你快走，快走！』那呆子絮絮叨叨，只管念诵着陪礼，爬起来与沙僧又进。

行了又有百十里远近，忽抬头望见一座楼台，上有『水鼋之第』四个大字。沙僧道：『这厢想是妖精住处，我两个不知虚实，怎么上门索战。』行者道：『悟净，那门里外可有水么？』沙僧道：『无水。』行者道：『既无水，你再藏隐在左右，待老孙去打听打听。』

好大圣，爬离了八戒耳朵里，却又摇身一变，变作个长脚虾婆，两三跳跳到门里。睁眼看时，只见那怪坐在上面，众水族摆列两边，有个斑衣鳜婆坐于侧手，都商议要吃唐僧。行者留心，两边寻找不见，忽看见一个大肚虾婆走将来，径往西廊下立定。行者跳到面前，称呼道：『姆姆，大王与众商议要吃唐僧，唐僧却在那里？』虾婆道：『唐僧被大王降雪结冰，昨日拿在宫后石匣中间，只等明日，他徒弟们不来吵闹，就奏乐享用也。』

行者闻言，演了一会，径直寻到宫后看，果有一个石匣，却像人家槽房里的猪槽，又似人间一口石棺材之样，量量足有六尺长短；却伏在上面，听了一会，只听得三藏在里面嘤嘤的哭哩。行者不言语，侧耳再听，那师父挫得牙响，哏了一声道：

『自恨江流命有愆，生时多少水灾缠。

出娘胎腹淘波浪，拜佛西天堕渺渊。

前遇黑河身有难，今逢冰解命归泉。

不知徒弟能来否，可得真经返故园？』

行者忍不住叫道：『师父莫恨水灾。《经》云：「土乃五行之母，水乃五行之源，无土不生，无水不长。」老孙来了！』三藏闻得道：『徒弟啊，救我耶！』行者道：『你且放心，待我们擒住妖精，管教你脱难。』三藏道：『快些儿下手！再停一日，足足闷杀我也！』行者道：『没事，没事，我去也！』急回头，跳将出去，到门外现了原身，叫：『八戒！』那呆子与沙僧近道：『哥哥，如何？』行者道：『正是此怪骗了师父。师父未曾伤损，被怪物盖在石匣之下。你两个快早挑战，让老孙先出水面。你若擒得他就擒；擒不得，做个佯输，引他出水，等我打他。』沙僧道：『哥哥放心先去，待小弟们鉴貌辨色。』这行者捻着避水诀，钻出波中，停立岸边等候不题。

你看那猪八戒行凶，闯至门前，厉声高叫：『泼怪物，送我师父出来！』慌得那门里小妖，急报：『大王，门外有人要师父哩！』妖邪道：『这定是那泼和尚来了。』教：『快取披挂兵器来！』众小妖连忙取出。妖邪结束了，执兵器在手，即命开门，走将出来。八戒与沙僧对列左右，见妖邪怎生披挂。好怪物！你看他：

头戴金盔晃且辉，身披金甲掣虹霓。腰围宝带团珠翠，足踏烟黄靴样奇。鼻准高隆如峤耸，天庭广阔若龙仪。眼光闪灼圆还暴，牙齿钢锋尖又齐。短发蓬松飘火焰，长须潇洒挺金锥。口咬一枝青嫩藻，手拿九瓣赤铜锤。一声咿哑门开处，响似三春惊蛰雷。这等形容人世少，敢称灵显大王威。

妖邪出得门来，随后有百十个小妖，一个个轮枪舞剑，摆开两哨，对八戒道：『你是那寺里和尚？为甚到此喧嚷？』八戒喝道：『我把你这打不死的泼物！你前夜与我顶嘴，今日如何推不知来问我？我本是东土大唐圣僧之徒弟，往西天拜佛求经者。你弄玄虚，假做甚么灵感大王，专在陈家庄要吃童男童女，我本是陈清家一秤金，你不认得我么？』那妖邪道：『你这和尚，甚没道理！你变做一秤金，该一个冒名顶替之罪。我倒不曾吃你，反被你伤了我手背。已此让了你，你怎么又寻上我的门来？』八戒道：『你既让我，却怎么又弄冷风，下大雪，冻结坚冰，害我师父？快早送我师父出来，万事皆休！牙迸半个「不」字，你只看看手中钯！决不饶你！』妖邪闻言，微微冷笑道：『这和尚卖此长舌，胡夸大口。果然是我作冷下雪冻河，摄你师父。你今嚷上门来，思量取讨，只怕这一番不比那一番了。那时节，我因赴会，不曾带得兵器，误中你伤。你如今且休要走，我与你交敌三合。三合敌得我过，还你师父；敌不过，连你一发吃了。』

八戒道：『好乖儿子，正是这等说，仔细看钯！』妖邪道：『你原来是半路上出家的和尚。』八戒道：『我的儿，你真个有些灵感，怎么就晓得我是半路出家的？』妖邪道：『你会使钯，想是雇在那里种园，把他钉钯拐将来也。』八戒道：『儿子，我这钯，不是那筑地之钯。你看：

巨齿铸就如龙爪，逊金妆来似蟒形。若逢对敌寒风洒，但遇相持火焰生。能与圣僧除怪物，西方路上捉妖精。轮动烟云遮日月，使开霞彩照分明。筑倒太山千虎怕，掀翻大海万龙惊。饶你威灵有手段，一筑须教九窟窿！』

那个妖邪，那里肯信，举铜锤劈头就打。八戒使钉钯架住道：『你这泼物，原来也是半路上成精的邪魔！』那怪道：『你怎么认得我是半路上成精的？』八戒道：『你会使铜锤，想是雇在那个银匠家扯炉，被你得了手，偷将出来的。』妖邪道：『这不是打银之锤。你看：

九瓣攒成花骨朵，一竿虚孔万年青。原来不比凡间物，出处还从仙苑名。绿房紫药瑶池老，素质清香碧沼生。因我用功抟炼过，坚如钢锐彻通灵。枪刀剑戟浑难赛，钺斧戈矛莫敢经。纵让你钯能利刃，汤着吾锤迸折钉！』

沙和尚见他两个攀话，忍不住近前高叫道：『那怪物！休得浪言！古人云：「口说无凭，做出便见。」不要走！且吃我一杖！』妖邪使锤杆架住道：『你也是半路里出家的和尚。』沙僧道：『你怎么认得？』妖邪道：『你这个模样，像一个磨博士出身。』沙僧道：『如何认得我像个磨博士？』妖邪道：『你不是磨博士，怎么会使赶面杖？』沙僧骂道：『你这孽障，是也不曾见！

这般兵器人间少，故此难知宝杖名。出自月宫无影处，梭罗仙木琢磨成。外边嵌宝霞光耀，内里钻金瑞气凝。先日也曾陪御宴，今朝秉正保唐僧。西方路上无知识，上界宫中有大名。唤做降妖真宝杖，管教一下碎天灵！』

那妖邪不容分说，三家变脸，这一场，在水底下好杀：

铜锤宝杖与钉钯，悟能悟净战妖邪。一个是天蓬临世界，一个是上将降天涯。他两个夹攻水怪施威武，这一个独抵神僧势可夸。有分有缘成大道，相生相克秉恒沙。土克水，水干见底；水生木，木旺开花。禅法参修归一体，还丹炮炼伏三家。土是母，发金芽，金生神水产婴娃；水为本，润木华，木有辉煌烈火霞。攒簇五行皆别异，故然变脸各争差。看他那铜锤九瓣光明好，宝杖千丝彩绣佳。钯按阴阳分九曜，不明解数乱如麻。捐躯弃命因僧难，舍死忘生为释迦。致使铜锤忙不坠，左遮宝杖右遮钯。

三人在水底下斗经两个时辰，不分胜败。猪八戒料道不得赢他，对沙僧丢个眼色，二人诈败佯输，各拖兵器，回头就走。那怪物教：『小的们，扎住在此，等我赶上这厮，捉将来与汝等凑吃哑！』你看他如风吹败叶，似雨打残花，将他两个赶出水面。

那孙大圣在东岸上，眼不转睛，只望着河边水势。忽然见波浪翻腾，喊声号吼，八戒先跳上岸道：『来了！来了！』沙僧也到岸边道：『来了！来了！』那妖邪随后叫：『那里走！』才出头，被行者喝道：『看棍！』那妖邪闪身躲过，使铜锤急架相还。一个在河边涌浪，一个在岸上施威。搭上手未经三合，那妖遮架不住，打个花，又淬于水里，遂此风平浪息。

行者回转高崖道：『兄弟们！辛苦啊。』沙僧道：『哥啊，这妖精，他在岸上觉到不济，在水底也尽利害哩！我与二哥左右齐攻，只战得两平，却怎么处置，救师父也？』行者道：『不必疑迟，恐被他伤了师父。』八戒道：『哥哥，我这一去哄他出来，你莫做声，但只在半空中等候。估着他钻出头来，却使个捣蒜打，照他顶门上着着实实一下！纵然打不死他，好道也护疼发晕，却等老猪赶上一钯，管教他了账！』行者道：『正是，正是！这叫做「里迎外合」，方可济事。』他两个复入水中不题。

却说那妖邪败阵逃生，回归本宅。众妖接到宫中，鳜婆上前问道：『大王赶那两个和尚到那方来？』妖邪道：『那和尚原来还有一个帮手。他两个跳上岸去，那帮手轮一条铁棒打我，我闪过与他相持。也不知他那棍子有多少斤重，我的铜锤莫想架得他住。战未三合，我却败回来也。』鳜婆道：『大王，可记得那帮手是甚相貌？』妖邪道：『是一个毛脸雷公嘴，查耳朵，折鼻梁，火眼金睛和尚。』鳜婆闻说，打了一个寒噤道：『大王啊！亏了你识俊，逃了性命！若再三合，决然不得全生！那和尚我认得他。』妖邪道：『你认得他是谁？』鳜婆道：『我当年在东洋海内，曾闻得老龙王说他的名誉。乃是五百年前大闹天宫，混元一气上方太乙金仙美猴王齐天大圣。如今归依佛教，保唐僧往西天取经，改名唤做孙悟空行者。他的神通广大，变化多端。大王，你怎么惹他！今后再莫与他战了。』

说不了，只见门里小妖来报：『大王，那两个和尚又来门前索战哩！』妖精道：『贤妹所见甚长，再不出去，看他怎么。』急传令，教：『小的们，把门关紧了。正是：「任君门外叫，只是不开门。」让他缠两日，性摊了回去时，我们却不自在受用唐僧也？』那小妖一齐都搬石头，塞泥块，把门闭杀。八戒与沙僧连叫不出，呆子心焦，就使

三藏有灾沉水宅 观音救难现鱼篮

那八戒与沙僧，一齐飞跑至庄前，高呼道：『都来看活观音菩萨！都来看活观音菩萨！』一庄老幼男女，都向河边，也不顾泥水，都跪在里面，磕头礼拜。内中有善图画者，传下影神，这才是鱼篮观音现身。当时菩萨就归南海。

钉钯筑门。那门已此紧闭牢关，莫想能够；被他七八钯，筑破门扇，里面却都是泥土石块，高叠千层。沙僧见了道：『二哥，这怪物惧怕之甚，闭门不出，我和你且回上河崖，再与大哥计较去来。』八戒依言，径转东岸。

那行者半云半雾，提着铁棒等哩。看见他两个上来，不见妖怪，即按云头，迎至岸边，问道：『兄弟，那话儿怎么不上来？』沙僧道：『那怪物紧闭宅门，再不出来见面；被二哥打破门扇看时，那里面都使些泥土石块实实的叠住了。故此不能得战，却来与哥哥计议，再怎么设法去救师父。』行者道：『似这般却也无法可治。你两个只在河岸上巡视着，不可放他往别处走了，待我去来。』八戒道：『哥哥，你往那里去？』行者道：『我上普陀岩拜问菩萨，看这妖怪是那里出身，姓甚名谁。寻着他的祖居，拿了他的家属，捉了他的四邻，却来此擒怪救师。』八戒笑道：『哥啊，这等干，只是忒费事，担搁了时辰了。』行者道：『管你不费事，不担搁，我去就来！』

好大圣，急纵祥光，躲离河口，径赴南海。那里消半个时辰，早望见落伽山不远。低下云头，径至普陀崖上。只见那二十四路诸天与守山大神、木叉行者、善财童子、捧珠龙女，一齐上前，迎着施礼道：『大圣何来？』行者道：『有事要见菩萨。』众神道：『菩萨今早出洞，不许人随，自入竹林里观玩。知大圣今日必来，吩咐我等在此候接大圣，不可就见。请在翠岩前聊坐片时，待菩萨出来，自有道理。』

行者依言，还未坐下，又见那善财童子上前施礼道：『孙大圣，前蒙盛意，幸菩萨不弃收留，早晚不离左右，专侍莲台之下，甚得善慈。』行者知是红孩儿，笑道：『你那时节魔业迷心，今朝得成正果，才知老孙是好人也。』

行者久等不见，心焦道：『列位与我传报传报，但迟了，恐伤吾师之命。』诸天道：『不敢报。菩萨吩咐，只等他自出来哩。』行者性急，那里等得，急纵身往里便走。噫！

这个美猴王，性急能鹊薄。诸天留不住，要往里边踱。拽步入深林，睁眼偷觑着。远观救苦尊，盘坐衬残著。懒散怕梳妆，容颜多绰约。散挽一窝丝，未曾戴缨络。不挂素蓝袍，贴身小袄缚。漫腰束锦裙，赤了一双脚。披肩绣带无，精光两臂膊。玉手执钢刀，正把竹皮削。

行者见了，忍不住厉声高叫道：『菩萨，弟子孙悟空志心朝礼。』菩萨教：『外面俟候。』行者叩头道：『菩萨，我师父有难，特来拜问通天河妖怪根源。』菩萨道：『你且出去，待我出来。』行者不敢强，只得走出竹林，对众诸天道：『菩萨今日又重置家事哩。怎么不坐莲台，不妆饰，不喜欢，在林里削篾做甚？』诸天道：『我等却不知。今早出洞，未曾妆束，就入林中去了。又教我等在此接候大圣，必然为大圣有事。』行者没奈何，只得等候。

不多时，只见菩萨手提一个紫竹篮儿出林，道：『悟空，我与你救唐僧去来。』行者慌忙跪下道：『弟子不敢催促，且请菩萨着衣登座。』菩萨道：『不消着衣，就此去也。』那菩萨撇下诸天，纵祥云腾空而去。孙大圣只得相随。

顷刻间，到了通天河界。八戒与沙僧看见道：『师兄性急，不知在南海怎么乱嚷乱叫，把一个未梳妆的菩萨逼将来也。』说不了，到于河岸。二人下拜道：『菩萨，我等擅干，有罪，有罪！』菩萨即解下一根束袄的丝绦，将篮儿拴定，提着丝绦，半踏云彩，抛在河中，往上溜头扯着，口念颂子道：『死的去，活的住！死的去，活的住！』念了七遍，提起篮儿，但见那篮里亮灼灼一尾金鱼，还斩眼动鳞。菩萨叫：『悟空，快下水救你师父耶。』行者道：『未曾拿住妖邪，如何救得师父？』菩萨道：『这篮儿里不是？』八戒与沙僧拜问道：『这鱼儿怎生有那等手段？』菩萨道：『他本是我莲花池里养大的金鱼。每日浮头听经，修成手段。那一柄九瓣铜锤，乃是一枝未开的菡萏，被他运炼成兵。不知是那一日，海潮泛涨，走到此间。我今早扶栏看花，却不见这厮出拜。掐指巡纹，算着他在此成精，害你师父，故此未及梳妆，运神功，织个竹篮儿擒他。』

行者道：『菩萨，既然如此，且待片时，我等叫陈家庄众信人等，看看菩萨的金面：一则留恩，二来说此收怪之事，好教凡人信心供养。』菩萨道：『也罢，你快去叫来。』那八戒与沙僧，一齐飞跑至庄前，高呼道：『都来看活观音菩萨！都来看活观音菩萨！』一庄老幼男女，都向河边，也不顾泥水，都跪在里面，磕头礼拜。内中有善图画者，传下影神，这才是鱼篮观音现身。当时菩萨就归南海。

八戒与沙僧，分开水道，径往那水鼋之第，找寻师父。原来那里边水怪鱼精，尽皆死烂。却入后宫，揭开石匣，驮着唐僧，出离波津，与众相见。那陈清兄弟，叩头称谢道：『老爷不依小人劝留，致令如此受苦。』行者道：『不消说了。你们这里人家，下年再不用祭赛。那大王已此除根，永无伤害。陈老儿，如今才好累你，快寻一只船儿，送我们过河去也。』那陈清道：『有，有，有！』就教解板打船。众庄客闻得此言，无不喜舍。那个道，我买桅篷；这个道，我办篙桨。有的说，我出绳索；有的说，我雇水手。

正都在河边上吵闹，忽听得河中间高叫：『孙大圣不要打船，花费人家财物。我送你师徒们过去。』众人听说，个个心惊，胆小的走了回家，胆大的战兢兢贪看。须臾，那水里钻出一个怪来，你道怎生模样：

方头神物非凡品，九助灵机号水仙。
曳尾能延千纪寿，潜身静隐百川渊。
翻波跳浪冲江岸，向日朝风卧海边。
养气含灵真有道，多年粉盖癞头鼋。

那老鼋又叫：『大圣，不要打船，我送你师徒过去。』行者轮着铁棒道：『我把你这个孽畜！若到边前，这一棒就打死你！』老鼋道：『我感大圣之恩，情愿办好心送你师徒，你怎么反要打我？』行者道：『与你有甚恩惠？』

老鼋道：『大圣，你不知这底下水鼋之第，乃是我的住宅。自历代以来，祖上传留到我。我因省悟本根，养成灵气，在此处修行，被我将祖居翻盖了一遍，立做一个水鼋之第。那妖邪乃九年前海啸波翻，他赶潮头，来于此处，仗逞凶顽，与我争斗；被他伤了我许多儿女，夺了我许多眷族。我斗他不过，将巢穴白白的被他占了。今蒙大圣至此搭救唐师父，请了观音菩萨扫净妖氛，收去怪物，将第宅还归于我，我如今团圞老小，再不须挨土帮泥，得居旧舍。此恩重若丘山，深如大海。且不但我等蒙惠，只这一庄上人，免得年年祭赛，全了多少人家儿女，此诚所谓「一举而两得」之恩也！敢不报答？』

行者闻言，心中暗喜，收了铁棒道：『你端的是真实之情么？』老鼋道：『因大圣恩德洪深，怎敢虚谬？』行者道：『既是真情，你朝天赌咒。』那老鼋张着红口，朝天发誓道：『我若真情不送唐僧过此通天河，将身化为血

观音救难现鱼篮

行者教把马牵在白鼋盖上，请唐僧站在马的颈项左边，沙僧站在右边，八戒站在马后，行者站在马前；又恐那鼋无礼，解下虎筋绦子，穿在老鼋的鼻之内，扯起来，像一条缰绳；却使一只脚踏在盖上，一只脚登在头上；一只手执着铁棒，一只手扯着缰绳。

水！」行者笑道：「你上来，你上来。」老鼋却才负近岸边，将身一纵，爬上河崖。众人近前观看，有四丈围圆的一个大白盖。行者道：「师父，我们上他身，渡过去也。」三藏道：「徒弟呀，那层冰厚冻，尚且迍邅，况此鼋背；恐不稳便。」老鼋道：「师父放心。我比那层冰厚冻，稳得紧哩。但歪一歪，不成功果！」行者道：「师父啊，凡诸众生，会说人话，决不打诳语。」教：「兄弟们，快牵马来。」

到了河边，陈家庄老幼男女，一齐来拜送。行者教把马牵在白鼋盖上，请唐僧站在马的颈项左边，沙僧站在右边，八戒站在马后，行者站在马前；又恐那鼋无礼，解下虎筋绦子，穿在老鼋的鼻之内，扯起来，像一条缰绳；却使一只脚踏在盖上，一只脚登在头上；一只手执着铁棒，一只手扯着缰绳，叫道：「老鼋，慢慢走啊。歪一歪儿，就照头一下！」老鼋道：「不敢，不敢！」他却蹬开四足，踏水面如行平地。众人都在岸上，焚香叩头，都念：「南无阿弥陀佛。」这正是真罗汉临凡，活菩萨出现。众人只拜的望不见形影方回，不题。

却说那师父驾着白鼋，那消一日，行过了八百里通天河界，干手干脚的登岸。三藏上崖，合手称谢道：「老鼋累你，无物可赠，待我取经回谢你罢。」老鼋道：「不劳师父赐谢。我闻得西天佛祖无灭无生，能知过去未来之事。我在此间，整修行了一千三百余年。虽然延寿身轻，会说人语，只是难脱本壳。万望老师父到西天与我问佛祖一声，看我几时得脱本壳，可得一个人身。」三藏响允道：「我问，我问。」那老鼋才淬水中去了。行者遂伏侍唐僧上马。八戒挑着行囊，沙僧跟随左右。师徒们找大路，一直奔西。这的是：

圣僧奉旨拜弥陀，水远山遥灾难多。
意志心诚不惧死，白鼋驮渡过天河。

毕竟不知此后还有多少路程，还有甚么凶吉，且听下回分解。